缾山全集

①

桂學文庫·廣西歷代文獻集成

潘琦 主編

广西师范大学出版社
GUANGXI NORMAL UNIVERSITY PRESS
·桂林·

圖書在版編目（CIP）數據

鉼山全集 / 曾鴻燊著. —桂林：廣西師範大學出版社，2012.10

（桂學文庫. 廣西歷代文獻集成 / 潘琦主編）

ISBN 978-7-5495-2559-1

Ⅰ. 鉼… Ⅱ. 曾… Ⅲ. 曾鴻燊（1863～1933）—文集 Ⅳ. I216.2

中國版本圖書館 CIP 數據核字（2012）第 203225 號

廣西師範大學出版社出版發行

（廣西桂林市中華路 22 號　郵政編碼：541001
網址：http://www.bbtpress.com）

出版人：何林夏

全國新華書店經銷

廣西民族印刷包裝集團有限公司印刷

(廣西南寧市高新區高新三路 1 號　郵政編碼：530007)

開本：787 mm ×1 092 mm　1/16

印張：61　　字數：976 千字

2012 年 10 月第 1 版　　2012 年 10 月第 1 次印刷

定價：1600.00 元（全 2 册）

《桂學文庫·廣西歷代文獻集成》編輯委員會

總序

潘琦

21世紀以來，隨著各地社會經濟的快速發展，與之相呼應的地域文化研究蔚然興起，呈現出多種地域文化研究競相迸發、研究成果累累、各種學理學説迭出的生動局面，有力地推動與彰顯著社會主義文化的大繁榮、大發展。廣西桂學研究，即誕生在這一時代大背景下。桂學是廣西最為重要的文化地標之一，它以廣西社會、歷史、文化、思想、藝術、科技、工藝等為研究對象，是具有鮮明廣西地方特色和民族特色的理念和學説的總和。桂學作為『學』，是一種能正確地、合理地呈現廣西客觀社會歷史文化與現實文化的系統知識的學問、學理和學説。

桂學研究無論是在時空上，還是在範圍及内容上，都是一個龐大的、系統的、廣泛的工程。其中，對廣西歷史文化的研究，是桂學研究的首要任務和重要内容。而對歷代形成並留存至今的關涉廣西的文獻遺存進行系統的整理、研究、保護、出版，又是進行歷史文化研究的首要内容，是保證桂學研究能够持續深入推進的學術基礎。爲了全面、系統地整理相關文獻資料，廣西桂學研究會成立後，特在内部設置了古籍整理出版委員會，職司廣西歷代文獻的整理出版與保護工作。《桂學文庫·廣西歷代文獻集成》叢書的策劃與啟動，便是這項工作的重要成果之一。

桂學研究會由何林夏、蔣欽揮兩位副會長牽頭，組織專家學者開展了卓有成效的工作，在廣西壯族自治區圖書館、廣西壯族自治區桂林圖書館及廣西師範大學圖書館、廣西師范大學出版社以及有關單位的大力支持與積極協作下，意在蒐集現存的所有廣西古籍的《桂學文庫·廣西歷代文獻集成》將陸續出版，爲桂學研究提供源源不斷的堅實史料支持。桂學研究會將在一個較長的時間内，集中力量，籌措資金，全面、系統、整體、有序地推進整理出版工作的持續進行，希望藉助於這種長期務實的工作，爲桂學研究向更深、更廣的方向發展，提供翔實、系統、完整、可靠的史料，推進桂學研究各項事業的持續繁榮。

以整理、研究、保護傳統文化為出發點的古籍出版，在一定程度上起著繼承、弘揚地域歷史文化的作用。古籍作為歷史文化的重要載體，其本身即是珍貴的歷史文化遺産，它不僅記載著歷史發展的生動進程，同時也集自然之美與人文之美於一體，書於竹帛的歷史記載、華美辭章是我們瞭解歷史、解讀歷史、研究歷史、承繼民族優秀文化的主要途徑、可靠依據、重要史料。《桂學文庫》的整理出版，更因廣西本身鮮明的地域性、民族性特徵，而具有顯著的多重價值。

一、研究性價值。桂學研究以研究廣西歷史文化為切入點，即首先需要研究廣西文化的産生、源流、特色，探討廣西歷史文化與其他地域或國域歷史文化之間的關係。為此，需要通過廣視角、多層面、全方位的探討，以究明廣西歷史文化發展的脈絡，做到知根知柢。先秦時期，廣西為百越之地，秦統一嶺南後，廣西開始行政建置納入統一國家的版圖，並出現於此後各種史料的文字記載中，經歷代的文化積澱，已經形成了大量的文史文獻資料與考古資料。這些遺存流傳至今，都是廣西地域文化的珍貴財富，更是建立和支撑桂學研究的寶貴財富。我們通過對這些資料進行系統、全面的整理出版，並在此基礎上開展全面的研究與考察工作，將有利於加深對廣西文化的源流、性質、内涵、特徵、地位及影響等的理解，得出符合歷史實際和歷史文化發展規律的結論。同時也能為社會學、民族學、歷史學等領域的研究提供豐富的研究素材，為文化研究的多學科共同繁榮作出積極的貢獻。

二、教育性價值。古籍兼具知識性與情感性學習兩種功能。中華文化歷經千年，其所積澱留存下來的古籍，包羅萬象、博大精深，通過對存世古籍的閲讀，有助於我們加深對古代文化的理解與體驗，掌握古代人文知識、古文知識、古人寫作技巧，領略古文之精彩，增進對地方發展史的瞭解與認識。與此同時，通過對古籍中所記録的重要歷史人物的人生經歷、治學經驗、高尚思想品德和自强不息的成長道路的認知，對於今天提高我們自身的精神境界和文明修養，都會是一種有益的啟迪與教育。

三、開發性價值。古籍作為歷經千年的文化積累，有著豐富、深厚的文化內涵，蘊含著先人的智慧，同時保持著原創性、傳承性、地域性、多樣性的特點。通過對古籍所記載歷史文化等內容的研究，今人可以擷取其精華，作為現代文化藝術創作的藝術源泉與靈感來源、拓展文藝創作題材、開發文化資源、創新文化產業，使先民的文化生命通過古籍的傳遞，重新生發出新的藝術活力與價值。

當然，任何事物都因產生於具體的歷史空間而不可避免地被自身的歷史性所局限，產生於歷史中並留存至今的古籍也是如此。面對種類繁多的古舊典籍，需要我們用批判、借鑒的眼光去加以審視，要本著去粗取精、去偽存真、古為今用的原則，充分發掘其所具有的優秀文化價值。今天，我們重要的任務之一，即是從精神上、思想上接應優良傳統，並通過繼承優良傳統而獲取更多的精神與思想資源。歷史不能複製，它只屬於它具體存在的那個空間和那段時間，但歷史又永遠不會消失，只要人類生命還在繼續，歷史就必然活躍在人們的精神生活裏，並影響著人类文明的繼續向前發展。

我們希望以《桂學文庫·廣西歷代文獻集成》相關整理成果的持續不斷出版，向世人展示廣西優秀的歷史文化資源與人文傳統，能為方興未艾的桂學研究提供充足的資料支持，為桂學研究的向更深更廣推進有所貢獻。希望桂學研究能在繼承吸收廣西優秀的歷史文化遺産的基礎上繼往開來、勇於創新，服務於今天廣西文化的大發展、大繁榮的歷史需要。

出版説明

廣西桂學研究會自2010年成立以來，即將整理出版廣西歷代留存至今的各類文獻列為學會的重要工作内容之一，並成立了專門的出版委員會職司其責，其動議之一，便是協調所有從事及志於研究、整理、保護的單位、個人、專家、學者，共同促成《桂學文庫·廣西歷代文獻集成》的整理出版。

本套叢書的宗旨，是想通過整理出版歷代形成現仍存世的桂人文獻及關涉廣西的文獻遺存，為從事桂學研究的學者提供推進研究所需的翔實、可靠、系統、全面的資料，為桂學能在學者們持續不斷的長期研究中向深廣發展打下堅實的文獻基礎。

面對歷代留存至今種類繁多、卷帙浩繁的廣西文獻，本書在編排上以著者為主綫，通過查考相關資料著録及文獻存藏信息，努力將同一著者存世的全部著作蒐羅净盡，匯為一書。

在出版形式上，本書採用整理一種、出版一種的方式，以及時向學者提供各类文獻，並希望憑借這種方式聚沙成塔、集腋成裘，最終將關涉廣西的文獻遺存全部展現於桂學研究者面前。

為保持相關文獻的真實性，避免因整理不當而對原文獻造成的誤讀與誤解，本套叢書對納入整理範圍的文獻，採用全文影印的方式出版，旨在為學者的研究提供最本真、最可信的資料形態。

與影印存真相應，我們也組織相關領域的專家學者，為所整理的著作，按照統一的格式撰寫了解題，冠於各書首册。解題的主旨：一則簡述著者生平等信息，使用者可據此對撰著者有一直觀的瞭解；二則簡介歷代目録著録情況並著作的主要内容，以明文獻傳承源流與撰著主要價值所在。

我們希望本套叢書的出版，能為桂學研究的發展繁榮提供充足的文獻支持，為桂學研究向深廣推進貢獻一份心力。桂學研究，首先是對廣西傳統文化與歷史的繼承與吸收，其更重要的意義，則在於在繼承基礎上的開拓創新，推進今天廣西文化的繼續發展，如果本叢書的整理出版能够起到其應有的作用，我們將深感與有榮焉。

解題

《鉼山全集》十二卷，清末民國曾鴻燊撰，曾氏門人黄朝桐纂成於民國二十五年（1936）。竹紙抄本，綫裝。

曾鴻燊（1863－1933），原名文鴻，字子儀，别字此愚，自號鉼山道人、鉼山老僧、鉼山野人。廣西同正（今扶綏）人，壯族，清末民国时詩人、教育家、書畫家、音樂家。幼從其父曾紹斌學，少年時選調兩廣總督張之洞在廣州所辦廣雅書院就讀，其官課文卷，累為張氏所讚賞；當時主講席者為樸學大師浙江義烏朱一新，曾氏從其學，打下了深厚的國學基礎。清光緒十九年（1893）中癸巳科舉人。後三次赴京會試，均鎩羽而歸。一生主要從事教學，曾任康山書院、麗江書院講席。清末，永康州知州囑其籌建本州官立兩等小學堂，曾氏親為之繪西式建築圖；學堂建成後即受聘任該校教員（民國後學堂改為縣立完全小學）。若干年後任縣勸學所所長。1926年任縣師範講習所教員，直至去世。其中，清宣統元年（1909）任省諮議局議員，三赴省城，多次提出關乎平民生計的建議。1925年和1932年兩次受聘任縣修志局總纂，《同正縣志》稿已過半，未竟而卒。其思想尚能與時俱進，自謂清末服膺張之洞，辛亥革命後崇拜孫中山。唯不理解社會主義。一生多才多藝，除創作大量詩篇外，書法、繪畫、音樂亦兼擅。書法初學二王兼歐陽詢，中年則習魏碑，晚年冶篆隸楷於一爐，自成一家。繪畫方面，善畫墨竹墨蘭，尤工山水，篆刻亦精。詩集中有數十首詩涉及繪事。音樂方面，能譜曲，善弄笛。

《鉼山全集》含《鉼山詩集》前編八卷、後編一卷、外編一卷，共十卷，另有《文集》一卷、《文集附編》（實為雜編）一卷。末附黃朝桐抄自《同正縣志》中的《曾鉼山先生傳》（傳中全引曾鴻燊自撰《此愚和尚小傳》及《論為學之道示諸子》文）。曾氏另主持編纂《同正縣志》——原名《同正縣續志》，未完稿，由楊北岑繼修，於1933年鉛印成册，其中確為曾氏所著文者，黃朝桐均已收入全集中。另，該志《藝文》收曾氏詩作約200首，係縣志繼纂者於曾氏死後從《鉼山詩集》八卷中選取收入者。故此次影印，没有必要輯入該志。

曾鴻燊今存詩逾千首，内容十分豐富，於國家大事均有直接或間接反映，如八國聯軍攻打北京、兩宫逃往陜西，日寇佔領遼東半島，民國建立，袁世凱竊國，等等，均形諸詠歎，且愛憎分明。尤其是去世那年——1933年所作《時事書憤》、《中秋夜對月書事》、《閲香港〈中興報〉不匱室主〈次韻大曆九月十八日作〉感步原韻》等，憤怒譴責日本帝國主義的無耻侵略行徑，熱情讚揚十九路軍在淞滬的英勇抵抗，表達出强烈的愛國主義感情。《時事書憤序》寫道：『倭奴以盜賊手段乘夜寇我，東省被其占奪，復分兵焚殺淞滬，大肆兇暴，以牽制國軍，使不能出師赴援；不料十九路軍奮勇決鬥，竟將倭寇力為摧掃，死傷遍野。是役也，西人且為之讚歎，亦可以雪病夫之耻矣！』於民瘼亦多所關懷，如《鬻女歎》、《農婦歎》、《貧女歎》、《苦熱行》、《苦旱行》、《喪亂》、《書感》……，對多災多難的貧苦百姓寄予了深切同情。他還寫了《敗士卒》、《擄婦女》、《假官軍》、《拉伕役》、《圍股匪》、《刺團紳》，總其名曰《感事六首》，並有序，云：民國十年（1921）以來，『所謂軍閥、官僚、土豪、劣紳，權利之争，混亂已極，以致兵禍盜患，四境騷然。嘗讀少陵之「三吏」「三别」，雖時勢異殊，而詩特沉痛。爰將所見聞效為六首。固未能敍述詳盡，然民生慘酷，亦可見其大略矣。』《感事六首》主要描寫粤桂之戰粤軍取勝後在廣西大肆燒殺搶掠，給農民帶來了極大的痛苦和災難，對軍閥混戰予以憤怒譴責和辛辣嘲諷，描寫刻畫，入木三分。由此可見，詩集不僅有較高的文學價值，其史料價值也不可低估。

其詩對自己的生平事蹟亦多有描述，如負笈廣雅；鄉試中舉；赴京會試；主講書院，興辦官學；當選省議員；數十次應友人之請作畫；與當時活躍於文壇的詩人交往，等等。描寫嶺南山川的詩篇在集中也佔有相當份量。

在創作理論方面曾鴻燊亦有自己的傾向性主張，這不僅在長文《詩神説》中有詳盡表述，《鉼山詩集自序》、《鉼山詩集外編序》、《讀〈倉山詩集〉仿杜少陵戲作論詩十六首》等詩文也有論及。他繼承了王維、司空圖、嚴羽、蘇軾等人的理論，對王士禛的『神韻説』、袁枚的『性靈説』、沈德潛的『格律説』等也有揚棄。主張詩應講求神韻，要有味外味。但他更强調的是袁枚的『性靈説』，認為：就王士禛、沈德潛、袁枚三家而論，『性靈為宗，神韻為次，格律則又次之。』並進一步闡發道：『有性靈然後有神韻，有神韻然後有格律。以格律者，貌也；性靈者，神也。近時張香帥（之洞）則謂，神韻不如神味具有言盡而意不盡之妙。故漁洋（王士禛）之詩雖稱大家，而未免于薄，則以味少之故也。歸愚（沈德潛）之主格律，仍多襲貌而遺神。即倉山（袁枚）詩專以性靈為主，今之論者猶以為失之尖巧，其他可知矣。曾文正（國藩）之論文曰：「有氣而後有勢，有識而後有度，有情而後有韻，有趣而後有味。」愚嘗謂此四者亦可以移而論詩。誠以作古體不可無氣勢、識度，作今體不可無情韻、趣味。』（轉引自黄朝桐《鉼山詩集跋》，見《鉼山全集》卷八附）此末二句是解開曾鴻燊詩風的一把鑰匙：其近體詩類唐，確有神韻趣味；其古體類宋，確有一種不可遏止的氣勢。古體以文為詩、以議論為詩，這是他的類宋之處，但很少用典，儘量寫得明白曉暢有神韻，這與清代宋詩派是不大相同的。

由於曾鴻燊多才多藝，通音律，精繪畫，故其詩歌主張又有特別之處，認為詩應與繪畫和音樂結合，做到『詩中有畫』，詩中有『金石聲』、『宮商音』。對此他在《詩神說》中有全面表述，他說：『詩不離樂，樂不離詩；詩亦有畫，畫亦有詩。嚴滄浪所謂「空中之音，相中之色」是也。……雖前人不以聲色為重，然樂之至者為聲容，畫之至者為氣韻，皆神之所流露也。詩而無神，則為死文字而已，又何足謂之詩？』他進一步指出：『詩之近畫多在寫景，詩之近樂多在言情，神則渾涵於其中。』但他也同時强調：『詩雖近樂，亦有不盡能歌者；詩雖近畫，亦有不盡能繪者，學者又當分別觀之。』詩人一生都在努力實踐其主張。

曾鴻燊保存下來的文章不多，除詩論《詩神說》置於詩集卷首外，另有《文集》和《文集附編》兩卷所收41篇，涉及賦、論説、考辨、序記、書後、傳略、碑銘諸類，其中包括未立目録的曾氏親自創作的《中國國民黨黨歌》、《國民革命軍軍歌》、《中華民國國歌》歌詞及其『蓑衣譜』（同時附有門人黄朝桐代翻成的五線譜），因三歌原有緒言，且每一歌都有長篇説明文字，故入《文集附編》。還有一篇既是文字學，也是書法學的《字體變通之意造》，置於《文集附編》後，也未立目録。還有一篇《鉼山詩集自序》未入詩集而入《文集》，此文意在説明每一代有每一代之詩，不可妄加軒輊；並重申其『詩神説』。此外，文集中《擬中國大皇帝討日本佈告各國君主檄文》最值得一讀，詩人血脈賁張、義正詞嚴聲討日本帝國主義侵吞朝鮮、覬覦遼東的罪行，愛國之忱，溢於言表。還有《擬廣西公民反對帝制勸告各省王侯將帥父老兄弟獨立書》、《孔孫一系之我見》等篇，也能見出曾氏是一位激進的民主主義者。

詩集前編八卷，收詩起光緒七年辛巳（1881），止宣統三年辛亥（1911）。後編和外編大致收民國元年（1912）至民國二十二年（1933）的詩作，原抄本完好無損，字跡基本清晰，此次影印除删去空白頁外，其餘不作特别處理。原抄本有一些避諱字，如『丘遲』作『邱遲』，避孔子名諱；『謝玄暉』（謝朓）作『謝元暉』，避康熙帝名諱，等等，因是影印，故一仍其舊，不作校勘。另外，抄本總的來説質量較高，錯漏不多，即使偶有錯漏，亦不作技術處理以存其原貌，請讀者稍加留意辨别。

關於曾鴻燊詩文集編纂始末，黄朝桐在《鉼山詩集跋》和全集編後記中有説明。曾鴻燊生前曾自編《鉼山詩集》八卷，並手抄副本寄摯友、廣雅書院同學蘇寓庸作序，蘇因病重難以如願，乃將副本轉門人陳柱；未幾，蘇下世。後黄朝桐從曾鴻燊之弟曾子翔處取得底稿，加以整理，『逐一鈔寫』編定，筆蹟儘量仿曾體，以篆隸入楷書（其中很可能雜有少量曾鴻燊手蹟）。今廣西壯族自治區桂林圖書館有收藏。桂林圖書館還收藏有《鉼山詩鈔》一册，綫裝，收詩200餘首，全集畢載，無需影印。

顧紹柏

目録

鉼山全集

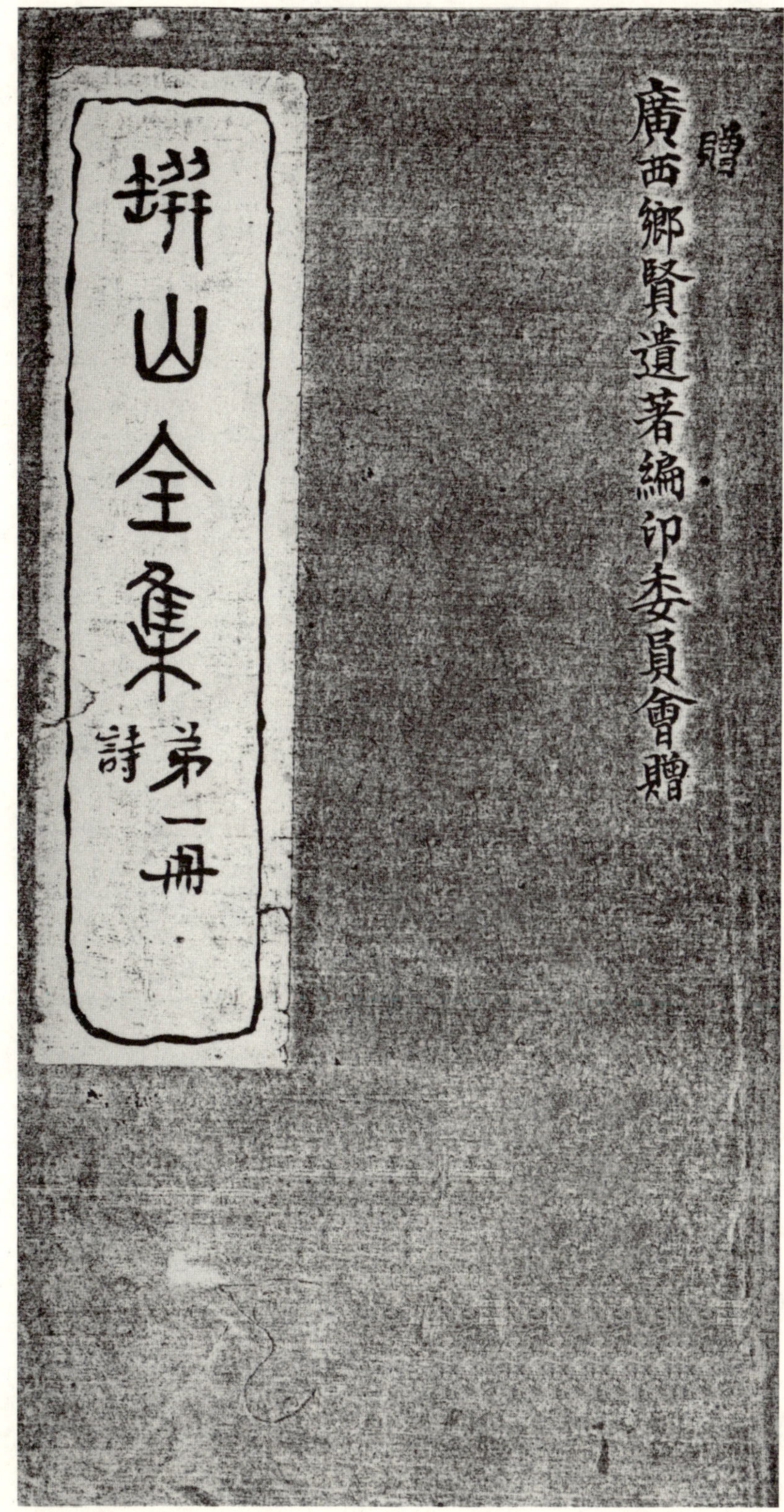
鉼山全集
詩 第一冊
贈
廣西鄉賢遺著編印委員會贈

詩集前編

第一

詩神説

詩之爲道昔人詩話言之詳矣究其大旨不外情景兩端有緣情寫景者謂之比有觸景生情者謂之興有情景相生而直言之者謂之賦此三義也自鍾嶸之詩品但於漢魏至梁之詩論其人源出某人次第高下雖未足爲定評固爲區别流派所自始至司空圖之詩品則分爲二十四所論在於得味外味雖未免多立名詞實爲意境所獨至若嚴滄浪之詩話其論詩以禪爲喻主於妙悟雖欲矯當時之弊要爲精湛之言其詩辯云詩之法有五曰體製曰格力曰氣象曰興趣曰音節品有九曰高

曰古曰深曰遠曰長曰雄渾曰飄逸曰悲壯曰淒婉其用工有三曰起結曰句法曰字眼其大概有二曰優游不迫曰沈着痛快其極致有一曰入神詩而入神至矣盡矣蔑以加矣惟李杜得之他人得之蓋寡也是詩之要旨尤在於神故詩之稱神韻者如音調清蒼此近於樂者也詩之稱神妙者如形容盡致此近於畫者也若徒求之體裁格律亦未能領其興味而會其魂靈惟醞釀心境獨造希微運用自然融化無迹更於言外見其意氣之深遠斯爲詩之美善者矣竊嘗於古籍中得詩之通夫音樂與繪畫而實具夫神者畧爲引繹以與當世之同好互相

質證未審以為然乎否耳

虞書云詩言志歌永言聲依永律和聲舜以為志發為言既以五聲為之依附而言出為歌又以六律為之和協此即樂記所謂一唱而三歎有遺音者矣蓋一唱即言志也三歎即永言也遺音即依永和聲之配以律也一唱而三歎有遺音者乃人聲克諧而瑟聲不奪倫猶詠歎長言反復不已有如鏗爾之聲非一人唱而三人和其音有遺也蘇東坡有云言有盡而意無窮者為天下之至言故關雎之不淫不傷雅頌之各得其所此但舉其情文條理之大意惟洋洋乎盈耳熙熙有直體其機如繹

（宋姜夔《[illegible]》：
「言意尽而言止者，天下之至言也。」
[illegible]

如之節奏恍若置於風薰雲爛中縹緲而悠揚斯為神之所動蕩也漢魏而後雅樂散亡無從追溯雖有清商子夜等樂府亦只擬有其辭已莫尋其古調若孫興公之賦有金石聲孟浩然之詩有宮商音此其吐屬鏗鏘自在言外至姜白石之自製歌曲旁注律呂當得樂譜之遺特知之者鮮仍未見其風調之流美耳袁枚隨園詩話云詩有音節清脆如雪竹冰絲非人間凡響皆由天性使然非關學問他若優伶之戲曲劇腔農牧之野謳村謠亦莫不有其音調發諸歌唱要惟絃外有不盡之致乃為詩之神韻也然則言志永言不過樂之始從而依永和聲斯

爲神之所存也

詩序云情動於中而形諸言言之不足故嗟歎之嗟歎之不足故詠歌之詠歌之不足不知手之舞之足之蹈之也此所謂興感也萬華亭云興於詩三字抉詩之精蘊蓋不能興感即不能動人所好何有於樂隨園詩話有云孔子曰不學詩無以言又曰詩可以興兩句相應惟其言之工妙所以能感發而興起倘直率庸腐之言能興者其誰耶詩序所云雖非論樂然詩本乎情情之所觸覺心緒不能自已故歌有思而哭有懷無非哀樂之陶寫以聲之入人深也

論語云巧笑倩兮美目盼兮素以爲絢兮何謂也子曰繪事後素子夏誤素以爲絢謂絹素即爲綵絢不知繪事後素乃綵絢後於絹素亦猶左傳所謂目逆而送之曰美而豔云爾蓋逆送者猶繪事也豔者猶爲絢也美者猶笑倩目盼之本於素也目逆而送之曰美而豔者謂有此美質又加之以華彩其儀容綽約風致嫣然此雖非寫生之論不啻逆其來而送其往而目若有覩也方董山有云時出新意別開生面故使人觀之不厭若君子偕老之柔荑碩人其頎之瑳兮不過寫此美女麗人之外貌惟如山如河胡天胡帝其盛矣麗矣之態度想見其雍宮肅

廟間宛變而委蛇尤為神之所活現也唐宋以來古畫之留遺已少概見凡夫山水人物之畫圖亦衹存其所詠史莫覩其真迹如杜少陵之題松鶻天馬蘇東坡之題煙江疊嶂誠能描摹景物如在目前惟王摩詰之往還別業吟嘯林泉每多畫意之作蓋其能不俗所以為文人之丹青也王懋野客叢書云太史公如郭忠恕畫天外數峰畧有筆墨意在筆墨之外是故詞客之流連花鳥騷人之登眺湖山莫不挹此風光蘊諸胸臆惟其毫端有獨到之處乃得詩之神妙也然則繪後於素只是畫之發見而笑倩目盼斯為神之所在也

莊子云宋元君將圖畫衆史皆至受揖而立舐筆和墨有一史後至儃儃然不趨受揖不立之舍使視之則解衣盤礴臝君曰可矣此真畫者也此超脫之謂也王漁洋云詩文須悟此旨若不能超脫則用意終滯何足言畫隨園詩話有云自古文章所以流傳至今者皆即景即情如化工肖物著手成春故能取不盡而用不竭不然何以能各自成家而光景常新耶莊子所云雖是論畫惟詩不外景景象既呈不爲形迹所拘乃能超象外而得環中直若造化之變滅蓋其心來自天外也

故詩不離樂樂不離詩詩亦有畫畫亦有詩嚴滄浪所謂空中

之音相中之色是也蓋空中音則為天籟相中色則為化工不見其底虛闃松聲此天籟也天降時雨山川出雲此化工也雖前人不以聲色為重然樂之至者為聲容畫之至者為氣韻皆神之所流露也詩而無神則為死文字而已又何足謂之詩但詩之近畫多在寫景而詩之近樂多在言情神則渾涵於其中是在人之自為意會固不可以言詮者也然詩雖近樂亦有不盡能歌者詩雖近畫亦有不盡能繪者學者又當分別觀之余於音樂與繪畫雖稍涉游藝未嘗窺其奧理獨於詩頗多所作聊以發抒情感亦不知溯何源流而宗何派別故略述愚見作

爲詩神之説所以見詩之爲學本無竆盡而平生宗旨若以爲在於是焉爾

自序

余十五歲始學爲詩尚未知詩之妙也及漸覩各家諸詩選頗悟此中意味心竊慕之自是時有所效存稿頗多兹編自辛巳至于辛亥三十有一年删削之餘定其可者得若干首古近諸體大概畧備獨於排律實非所長以詩格之變至五七言律可矣不宜復有此鋪陳漫衍之辭風調自佳似未免於平敘也溯自三百篇以來漢之蘇李及十九首諸古詩尚矣迨魏晉六朝諸子風雅之所詠固各有一體亦或具體而微若太白之樂府辭絶少陵之古律歌行誠足以横截百代雄長風騷殆所謂詩

際盛唐而集其大成者也嗣是而宋元明以迄清季代有著作要自成為一家論者乃以朝代為軒輊謂取法乎上僅得其中風會所趨每況愈下不知時勢之變遷人事既殊則情感亦因之而異豈得謂彼此一時亦猶今之視昔也其好為新奇者又謂當別裁規格不宜刧塵相因然古來體製已不盡同究其大旨仍不外有韻之歌曲詎得謂不足為法而遂菲薄古人也方今歐化東漸中邦之文藝又未知如何趨勢顧不謂之詩則已如稱為詩要本之於神而具有色彩聲律乃為詩之正宗蓋吟詠一道無非觸發本人之情志以攄寫當時之境況而運化夫

文字以爲表著者也詩品固多胥視其性之所近余之詩文不自知其何如惟縱意於綿遠不欲聲光之晦澀鬱之以氣而泳神味於言外以求合於古之作者雖未敢謂有得而追維陳迹猶可見平生之大畧焉夫亦浮夢之留痕也已工與不工奚足云

民國紀元一月大寒之節缾山比丘道人自序

鉼山詩集初編目錄卷之一辛巳至庚寅

望月

秋江順風

將勤家青作

小園

松下作 丙戌

游山

雨後登南樓

當時

爲友人畫烟波釣徒

林下
秋夜雜詠四首
贈全子成同學
余嘗曉夢得宮怨後二句因續成之
麗江舟次二首 丁亥
紅棉閣
途中遇雨
荔支
書齋

謁故人莊乘月夜歸二首

夜坐

畫山水小幅二首

野望

寒夜吟

野老

柴扉

即目

舟中遣懷戊子

題族姪婁氏眞像

臨行

陽朔舟次六言四首

觀陽朔一路諸山趁此寄興

動梧州作

蒼梧舟次姐子睦形甫別我西上四首

擬自君之出矣

擬古別離

冬夜

詠史
題醉仙人圖
畫山米中堂郎題其上
除夕
擬韓昌黎李花 乙丑
詠象棋灘
豐獨秀峰
江行曉望
村童

過梧州懷楊伯駒二首

卤衡冬夜

禹碑歌

畫竹蘭自詠

讀鄭小谷先生詩集二首

登鎮海樓 庚寅

卉舟二首

過烏蠻灘謁伏波將軍祠

訴家

竮雨

感懷

漁家詞

秋夜吟

榕塘晚眺

嶺西鉼山曾此愚稿

鉼山詩集 辛巳壬午 癸未甲申

書堂秋夜 辛巳

讀罷下階步寂寥蟲語幽隔花殘月上斜入半庭秋

甕江秋漲

秋霖幾日漬連綿古渡爭看水漲川閘道深山蛟入海故教波浪湧平田

傳聞甕水百年來江漲無如此一回大樹已翻洪浪去黑雲猶擁亂山堆

春日遊帽峯嶺壬午時在番禺龍岡鄉族

古寺深藏秀嶺環幾重曲折翠微間松風初送鳥鳴樹雲氣欲浮人上山塵海暗中看濁世石臺高處接仙家蓬萊別島應相近好把安期待末班

游香港

十洲塵事起天涯萬里夷風入漢家碧島湊滄環巨船綠陰夾道走輕車啻通西域難為利地割南洋漸亂華極目海雲正紛鬱山樓重疊聳園花

夜坐書感

敲罷銅琴晚興闌閒窗清悄感無端回思南嶺蹤成舊前己卯夏五月曾隨侍家君暨堂兄虞廷初次到番禺龍岡鄉族辛巳冬十一月重往渡歲今年三月還家几對西山歲漸寒高樹秋陰霜葉落疏籬夜雨菊花殘涼蟲聲裏流光速過眼年芳取次看

內兄陸十四邀赴春酌因見外舅念堂真容感賦癸未

華堂一笑晤春風感我東牀未識公今日畫中人隔世碧天如夢夕陽紅

出牧滇南髦老年公署理安寧特授嵩明等州年已七十矣雲山已杳地行仙戊寅正月陞大關同知公已仙逝斂容不及生前拜來對衣冠一惘然

春日即景

穉貓坐花影小鳥棲花枝花亞鳥驚散花飛貓戲嬉

左陽秋日 甲申

寂寞晴窗裏秋風入枕邊看書偏引睡攬鏡欲通禪雲變窮荒世山存太古天乾坤已搖落客意感華年

、西嶺觀燒

嶠西嶂嶺高不羣草木凋枯明夕熛受盡風霜更被火黄昏照耀山之垠熊光燭天半天紫遠映巖谷迷煙霧枯條殘卉盡摧折野狐狂竄鵯翻翔風復助之勢益猛燀炥爆炸聲遥聞始似

燭龍出洞聲戲摶火珠吐妖氛更如鼇山挂燈樹千株火燄燃繽紛荒隅禽獸古所窟誰爲掌此山澤焚莫是艮離演周易文明終由草昧分自古燎原未撲滅崑岡玉石誠何云獨憐一炬爲焦土無數生命歸燔炘萬物到秋要肅殺或者天遣祝融君但看一道遠峯去直欲騰空燒暮雲

古渡

風景日悠悠閒行古渡頭山容淒晚照石齒漱寒流牛近野將夕雁高雲不秋缾峯迎我立相對憶同游

山城乙酉

山城寂靜曉陰中　江草萋萋放刺桐　待夏漸看垂柳碧　傷春偏對落花紅　感懷節物終無賴　過眼芳時亦已空　別有深情吟未得　流鶯何事語東風

過肇慶峽登羚山古刹 往番禺鄉族

樹老藤花發　荒蕪路不分　廢壇鑽鼠穴　頹壁寫蝸紋　芳草猶晴日　空山只白雲　禪房幽寂處　鐘磬杳如聞

自廣州抵梧　家君返里　余獨之桂林 始赴鄉試

片帆罷作嶺南客　一葉忽飛天下秋　同到蒼梧分路別　不堪西北水東流

别後蒼梧不計程今宵何處泊桅旌料應同此相思際卧聽秋江夜雨聲

阻雨

推篷忽覺曉涼凝昨夜秋江碧漲增樹裏村家深寂寂雨中山色暗層層便從塵海同徵逐此去雲梯好誕登一卷自吟消客況倚窗支枕夢瞢騰

江行即景

江行日無事倚窗時引領山高壓篷過舟矮不見頂忽然衫袖綠岸竹寫清影放懷逐沙鳥江鄉淡秋景其或卧游之有夢俱

幽静其夢何所見悠悠盡詩境碧樹排遠天白雲渡高嶺

游梧州準提禪林

山河於此幾徘徊百粤關津勢壯哉鶴觀樹含秋色老龍洲帆挂夕陽來上游牂欝諸蠻接北去湘灘萬嶺堆莫問蒼梧巡幸事幽花翠竹繞禪臺

潯江夜泊

獨夜桅檣宿寒流静不喧雁過前渚月犬吠隔江村嶂嶺迷鄉夢風波苦客魂篷窗有同伴樽酒共朝昏

望月

惟此天上月照人最關情静影似欲墜流光疑來行星辰淡無色河漢如有聲對此入冥漠因之聞雁鳴

秋江順風

秋江一葉泝迢迢高挂蒲帆千里遥風挾水聲振林木滿船虚籟吹飄蕭岸邊但見樹雲走窗外忽疑天地揺從此奔波同世路可能宗慤逐長飇

將到家有作

共談歸思急于箭其奈江流彎似弓到此回思舊游處桂林山碧海雲紅

小園

小園閒倚樹蕭騷，俯攬年芳首自搔。蝶過晚花白日静，鷹盤遥嶂青天高。山林伏處意堪適，嶺海游歸情足豪。寂歷碪聲秋向盡，紛紛霜葉下亭皋。

缾山詩集 丙戌

嶺西缾山曾比愚稿

松下作

每覽斯烟景，情懷欲醉之花飛寒食後鶯勸勝游時芳草東風
煖春山落日遲蘭亭今昔感蟬語滿松枝

遊山

芳郊省墓乘餘閒小坐青松游春山節序已過上巳日陰晴烟
景歲遍斕四圍巒岫各爭伏撲西嵐光衫袖斑怪石既疑馬牛
卧古藤欻誤虺蛇環登高自卑悦悟道貫勇前進曲而彎足容

暫住腰屢折更示世途歷險艱到頂謂即天不遠雲梯直上供躋攀詎知寥廓杳無極幾忘此身在人寰我學子晉弄長笛風中清籟流潺潺一時送響入空去彷彿鳳鳴霄漢間山靈近我復媚我淡掃眉黛梳翠鬟岩花豔冶鳥聲悅溪脣谷口俱開顏自念形骸本放浪胥如轅駒受羈閑輞川勝事却有得柳州俗慮應全刪便欲馳心於廣漠長與造物相往還且立峯頭向天問可能許側蓬萊班

雨後登南樓

過雨樓頭望清晨靜物華芳林起鸎燕新漲足魚蝦生意遒芳

草春心到落花山川如畫裏烟樹野人家

當時

當時光景只因循却到春歸始惜春此日烟花留故物他年江草接香塵興懷每觸無窮恨顧影都忘自在身蜂蝶紛忙何處去滿天風絮似離人

爲友人畫烟波釣徒

自笑生涯是釣徒漁樵還與婢兼奴竹中茶鼎鑪中枻一舸烟波共老夫

林下

香風簌簌送池荷林下披襟緩復過秋意乍生凉雨後電光猶在晚雲多此身荒嶠同幽遯何處遥天發浩歌綠樹江村看已暝四圍山影兀嵯峨

秋夜雜詠

我生太幽僻落落歎交寡惟於書中人尚友心藏寫往往史傳中一卷輙自把神游千載上身置半窗下

丈夫貴自立當名垂青史如其不得志亦各行其是所以古之人富貴浮雲視瑜瑕不相掩任其後譽毁耽酒李青蓮天子呼不起好色馬長卿王孫聞之恥落落此兩人俱是大才子豈不

守名教風流偏若此

大造本活潑何為此身羈誦讀雖窮年行樂須及時閒來每獨往曠覽心自怡逢花亦偶折有月還相隨山水寫幽趣風雲抒妙思難詩付之畫難畫付之詩神遊物化中我欲追王維

秋雨乍開晴秋山漸減碧小窗時兀坐涼夜倍岑寂新茗聊一壺殘燈亦半壁澄思幽感生寥寥憶疇昔桂嶺登雲梯珠海乘溟舶今宵心悄然昔若成往迹暗月下梧桐寒螿共啁唧

贈全子成同學

與子分襟後前緣尚可思同遊雲過嶺垂釣月臨池舊夢琴書

在交情筆硯知家君設席文廟曾來從游今來償一樂好賦白華詩

余嘗曉夢得宮怨後二句因續成之

寂寞宮庭欲暮天芳菲桃李逞華年花開花落無人見獨立春風聽杜鵑

瓶山詩集丁亥

嶺西鉼山曾此愚稿

麗江舟次（時赴郡院試）

三月泛扁舟乘此桃花浪一棹春波綠兩岸列屏嶂時覺淺灘急篙工聲苦唱而我坐其中怡然心平曠風清枕書眠山好啟篷望身世夫如何臥游水雲上

夜來泊沙渚烟樹少人迹開窗發清嘯江流去脈脈四顧盡瞑暗疑與塵境隔山高削入天蒼然聳森碧岸草幽蟲鳴星光搖水白惜無長笛吹仙籟振巖石

紅棉閣

昔年三月到，樹樹木棉開。花發春將老，鸎啼客乍來。倚窗羣岫立，憑檻一江迴。為撫遺碑讀，斜陽照綠苔。

途中遇雨

我自壺城返故鄉，時維四月梅子黃。陰晴不定山色變，滿途花草薰衣香。陡然路入亂峰裏，天忽變容雲四起。迅烈突來車馬聲，前後夾攻人如洗。小者瀟颯如飛沙，大者霹靂如射矢。雷鼓轟騰電火裂，四顧迷濛水烟接。逆風吹面路泥滑，林樹蒼茫人迹滅。獨行踽踽歸復歸，心膽既寒腸更饑。瞥見前村遠欲暮，日

脚山外明稀微道遇農人笑且語子之何之何自苦爲言大麓此歸來君子經綸在雷雨

荔枝

此物真消渴天敲露作漿固應風味好無怪進䏌陽

書齋

書齋日午夢初醒起步桐陰坐小庭雲影過窗連幌白山光當戶映簾青畫非寫意難風韻詩解言情始性靈畢竟俗懷消未得流鸎時向隔林聽

過故人庄乘月夜歸二首

乘興隨所去偶到南澗濱卻念山中交遂訪烟霞隣信步一以
往柴扉連荊榛榕陰覆數畝修竹搖風筠樹杪見青山幽蟬時
吟呻叩門我友出吠犬如迎賓呼童遞香茗爲留晚膳頻座上
偕者誰田家數老人白髮而朱顔煦煦六餘旬自言身世事幾
曾經苦辛耕種賴遺業離亂悲蒼旻後生爾不知十載迷烟塵
筋力幾消磨賸此矍鑠身今幸際平治安我老愚民所願年事
豐粟菽膏澤勻催科有其取婦子足居貧只愧少詩書蓬蓽無
儒紳嗟哉野俗語此風猶樸醇便作擊壤歌何當學有莘
夕暝復還歸夜靜塵懷清涼風度空山爽籟怡我情樹暗來時

路但聞雜蟲鳴瞥眼忽星落回頭初雲生俯視稻田水明月隨我行露葉含微光流螢共宵征狂歌到書齋坐對孤燈明無那幽興發徘徊睡不成自取柯亭竹大吹鳴鳳聲

夜坐

明月歸何處宵深靜不譁人談仍別館童哭自隣家階遠黑於漆燈寒青有花冷蟲如我伴終夕語窗紗

畫山水小幅

綠波一棹曲江濱烟柳東風無限春為說漁郎須認路桃花流水會迷人

寒山歷亂晚烟微黃葉蕭疏夕照稀料得蓴鱸鄉思起天涯應有片帆歸

野望

日落千山暝寒烟起暮村荒郊人去後牧火照黃昏

寒夜吟

寒夜淒淒天欲雪朔風拂樹戰蕭颯塵囂既息煩慮清窗外梅花暗含月凍入疏櫺少爐火欲睡不成自危坐耿耿壁燈搖冷光思何遣悶更漏長偶展案頭書數卷且讀春秋列國傳太息古來時事非至此東周一大變三王不作五霸興鯨吞蠶食爭

馮陵道德既滅仁義盡波隨風靡相頻仍七雄此際代接踵鬼
谷縱橫逞智勇可憐角逐諸侯王終被祖龍大一統安排知是
雲中君俯看寰宇鬬紛紛當作登場舞傀儡邯鄲夢醒成浮雲
曠觀三百餘年事畢竟天公太游戲更將孔孟生其間使憂喪
亂難為治我今掩卷長歎息無限閑情滿胸臆流芳遺臭俱千
秋多少賢愚空抑塞興懷今昔付幽遐過眼滄桑歲月賒惟有
荒邱共青史誰知猿鶴與蟲沙前人已往再難見萬載漂流去
如箭後事未來不可識浮生逆睹黯如墨我乃蜉蝣寄於兹不
知天意將何為四海蒼茫渺一粟如何位置姑聽之夜半神游

歷千古坐擁寒衾默無語一時霜氣逼吟懷不覺官衙報三鼓

野老

閒行遇野老相與話林邊問我去何處白雲遥在天

柴扉

山色暝烟霏牛羊亦已歸天寒村落晚寂寞掩柴扉

即目

萬山烟雨裏遠近分濃淡獨有墟人歸數點過溪岸

鉼山詩集 戊子

嶺西鉼山曾比愚稿

舟中遣懷 時張南皮總制兩廣建造廣雅書院奉調肄業

遣悶看書卧篷窗倚枕斜不知身已客猶自夢還家

題族姪母氏真像 龍岡鄉族

吾宗子感念庭慈思養未能報撫心常自惟因思不與親俱化惟此畫與詩 一解 乃贍母兮已逾艾壽雖挺松柏之貞元蒼蒼而堅秀恐歷刼凋零思音容而莫覯 二解 爰索畫筆以寫其真載求詩句以傳其人對裙釵而淑靜儼德性之温純俾子若孫

展軸而覩懿範之常存三解不必刻木而粹然在目不必入泉而婉然在前望北堂之萲草兮猶芳茂而永好兮讀蓼莪之篇章兮胡勞瘁之能忘兮四解

臨行

憶自臨行別女娃牽衣索抱學呼爺年來客久渾忘却每見他人念及家

陽朔舟次六言四首赴桂林鄉試

山削似壁入空水清如玻見底篙聲盡日咿啞曲折行五十里

行行未識來去但見山高水流樹底幾間茅屋江邊一桴孤舟

屋後碧山萬仞，門前淥水一灣。時有雞啼竹裏，更無犬吠花間。碧嶂淒淒欲秋，寒煙澹澹將暮。竹簰幾個鸕鷀，漁罷撐過前渡。

觀陽朔一路諸山賦此寄興

桂嶺之山天下少，萬岫千巒鬭奇巧。五嶽不知何雄厚，但看刻露亦云好。兩岸排矗各孱然，聳插灕江尖刺天。蓮花朵朵蔽白日，玉笋森森攢紫煙。舟行曲折層嶂裏，撲面嵐光映秋水。山陰道上恐難如，攀陟未能惟縱視。忽逢幽勝之境尤絕俗，恍入蠶叢古林麓。草坪竹漵樹邊村，蔟殺漁樵此棲宿。嶄嶄嶟嶟巨靈擘，五丁分幔亭卷霧。劍閣嵾雯柱標貫地軸，笏拄朝天門虎張牙以噉日龍仰口而嘘雲峭壁繪圖壁屏幛岩泉瀉酒傾罍罇目之所觸競自呈態忙應接兮詭譎紛紜咄哉何其險怪也若此使我逸情欲作飛仙起想其渾沌未闢猶鴻濛陰陽鼓鑄洪爐中滂礴摩盪風輪轉精液渣滓俱銷鎔迨其蟠際清濁判上為日星下山峯巋然出地變作石凝成形質歸元工至今不騫不崩梗歷世彼此突屼對峙爭崇窿不知坤母之腹如何孕產得如許傲骨撐蒼穹徒使騷人墨客相詠歎莫由想像大造之無窮我今重來游嶒嶸添氣象邱壑滿胸中煙霞生紙上偶一呼之眾皆鳴寂寂四圍聳相向癡心且欲戲山靈乞借一峯當

戶青似聞谷口籟傳語惟過者送來者迎覩此因之渺遐思白雲去矣碧波逝為問山兮幾萬歲山依我言只蒼翠

到梧州作

千里從灘下犇流逝怒濤江連梧郡闊山入桂林高聚散胡能定窮通聽所遭明朝嶺南去烟柳助吟豪

蒼梧舟次姐子陸彤甫別我西上下廣州

憶昨青樓風雨夜同聽歌管弄清秋烟波此去荒江上望斷征帆碧水流

嶺南極目樹雲迷迢遞邑州夕照低同是北來千里雁秋風吹

散又東西

幾日同舟灘水濵，青山送罷客中人。憑君為帶平安信，代我還家慰老親。

帆檣來去日紛紛，世路犇波各自分。惟有客懷與鄉思，一時觸起暮天雲。

擬自君之出矣

自君之出矣，月色淡羅幃。嬌女燈前問，阿爺何日歸。

擬古別離

雲山未上路，車馬已盈門。餞酒不能飲，相對惟消魂。妾問何時

返莫學虞姬忘所飯郎言有日歸莫似蘇妻不下機妾勸須愛身還要加餐食郎說但寬念休自傷容色有情共付天邊月皎此照時兩相憶

冬夜 時在廣雅書院

讀書夜忽深寒帷自閒步殘月上空階階前生白露疏星淡搖光涼蟲語無數遠聞北來雁翛翛向南渡觀此懷鄉音搔首眷西顧迢迢銀漢迴山河杳遐路天寒衣袖薄秋盡歲云暮感此坐中夜幽思向誰訴

詠史 梁節菴先生廣雅書院齋課題

已亡骸骨歸胡為印綬聘漢恩猶未報安能事二姓膏蘭本明香何必慟年命不見草玄閣縱死亦非正龔勝

舊主雖已亡孤臣猶未絕悲歌崖門外海水共嗚咽殿宗有遺骸入元無屈節當其聲妓時誰識此忠烈文天祥

·題醉仙人圖張香濤制府廣雅書院官課題

玉山自倒玉壺春謫後青蓮放浪身只為既醒仙枕夢不妨常作醉時人後二句是張制府香濤所改

畫山水中堂即題其上

尋幽到此得蕭閒曲徑疏林水石間卧聽巖泉聲不斷白雲遥

起隔溪山

除夕書懷

天涯臘盡又逢春南海燈窗此夜身遥憶親前諸弟樂也應說

及遠遊人

鉼山詩集 乙丑

嶺西鉼山曾比愚稿

擬韓昌黎李花 張制府香濤廣雅書院官課題

南中二月春風暖，繁卉雜開野山滿。寒梅既隨冰雪散，乃有此花白照眼。張制府香濤云：佳句竟是韓。朝來旭日輝彩霞，光分桃杏之豔豓。一自薄俗競朱紫，脈脈自我華者並。生就素姿許誰共，院落梨雲合同夢。惟將皓潔持其真，淡月前谿照幽涼。

過象棋灘 赴桂林鄉試

盡日山中行，忽被山圍住。船後剛折衝，船頭又橫據。裏面千萬重來去欲無路灘江作水軍洶湧更奔注篙與波巨爭帆無風伯助矶如車阻抗磯似馬昂踞陞礙時飛濺駭象復激怒舟行若戰卒一步難一步格鬬不讓也咿呀震岩樹危檣亘長纜幾人沙岸渡魚貫而傴僂鼓勇向前趨感此行路難塵海共沿溯何由插兩翼雲漢爭鵁鶄

登獨秀峯

獨秀之峯何秀靈拔地崛起撐空青雲梯步上三百六猶如螻蟻旋翠屏風吹我衣御而擧草木振動飄蕭聲一級一轉到絕頂令人高唱升天行五尺之人小眼底萬仞之山低蒼冥往來

已覺在塵世呼吸直欲通太清我來晨氣滿巖壑金烏隔樹翻霞生峯頭長嘯曉雲起疑是跨鶴仙者迎遥瞻俯矚宇宙闊心逐空外翔煙翎孤聳一柱信削陡當坐蓮花朝帝京且摩苔蘚讀題詠滿崖瓦缶雜韶韺我亦高歌據石蹬隨風珠玉飄泠泠此即謝朓驚人句大聲誦與青天聽

江行曉望

昨宵微雨飛晴川晨起新涼侵入船鄉夢乍回嶺樹外秋光已滿村林邊濤奔灘畔走羣石山出雲中浮半天幽草閒花更何意萋萋映日輝芳鮮

村童

衰草殘雲秋暮天，江鄉風景夕陽邊。村童不管羣牛散，荷笠灘頭坐看船。

到梧州懷楊伯駒

桂花開罷我歸舟，過眼雲山又暮秋。知否故人今夜泊，滿江煙雨入梧州。

粵海書窗隔暮雲，同門今已各離羣。湖舠花柳蓮韜月，此後相思只夢君。湖舠蓮韜館皆在廣雅書院

西齋冬夜仍回廣雅書院

寒燈晃晃映窗紗搔首天西苦憶家欲倚欄干誰與伴滿庭霜月冷梅花

禹碑歌

昨者流觀金石篇中有碑文夏禹鐫此碑云在岣嶁巔苔蘚剝蝕葛蘿纏風雨飄零歲月遷偉哉古物神守全寥寥四千有餘年乃見摹搨今猶傳憶其隨刊奠山川幾經橇檋周垓埏南來大揮筆如椽銘勛封禪昭綿延似籀非籀亂蟲旋似篆非篆枯蔓連非鳥獸迹何蹁躚非蝌斗形何聯蜷有如龍蛇戲重淵昂頭曳尾若木牽或如鸞鳳翔空天張翥迴頭高雲騫鼎鑄姦容

反而偏經圖怪狀曲且卷一踦夔魖走蹎蹎雙袖天魔舞翩翩結體拘絞骨節攣恍若手足傷胝胼莫是倉沮造於先六書遞變不相沿即觀鈎帶誰能宣使人惶惑徒窮研縱有釋文解言詮臆度豈真知其然嗟余想像心拳拳奇字無從問太玄惟茲陳蹟存貞堅渾渾歸之湯武前轉惜秦漢諸昔賢胡弗搜索披雲煙遂令漫漶空棄捐等之石鼓湮野田吁嗟碑兮幾迍邅獨於刼外留塵緣他日倘泛湘江船還將訪之衡嶽邊

畫竹蘭自述

人問我畫本何譜我道生機出胸宇有時默對竹與蘭意在胸

中來筆端花木生成自兩界天地能生我能畫借問畫者胡能然畫者不知何答焉吁嗟乎萬物無非形與影形影之中藏妙境誰能寫真與傳神世間惟此詩畫人

讀鄭小谷先生詩集

豈云風節傲公卿聊託山林寫性情千里客懷湖海氣十年春恨鼓鼙聲穗城去後花空豔桂嶺游歸月尚明感我瓣香身晚出未能門下列門生

鴉吟之後得鷗閒（鴉吟鷗閒均集中別名）耕讀從今白石間（所居名白石村）幽女有時同唱和（有幽女詩集云扶乩所得者）古人無代可追攀少陵入世多羈

恨彭澤辭官轉抗顏文苑儒林高士傳象臺編史足名山

缾山詩集 庚寅

嶺西缾山曾此愚稿

登鎮海樓

越秀峯頭客裏身五層樓上作游人白雲北起排山色黄木東流入海濱番舶風濤千里暗仙城烟樹萬家春粤臺歌舞崇岡在細草閒花是路塵

行舟 返里赴郡院試

北風吹水滯行舟惹得歸程自可愁西去鄉心東去夢裁人離緒兩難休

別後家山兩載餘歸期屢誤託雙魚只今柳陌新青日正是春閨入望初

過烏蠻灘謁伏波馬將軍祠

銅鼓聲中古廟涼山河依舊樹蒼蒼威名早懾雙蠻女定論能知兩帝王瘴海風波翻莰舳雲臺星宿掩椒房千秋灘水不平處極目飛鳶落大荒

近家

近家心愈急恨不鳥能飛鄉夢都先到還期轉屢違草痕萋以綠柳色送將歸明日深山道歡迎待款扉

避雨趁廣雅書院

日既太烈天乃雨黑風卷雲壓遥宇江行急向江岸泊頃刻崩濤把船舞千林澎湃風輪犇萬山傾注天瓢翻魚龍上天走雷電一時滂薄昏乾坤我伏舟中似々蟹窟恍惚馮夷競出没須臾晴霽波浪平長歌一棹中流發

感懷

歸來袖手夕陽邊身世茫茫對碧天高志未妨曾瑟後雄心難到祖鞭先美人香草三閭賦春女柔桑七月篇從此感懷非一事坐聽鸎語惜流年

漁家詞

漁婦艇尾緩搖槳，漁人艇頭立灑網。夕陽船上呼買魚，風中傳聲水中響。移船相近相低昂，繩出綠波鱗甲長。權之以衡貫以柳，手接青錢置諸笥。漁童漁女三四人，蘆洲曬網沙邊村。肴其有矣炊夕飧，無賦無稅到子孫。

秋夜吟

秋風清，秋月明，秋風樹上過，秋月空中行。年年風月只如此，秋去秋來長不已。乾坤邈邈古復今，情景都歸詩卷裏。太白玉山倒，東坡赤壁游，二子高懷同悠悠。我惟兀對荒山碧，高詠紫雲

永今夕

榕塘晚眺

日下諸峰暝色横榕塘閒眺有餘清水光倒映人翻立雲影西流月退行物到静觀知道化境因環感惹情生此身兀自蒼茫裏遥聽村林遠籟鳴

鉼山詩集初編目録卷上二 辛卯 壬辰

春艸 辛卯

謁石門

珠江竹枝詞八首

夜雨書懷

古驛

與諸友游疊彩山即席景風閣

拜月詞

九疑山曉發

殘照

擬蜀相祠

夜步湖舫亭

發梧州寄懷友人二首

別梧州

江雨

夜泊藤州有懷蘇東坡對月詩

泊烏蠻灘

舟夜

題梧桐樹下美人對月卷子

懷楊伯駒

題友人扇面

題岳忠武讀像

題名山圖十四首

題詞絶句十八首

盂蘭盆詞

爲友人畫山水四幅四首

寒燈

題長離閣詩後五首

種竹四首

友人將歸續娶題催妝詩誤之四首

清佳堂秋興二首

友人惠我鏡像題此爲謝

畫竹二首

蒼梧舟次

潯江舟次

巒州舟次

友人題我拙稿依韻奉答

勁南寧贈劭廣雲生

日落

十一月二十日晨微有雪

壺城譜中

缾山詩集 辛卯

嶺西缾山曾此愚稿

春草

自送王孫去萋萋又一春不應侵古道迷却遠游人

過石門 往龍岡鄉族

夕照石門去東風帆影斜來潮侵碧草崩岸落黄沙墟聚艇三板樹藏村幾家嶺南春已暮開罷木棉花

珠江竹枝詞八首

禪山東渡過鵝潭爭得珠兒載兩三為問阿姑住何處半含笑

答在河南

遥從花地向沙基潮漲波平艇過遲一櫓後艙雙腕白金環搖曳折腰支

高篷沙艇競華鮮蛋女青衫分外妍背槳面人貪笑話前頭忙却觸來船

紫洞瓊窗載富家小輪牽引擅豪奢水嬉共道乘消夏半看龍舟半看花

媽船雙槳往來輕艇尾如梭却倒行婦乍俯推男忽仰浪花爭送耳邊聲

珠隄一出便招呼，延客誰知借彼姝。待得紿人下船後，靚妝已在別家艫。

樓船夜夜起笙歌，酒席瓊燈漾綠波。菸氣花香交錯處，一團圍坐月宮娥。

乍聞黃埔汽筒催，頃刻煤烟入岸隈。藪艇低昂半江面，知他衝浪海船來。

夜雨書懷

憶我出門時，嬌女牽我衣。不知將遠別，索抱猶依依。一別日以遠，魂夢相睽違。園草飛蝴蝶，閨月流清輝。迢遞去年春，雲山今

日歸嬌女見我避呼娘趨入闈羞縮掐不前遮睨出簾幃此夜又經春天涯芳樹菲想見在母旁歡笑掩雙扉鍼線雨聲中燈下嬉容暉

古驛 赴桂林鄉試

電線有新政驛亭空爾為烽墩纏蔓草樓壁挂藤枝世已今非古人將夏變夷關河日平靖戍鼓尚舟師

與諸友游疊彩山即席景風閣

笛聲吹過碧山來眼底江流亦快哉桂閣澹煙秋作畫榕門經雨翠成堆臨窗對酒千峯立入寺尋詩一洞開仙鶴不歸常侍

遠高歌還與踏雲迴

拜月詞

含情下閒階搔首掠雲髮是否祝同心團圓似秋月

九馬山曉發

灕江清且淺一灘泝一灘沿岸寧長纜如歌行路難黄牛幾朝暮乃至九馬山山高削如壁其下流潺湲傳說九馬形隱見蒼崖間雨淋日復炙未免生斑斕望望夕陽滿空谷傍石收帆巖下宿我把長笛船頭吹商飈瑟瑟震林麓曉來東嶂日未起我猶清夢蓬窗裏舟人那許苦撐篙山乃無事依人號

殘照東 返粵

殘照下遥嶺，江村來繫船。寒風吹北斗，新月落西天。秋老石浮水，夜深山浸煙。故鄉如有夢，飄泊感頻年。

擬蜀相祠 朱鼎甫先生廣雅書院齋課題

蜀相祠高柏影疏，漢廷忠像儼深居。鵑啼猶似悲亡國，龍卧空教憶故廬。訓子早成歸殉節，託孤不效奉降書。渭南隕罷出師涕，遺恨中原落照餘。

夜步湖舫亭 在廣雅書院東園

明月照湖水，湖月映孤亭。繞亭涵水月，荷芰落芳馨。

到梧州寄懷友人 由粤返里

寒潮有意還相送，剛到端江即便回。寄語東流海珠柳，春風吹處我重來。

此去邕西道阻長，天寒爭奈苦思鄉。家山我亦難爲別，且看梅花媚早陽。

別梧州

舊雨都雲散，征蓬此獨還。村明洲外日，帆轉樹邊山。岸柳縈歸夢，江花送別顔。又辭鴛水去，迢遞入烏蠻。

江雨

放船衝浪逐長風鬱水奔流日向東兩岸青山雲裏沒片帆西去雨濛濛

夜泊藤州有懷蘇東坡對月詩

今夜藤州泊山深瘴癘多一珠江上月曾此照東坡往矣人千古南荒落醉哦寒流天漠漠水調復誰歌

泊烏蠻灘

灘水急烏蠻帆迴落木灣濤鳴滿江石月上半天山遥夜霜華濕殘年客夢還伏波遺廟在蕭瑟守津關

舟夜

歲暮歸來萬嶺凝寂寥寒夜雁聲沉大江白浪仍天地明月青霄自古今霜露沾衣游子淚關山聞笛故園思蓬棠楊柳應搖落惆悵風波益苦吟

夜雨悶甚作四民詩四首

有士儲書倉將以飽胸腹經史與子集寢饋如菽粟一架置一部閒來時誦讀豈料偏置處久或未經目蟫乃生其中鑽爛彌卷牘神仙字既食食書當食祿縱有芸香草薰之不可逐紅日既不到奸藏資養育可知為政者倘不察犀牧蠹國即病民一方遭荼毒

有農事稼穡荷蕢經田廬艱難助良苗非種嚴必鋤爲向家人語稗莠每相如鋤之務求盡莫使蔓難圖圖之當善防莫使拔連茹倘或姑息之穢亂必盈畬滋漑奪其秀雨露爭其濡日日長且高嘉穀遂荒蕪寄言黜陟者於此觀黍除君子與小人不能一朝居

有工製方舟所要舵與槳舵槳既能備流連任來往五湖四海遠天雲共泱瀁其或不善操衡撞便傾蕩我却悟爲治法術堪想像船者爲天下風波亂之象譬如灘中船濤石阻奔滯掀簸欲淪沒束手無憑仗乃有善舟師旋轉如攬鞅風波自風波其

權在人掌

有賈藏鉛刀將以求鋒鋭生鏽恐其鈍時時事磨礪飾之以文犀繫之以珠綴自謂干將寶得之豈云易客有過問者蓄此將何意賈者言居奇利之所以利客曰君善藏此亦殺人器利中必有害勸君莫輕試不見王荆公孳孳爲國計一朝不善用厥禍及後世

亡弟哀辭

昔余東去日雙淚泫臨歧那料生離恨終成死别悲有書言尚勉無信夢何知十五年昆弟荆花月落時

疾疫都逃過，如何命不禁。音容酸我鼻，湯藥苦親心。露溘鶺原晚，天高雁影沈。來生爭料得，冥漠感人琴。

哭姐壻陸彤甫

山中與交者，惟爾最情投。雖曰姊弟親，嚶鳴常應求。自昔負名場，出處兩不侔。君既游燕吳，君乙酉選拔入都，還吳省其叔父於任所。我方伏林邱。宿緣竟何淺，離合不自由。返旆君東來，負笈我南游。戊子春，君至自蘇，余亦之廣雅書院肄業。一晤靖江城，雲樹增離憂。迨追去歲春，鬱江泝歸舟。庚寅春，余返里應院試。閒談坐樹陰，方幸結綢繆。睽隔又經年，穗海復桂州。夏，余復之東，至辛卯夏，仍由東之桂林鄉試。每盼秋月輝，攜手明遠樓。搔首訃音來跨鶴歸瀛洲（君卒於辛卯六月）人謠傳我死歎息心尚惆（余在粤東里人謠傳我死君初慟惜繼乃未信）我則謂君生耶料病弗瘳（六月間余尚有書促其赴省而君已卒矣）今日慟靈前幽明成異傳懷想舊丰神猶如相對酬老母哭在堂悲痛命不猶淒涼二遺孤嬉笑不知愁爲慰阿姊言飲泣拭雙眸好待姑與兒茹苦終惟休太息長已矣立節庶無訧出丘望浮雲零淚緣襟流

鉼山詩集初編壬辰

嶺西鉼山曾比愚稿

木棉花

三月木棉紅春光粵嶺中北人初未識多恐誤霜楓

春江赴粵

春江泛輕舟渺渺日行邁雲山轉復變乃得臥游快隔岸數家村桃源似世界紅棉夾翠竹分排古木皆村前明遠水片帆天外挂村後堆秀嶺宿煙橫一帶藉問王右丞是詩抑是畫

江上晚興

昔之來也關河木落霜華明今之去也煙花三月歌流鶯長川翻浪閃風日萬嶺浮雲陰且晴丈夫出門那辭苦會向空天振毛羽胡為淹滯此江皋使人行止不自主登高遐眺心依依春草綠波搖夕暉山前杜宇叫山後鷓鴣飛行不得也不如歸

紅豆謠二首

笑詢紅豆子情種幾堪摘莫道解相思相思竟何益

紅豆如有答將待美人栽惟恐春之思誠思金石開

南中懷古

儋州蘇軾逢磨蠍鬱郡虞翻付弔蠅二子不如句漏令青天白

日說飛昇

潮陽鱷浪投韓子龍邑蛟涎沒柳侯一自文章多被謫庭堅此後又宜州

南漢荒淫餘亂壤越王割據入蝸蠻龍蛇千古同歸盡淒絕崖門海一灣

左傳麟經咸存學唐書龜鑑曲江才名臣風度名儒業貽代榕門此繼開

潯江縱眺遂寫長句

我有薄天之翅落江水未能奮翮出塵寰萬里今日偃蹇窮荒

中登高環顧垂穹窿人間何處可託足蓬萊縹緲滄洲綠眼看世路多崎嶔不如猿鶴老巖谷忽聞長笛數聲響吹我逸情碧漢上飄飄清籟同悠揚遠入浮雲自來往故鄉杳不見川巒迴四圍半空陰晴走白日何似晨風凌風飛塊然兀立潯城側東望流波去不極舟楫奔忙紛滿途我且於此少休息少休息多煩憂名利驅人增別愁湖海蹤跡誰林邱不見四皓乃獨畏富貴采芝之一去商山遊

題梧桐樹下美人對月卷子

井梧風落夜雪殘愁託香腮翠袖單莫道嫦娥奔月好清虛風

露只高寒

懷楊伯駒

温温楊伯子一別歲成三穗海燈前夢梧江花下談浮雲入西北流水下東南出處真乖絶奇文只自探

題友人扇面

落落疏松颯颯風幽瀑策杖空山月萬古絶塵俗

題岳忠武遺像

半壁江山付與誰長城自壞詔班師正當强虜思降日已是奸人鍛獄時帝竟無心迴北狩臣惟遺恨拱南枝武卿報國身難

特同此忠貞叟淚垂

題名山圖十四首 張制府香濤廣雅書院官課題

蘇門

畫山繪其形吟山寫其靈我對蘇門山眼底生空青上有清輝閟縹緲蒼烟横有人若阮籍側耳而遠聽似聞鸞鳳音蕭颯來空冥我念乾坤理鳴應原其情此山空其中萬竅穿瓏玲噫氣貫地肺虛籟所由生嵇阮或以此閱羅挂之庭劃然一長嘯忽來風雨聲

盤山

乾坤有奇氣滂薄生盤山盤山亦何奇重疊環峯巒上盤何蒼古屈強生蛟蟠中盤何嶙峋昂伏怪獸攢下盤何奔騰噴湧雪花寒各以水石松角勝而殊觀我游對之卧聊當驂飛鸞縱看飽胸腹恣我烟霞餐

匡廬

我昔夢廬山夢入五老旁旁有香爐峯上衝紫烟光高懸瀑布水倒瀉三石梁劈峽噴銀河白龍千丈強却逢白太傅邀我坐草堂甚言此地佳指引頻周望忽然萬籟鳴草木生秋涼四山湧白雲此心同飛揚詎知一夢醒此境殊茫茫我今披此圖面

目猶未忘火急追亡逋淋漓著斯章

黄山

黄山天下奇幽境誰搜抉三十有六峯峯峯石皴裂天嶠懸崖松蒼黝如屈鐵老虬時張鬣呼風蟠窟穴其下爲黄海白雲飛巀嵲倏忽没山脚巒岫半明滅浩若銀濤湧蓮花欲傾折變化不可名神工太詭譎擬將商畫史茅屋此中結高踞何峯好晨夕恣探闃陶淑此靈景沃我腸中熱

中條

石壁插天起青冥擁山勢樹杪出高崖濃黛妝螺髻憶昔司空

圖結屋此流憇司空在當日幽棲淡榮利使我懷古心曠覽且凝睇忽如疏雨過犀峯起蒼翠

九華

奇山各爲態爭勝留人間雲外不可見突已來堂前疑是滄海龍夭矯欲上天忽逢霹靂聲化爲石蜿蜒隱隱松下僧迥若太乙仙箕踞雲濤中嵐氣來蒼然秀出真芙蓉遠矗青林烟對之生逸心已落翠微邊

五臺

青山如高人偃蹇風塵外五臺縣中山如五老相對巍然不可

攀孤高各向背石級陟雲上巖岫互明昧羡彼雲游者卓錫於此在安得挹清涼洗我塵俗態

雁蕩

東南萃名勝山勢奔入海雁蕩百二峯修削出真宰龍湫挂靈峯簾泉瀉珠琲彷彿湖中雁飛起横歸罪我讀古人詩想像情空在不如向禽約玉女久相待高陟羅漢洞更覓紫芝采所昔迎送僧千秋形不改

天台

昔讀天台賦赤城羡霞標今讀天台畫瀑布訝石橋霞標八千

丈耀日淩丹霄紅光燭半天雙關聳雲高石橋亙橫空飛泉注鮫綃一落貫當中如聞風雨號下有兩幽人荷笠如肩樵莫是阮與劉不見仙子招歷覽心神遠使我眼界遥何當倣來游共訪丹邱僚

武夷

昇真敞幽洞巑岏插天起一峯號幔亭下削上如砥憶昔武夷君傳觴來至止竟夕秋月墮曲終亦杳矣吁嗟古仙真想像情何已會將負琴游動操趺蒐富人間可哀曲高歌碧雲裏

羅浮

嶺海有羅浮蟠亙據雄長蓬萊割左股委此三千丈石樓與華首出沒淩霄上雲壑亂流中飛瀑時聞響我今來南海未獲策藤杖高詠對之思使我神先往念彼抱朴子其間恣幽賞霜月梅花村靈仙足夢想

峩眉

西蜀絕遐嶠神秀鍾峩眉迴如一握天兩角孤雲支傳聞六光相普賢示寶儀雲海幻奇變彩霓暈重曦林巒曖五色圓影輝陸離我念此靈怪消息有可思霾雲復弇日嵐氣斯呈奇此妙誰能畫惟是付之詩東坡不復生峩峨空爾爲

終南

終南太古色，蟠鬱據關中。仙掌照初日，佳氣紛葱龍。結廬者誰子，毋乃浮邱公。泉石多捷徑，何事來矯節。我詠謫仙詩，出門將毋同。但覺烟林香，恍傳僧寺鐘。

青城

矗矗青城山，雲表落空影。蒼然森滿眼，於此闢幻境。夙好寫山水，縱筆時馳騁。每作佳泉石，置我翠微頂。覩此移我情，幽意自堪領。他年倘著屐，衝破秋雲冷。直上妙高峯，更躡瑞香嶺。

題詞絶句十八首

張制府香濤廣雅書院官課題

櫻桃落盡雨潺潺皆詞中句亡國哀思不可刪最是倉皇辭廟日教坊猶唱念家山南唐後主

風流一代仰儒宗也向詞壇逞筆鋒絕妙少年游一首唐人溫李欲追蹤歐陽修

蒼涼一曲度邊愁何似殘燈敧枕頭公御街行句回首關山窮塞主尚聞羌笛譜清秋范仲淹

掃盡梁周靡曼音盤空跌蕩作龍吟蒼茫水調歌中句時寓忠君愛國心蘇軾

對客揮毫醉墨翻南來樣浦不堪論就中秋景憑誰畫鴉點斜

陽水繞村 秦觀

東坡淮海斲才華馳騁餘波擅二家獨怪詩人殊冶蕩錦紅偏墜滿頭花 陸游

詞名腸斷豈淫奔欲把盧陵一訟冤白璧微瑕千古憾柳梢月上約黃昏 朱淑真

漫云詞句效東坡氣概由來感慨多留守主人都罷席為他淒唳六州歌 張孝祥

銅琶解唱大江東無限雲山夕照中懷古一歌惟赤壁豪情蕭瑟滿江紅 戴復古

風壓何處覓知音，聊寫空山白雪心。斷盡梅魂招得未，傷春楚些水龍吟。蔣捷

自製新聲付侍兒，玉簫來向月中吹。暗香疏影梅花曲，已落人間絕妙辭。姜夔

桑榆折節那堪提，周柳才華竟與齊。瘦到黃花簾卷後，聲聲慢裏訴秋閨。李清照

却向詞場獨擅名，張郎風韻有餘清。三中何似呼三影，此是天然畫不成。張先

猶見臨安全盛時，悲涼身世寫興衰。豈知春水爭傳誦，白石而

還見此詞 張炎

道衡詩句每相參別有春愁孰與諳歌到花前青玉案教人惆悵望江南 賀鑄

北狩詩剛賦禁烟燕亭又寫杏花天南唐一闋家山破同此銷魂各黯然 宋徽宗

滿襟血淚向誰彈九死翻疑抗節難圓缺從容休惹月此心何忍獨黃冠 文天祥

尚餘南宋舊風流白石淵源迥不侔莫道荆卿歌變調琴聲猶是廣陵秋 元張翥

盂蘭盆詞 廣雅書院朱鼎甫院長齋課題

天竺之佛演敎門法壇布施招幽魂香烟慘淡震鐃鈸盂蘭盆上飛幢旛笙笛飄飄入雲裏水陸蒼茫多餓鬼道旁杯炙江上燈一枝灑偏楊枝水不知眼中何所見燭影揺光照人面往生咒與度人經高對空王誦一遍聞說目蓮游地獄爲覩若敖紛滿目嗟亡母兮何餒而苦乞慈悲脫鬼籙爰製此盆作供養僧衆喃喃齊合掌果然功德真無量共說災殃化塵块一自此俗流中華中元歲歲紛家家冥錢冥衣燬無數暗中彷彿爭紛拏我見困窮今滿路登門討食誰超度盂蘭之盆大正焚一陣陰

風卷灰去

為友人畫山水四幅

仙源何處泛紅桃幽瀑飛來十丈高是否溪山雷雨過玉龍爭怒湧波濤

幽林密茂路迴環恰好江樓著此間闢盡四窗何處坐緑波深蘸夕陽山

閒躡危厓望九州大江日夜挾天流滿懷詩思吟難盡紅樹峯高白雁秋

杖藜扶我訪山家流水溪橋白石斜料得高人殘雪後抱琴攜

鶴繞梅花

寒燈

寂寞悲秋士寒燈對影孤不知今夜雨滴到故園無

題長離閣詩後孫淵如配王采薇著

絕妙金閨詠絮才彩鸞風韻一枝梅房中唱和剛同調何處曇花頃刻開

香魂一縷玉生烟化作清華碧落仙誦到花陰調醉句塵懷先已醒前緣

多情多病更多愁霜月風鴉一段秋想見鏡臺揮筆際碧雲天

外夢魂遊

伊誰吳會主騷壇，畢卓編詩獨曠觀。畢秋帆嘗以方正澍、洪亮吉、黃景仁、王復、徐書綬、高文照、楊倫、楊芳燦、顧敏恒、陳燮、孫淵如詩合選之，爲吳會英才集。不足十人之數，乃取淵如配王采薇詩足之，寓才難之意。十亂寥寥終一婦，漢唐以後信才難。

柳月搖風頻惜夜，棼雲經雨最傷春。楝花開處蠶絲罷，分付同心後死人。卒年二十四

種竹

自種南階竹數竿，草邊還疊石巑岏。虛心漫計淩霜日，即此蟠根錯節看。

涼飈鎮日拂蕭騷，便似翔鸞舞翠毛。袖手時來較風節，此君終竟比人高。

年來雷雨動氤氳，卓犖龍孫軟翠分。待得園林好風日，高低隨意各淩雲。

潑墨曾將汝寫真，今看粉本滿懷春。胸中從此都能孕，生到毫端已出塵。

友人將歸續娶，賦催妝詩送之

覓得鸞膠續斷絃，送君歸賦鵲巢篇。傷心未免荊枝折，遲此香衾又一年。自云娶期本擬去臘，因弟病故改至今

舊人回首漫神傷，花燭房中照晚妝。堂上舅姑剛拜畢，更看膝下叩兒郎。自云前室遺有一子，今數歲矣

未嫁當時晤面難，羞容晨起燭光殘。鏡臺妝罷將眉畫，會見郎從鬢後看。

憑君爲我贈花枝，此後東籬菊放時。好摘數英親手插，鬢邊一道璧人知。

清佳堂秋興在廣雅書院東園

時序秋將晚，蕭齋淨不塵。徑迴花礙客，堂靜鳥窺人。何用白團扇，還宜烏角巾。涼風一寥落，天地側閒身。

山中誰習隱空負草堂靈感節思荒徑吟秋入小亭種花翻竹譜對酒看茶經此景聊堪適遥閑語閣鈴

友人惠我鏡像賦此為謝

西人精畫工乃不出於畫像以玻照成咄咄事殊怪吾友多情者入市獲所愛彼美兮何方傳神阿堵内我本好好色一見作請丐不圖千金諾竟許蕭齋挂每當絃誦罷微吟靜相對鏡花與水月空幻於此繪既非耽禪悦道心容妙會微笑書贈君償此换詩債

畫竹

曾向南窗種數竿，閒來相對倚欄干。只今為爾描風格，秋雨秋煙筆底寒。

蕭蕭直節挺蒼苔，揮灑毫端當手栽。此夜南園風露冷，有誰攜鶴抱琴來。

蒼梧舟次 由粵返里

又過蒼梧郡，風煙萬嶺陰。水連三管闊，雲接九疑深。嶂影低鴻雁，霜華入樹林。客途秋自好，送我故鄉心。

潯江舟次

一江分柳鬱，過此又潯州。綠樹城邊棹，黃花水上樓。北看山入

漢南去雁橫秋書劍頻年事相如悵遠遊

欒州舟次郎永淳

南海千餘里迢遞此客舟帆檣自西去江水復東流戍古藤花晚村寒木葉秋雲山況寥亂何處是邕州

友人題我拙稿依韻奉答

萬物何因競不平百年若夢感吾生未能磊塊消胸臆聊向希夷寓性情東海琴從天籟得豐山鐘爲野霜鳴流風能幾傳餘韻空谷堪嗤學應聲

、到南寧贈別黃雲生名誠沅武緣人

十月飛霜楓樹落山[illegible]寂寥天宇廓海南濡滯千里餘今宵始向邕州泊黃子同余一月舟高眉大顙三十秋不肯青衿老章句燕北翻然萬里遊自言不到皇州地那知宫闕聳閎麗歸來海上紀夢游君自稱海上夢游客明月揚州恐無二銜杯舉目欲匡時華夷雜處何所施非學武靈變趙法因循苟且胡能爲君云中國大弊在因循苟且欲圖富强非變法不可明年又向滇南往一行作吏青雲上琴堂經濟好敷施臨風有客時懷想黃子黃子休離色此去驊騮須努力我家邕西君邕北雲雁飛時一相憶

、日落

日落萬山寒江明楓葉丹人歸村樹暝鴉去野烟殘客路春同
至家園歲向闌鉼峯無恙在相對倚欄看

十一月二十日晨微有雪

南方重離地自古無氷雪壬辰辜月間侵晨忽凝結是日太陽
杲陰質始消滅及其染萬物卉木半枯折可知天地心非獨厚
峻節惟其慣摧挫乃鬱爲時傑莫問災與祥聊誌此所闕少見
而多怪天道難詳說

壺城道中赴郡院試

臘盡春又至烟雨迷空林雪帽被青衿匹馬深山深山深鈴語

響幽隧山頂烟蒙似綿叠重經舊徑當温書貪看奇峯如讀畫

世路崎嶇何苦辛惟有春色能娱人美人何為在空谷桃花一

枝倚修竹

鉼山全集
第二册
詩
贈
廣西鄉賢遺著編印委員會贈

詩集前編第二

鉼山詩集初編目錄卷之三 癸巳至乙未

珠江旅次訪黄雲生同上江樓賦贈二首

李月莊惠筆一枝賦此誌謝

舟出南岸

上羚羊峽

白雲

舟中病起

湖大劫灘舟覆獲免作此自奉

謁陽朔書贈諸山四首

桂嶺行

謁秀峰書院訪邑伯福同學

自桂林南下

謁横州海棠橋有懷秦淮海

早發

夕哭

南寧舟次

晚歸

晚步

𥨐穹峒

晚泊

異繩

古鬱舟次

乘輪舟出鯉魚門 甲午

天津早行

車中即目

燕山道中

禮闈夜坐

都門贈劉犀甫同年

贈謝楷儔同年

贈別三晉談楷儔南歸

楊椒山故宅

月上

獨夜

題故區西湖布衣一家七口殉難事詩冊

家信久不至忽接一函喜而有作二首

讀張船山詩集

曠觀

絶思二首

擬古

哭業師朱鼎甫先生二首

與歐文符同季食蟹

九日偕文符游陶然亭

修家書未就得此二章

步宣武門感事

秋盡

出都早發

遼海遇風賦此紀事

煙臺舟次

夜泊吳淞口

海上寄懷文符

海上遇謝硯耕同年南旋余亦止吳門賦此爲別

舟過蘇城二首

與楊伯騶登虞山謁逸民仲雍言夫子偃墓二首

十一月二十一日杜貽文初見雪因憶龍中諸友

懷龍中 汪少雲同學

除夜貽文縣署

貽文縣署春日乙未

再游虞山

讀鍾函芸太史書扇詩

對雪有作

又過蘇城

滬上雜感四首

渡滄北上

泊大沽口

天津獄中遇雪

入都獄中

畫鶴飛松頂圖贈文符

題周虎如海棠亭圖四首

春夜不寐

平生

陶然亭宴集二首

爲友人畫墨竹五首

出都與江韻以同季雷別四首

粤中客感

詠柳

爲李月莊畫水仙牡丹梅花橫幛

電線行

秋日登冠冕樓

爲友人畫山水四幅四首

爲友人寫山水障子

題某司參槐陰課讀圖

夢梳頭

夜雨贈李月莊

爲蘇硯農同學作陶然亭圖扇面

秋日訪陸賈城故址

讀杜工部詩集感詠懷古跡倣其秋興八首

畫蘭四首

題畫二首

題胡蝶幛子還蘇硯農四首

蒼梧舟次赴何寄梧同年夜宴招妓侑酒勉後書寄二首

客中

憶金陵舊游

與江韻川同年同舟泊上贈我五律八章次韻奉答即以
誌別 錄四

至湟江別韻川

至贊縣別友人

鬱江舟次

別南寧寄懷謝楷儔歐文符兩同年二首

十月八日還山

擬行行重行行

出都時友人贈硯一具雖此寄謝並呂見懷

戊戌冬

御春

墟人

瓶山詩集 癸巳

嶺西鉼山曾此愚稿

陰雨

水龍之臘望後雨水蛇盂陬晦未霽四旬寰宇不見日毋乃陽為陰所制烟樹迷濛花柳瞑春光已失江山麗欲行不得坐無聊使我高吟門自閉緬昔女媧補青天至今不知幾萬歲或者石縫偶疏裂遂使銀河漏空際豈知氛霿逞妖怪排列九重作蒙蔽却布紛霏似沛恩轉敎淫霖翻為沴下界蠕蠕小蟻鴻叩頭再拜奏之帝安得阿香與箕伯震地掀天掃積翳

陰雨遣悶

陰雨日淹漬春情失游衍出門不可行縱目騁郊甸嶺松暗點墨隄柳亂委綠濃烟沒青山愈遠愈不見常云春風至何處春風面籬落桃花紅睆睆掠雙燕

小步

小步庭階夜未中微情聊與細君同桂花影落當頭月楊柳絲搖拂面風碧沼鳴蛙聲在水山城吠犬響騰空家園有此清閒味感我身如雲外鴻

江行縱目仍赴粤東

開蓬望江上目不到郊原細路入高岸此中知有村幽花薰日色細草著春浪水急舟如箭惟聞鼓棹喧

客路

無端離緒逐征蓬搔首鄉關萬嶺中天際黑雲低欲雨江間白浪起將風鬱林古郡今非舊牂水分源合向東來往南州長客路滿隄烟柳更誰同

擬長相思二首

一自春風別雲山下廣州思君如鬱水日夜向南流

我亦出門時愁心對江水思君如浮雲紛紛暮天起

石門

南海郡西路石門關此州兩厓山對出一道水中流帆影樹雲雜人家花竹幽弋船今已矣高簷夕陽樓

過石門有懷吴隱之太守

吴子南來日江山舊迹蕪貪泉誰更覓合浦已無珠

・珠江旅次訪黄雲生同上江樓賦贈

我固謂君南詣去何圖重遇越王臺霜楓昔别邑州路丹荔今同粤嶺隈花地潮歸江寺迴虎門雲擁海船來天涯到此俱爲客翻感論文酒一杯

珠江花柳繞江樓天外風雲獨舉頭劉隱河山餘落日趙佗歌舞入荒邱匡時誰起籌邊策懷古空來作勝游從此華夷歸混亂海防何止為炎州

李月莊惠筆一枝賦此誌謝名桂芬博白人廣雅書院同學

分明太白生花筆贈我揮毫補化工不是夢中逢郭璞他年休再索文通

舟出南岸赴桂林鄉試

綠樹人家繞岸隈江天一棹片帆開菱花逆泝知潮上芰葉傳喧覺雨來碧港波沈南漢苑青山雲散越王臺荔支丹處新蟬

噪回首雄圖事可哀（即荔支灣故蹟）

上羚羊峽（在肇慶府東）

十里上羚羊風雲挾去檣亂山盤曲折一水束汪洋貢硯坑誰閱觀棋石已荒端州好形勝南瀆鎖金湯

白雲

白雲何所似乃似蒼龍頭吐此明月珠照耀滿天秋乘風忽舒卷變化得自由搔首仰青空逸情共悠悠

舟中病起

斜倚篷窗對岸隈萬山深處曲江開病逢客路偏三伏夢到家

鄉又幾回赤日照林風不動黑雲橫嶺雨初來文園此際真消渴誰把瓊漿賜一杯

溯大劫灘舟覆獲免作此自幸

太息風波不可行舟經大劫竟遭傾此身幸未蛟龍得便向人間説再生

過陽朔書贈諸山

五年作客此經過依舊巖花映澗阿兩岸青山如有識也應憐我苦風波

丈人玉女迭相迎謂爾無情若有情舟子呼號豈相和為他辛

苦竹篙聲

數家耕釣與爲鄰一幅煙林畫裏身爲問山靈來往路古今曾見幾詩人

幾灣湶水繞青山只許人看未許攀似把文心來說法一重曲折一迴環

桂嶺行

昔乘畫鷁桂嶺南千崖秋色拖晴嵐欲界仙都信奇絶煙霞恍若飛鸞驂却逢玉皇香案吏縹緲碧天駕鶴至手持寶籙渡世人但要赤文與青字我時兀坐木榻下馳騁尻輪御神馬豈識

煉金功未深遂教被謫烏蠻野今日重來訪層巒山迴水複行路難前有削壁之危峯後有激雪之奔湍鵠唳空兮雲外猿叫月兮林端窮途一失所流落空長歎句漏之丹且自寶倘有仙緣得入道會須騎鹿游巖阿蕊宮吏聽霓裳歌此時蓬壺高卧對日月下看塵海如何之風波

過秀峰書院訪祁伯福同學名永膺博白人

南海一年別相逢又此中談深蕉葉雨醉入桂花風山水游懷壯琴書臭味同交情何處說蓮館暮雲東蓮龕館在廣雅書院

自桂林南下仍往廣州

何人吹笛秋江上風動叢林日弄波我自桂州天際下萬山回首白雲多

過橫州海棠橋有懷秦淮海由粵返里

南來遷客秦淮海回首風流七百年今日海棠橋下水照人鬚髮只澄鮮

早發

殘月出東嶺孤舟復西上好夢剛還家枕邊乃聞槳村雞啼未歇岸蟲語平壤起視杳何處山川鬱蒼莽霜露清入衣星辰迴疏朗獨客與誰語遥夜發長想感我苦為名奔波此端往征雁

爾何事振翮淩空響

夕照

夕照欝江頭風烟急暮秋半年千里客萬嶺一孤舟山繞迷歸路灘高落亂流家園知已近迫遞自南州

南寧舟次

半載琴書滯海涯片帆秋盡又還家風雲送我詩懷壯山水羈人客路遐伏石蛟鼉澄浪靜盤空鷹隼碧天斜月宮聽罷霓裳曲遥想高堂一笑譁

晚歸

十里深山道煙光夕照西暮鴉翻樹噪歸馬望城嘶岸迴江初涸霜嚴草不迷四郊人已去新月半輪低

晚步

此地故幽僻乃得山林勝向晚步城隅偶然乘所興西嶺日既夕諸峯忽已暝幾家楓竹下柴門雞犬定墟人來何暮隔溪語可聽聞聲不見人蒼烟横野徑

窿穹岗

匹馬崇岡頂寒林石徑斜沿山牛共路入洞鳥爲家燒黑荒原草霜紅古樹花桃源何處在堪羨老煙霞

晚泊北上會試

孤舟江岸泊，薄暮此登臨。鬱水海南去，邕州雲際深。嶺迴遲客路，日落起鄉心。萬里風煙暗，殘年悵遠吟。

異鄉

異鄉作客暮冬還，我復東游滄海間。明月梅花如此夜，幾人清夢繞家山。

古鬱舟次令貴縣

鬱林故郡此逶迤，歲暮關河且復之。紅樹臨江孤塔迴，黑雲飛雨片帆遲。名場徼迹何堪道，藝苑淹留有所思。便向京華觀宮

闕陌頭莫漫悔芳時

瓶山詩集 甲午

嶺西鉼山曾比愚稿

乘輪舟出鯉魚門

破浪乘風去魚龍上碧霄萬山窮海盡一水極天遥只有當空日曾無震地潮羣仙滿蓬闕拍手正相邀

天津早行

一樽茅店睡初迷夜半催人月未低鄉夢自分車馬去不知身過直沽西

車中即目

遼海津門道，南來路八千。風雲連朔漢，車馬入幽燕。日午沙成霧，春深柳未綿。帝城應已近，游詠豔陽天。

燕山道中

東風二月燕山路，荒野逶迤繞林樹。二百餘里入帝都，極目遥天迴周顧。我行日午曦光微，黄沙萬丈連雲飛。朔風獵獵戰枯木，遠疑烟霧迷村扉。此時征輪更顛簸，左側右敧不可坐。筋節既疼目更眯，把我抑揚復頓挫。南來到此容何論，舟車所至俱苦辛。會待馬蹄芳草路，躐花看徧鳳城春。

禮闈夜坐

滿地塵埃一領衿春宵兀坐禮闈深朔方三月天初煖北闕千門漏向沈是處斗牛衝劍氣幾人山水入琴心此中多少飛潛客蠟燭光搖伴醉吟

都門贈劉羣甫同年

昔我訪道南嶺隅爲求靈藥醫狂愚君亦來尋抱樸子羅浮山下歡相呼經堂日日闡鴻寶道德五千窮摟討豈意凡心纏百魔未能洗伐朱顏老飄然轉念君還家流水年華天一涯獨秀之峰疊綵洞呼吸沆瀣餐朝霞却逢王母南山壽特詔八方獻金奏共上千秋頌禱辭蓬萊許挹浮邱袖以此凌風渡弱水遠

看東海揚塵起蟠桃花放瑶池春樓閣參差五雲裏昨者玉皇
徵列仙琳宫復試逍遥篇火龜雲龍御階伏使我惶駭思茫然
丹鑪九轉且精煉真誥還應事謄繕閒道能參無上乘始教得
厠含元殿翹首瀛洲淑景長九霄日月輝容光好待大羅赴高
會相將合拍詠霓裳

贈謝楷儔同年

燕城三月柳依依桃李春風罷棘闈北地馬羣無善相南溟鵾
翮只高飛九重黄屋連蒼昊十丈緇塵染素衣此日金臺正延
士未應矯首獨言歸

贈別三首送楷儔南歸

京華古幽都高俯燕然北天文箕宿野禹貢冀州域北辰居其
所衆星歸有極黃屋赫崇隆朱門繞其側冠蓋紛雜遝緇塵蔽
天黑王公不足貴士夫誰復識惟有美優伶妙妝炫服飾登場
理清曲顧盼授顏色顛倒幾才智直若陽城惑牝牡出驪黃馬
屢堪太息君也翔青雲胡為展去翼江湖思魏闕能無戀胸臆
上洋吳故郡春申啟藩籬滬瀆舊名城横枕淞之湄在昔乾雍
前王化靡有遺豈知百餘年兹土變於夷既縮諸省路吏標列
國旗開彼小泰西屹然東海涯通衢敞高樓車馬如雲馳帽影

雜釵光招摇遂游嬉江南好風景人物誠所推六代競繁華鬻花空昔時為言君此辭一言君當思相知復别離可樂亦可悲南粤五嶺東祖龍舊所置趙佗餘舞岡劉隱尚花地迢迢歲月遠江山幾變異層樓聳金碧畫舫迷珠翠一自焚煙起海氛生戰事輪船破溟濤仙城擄疆吏遂使虎門外荒島闢商肆歐風與美雨潮流日洊至蠶食我主權鯨吸我民利中西説交通桑土誰籌備勸君責識時富教當致意秀才天下任莫瘖經世志

楊椒山故宅

堂堂十罪疏宸闈生死終歸敦主恩畢竟為誰天下事教臣無

處泯忠魂

月上

月上樹梢行徐徐獨立間階風動裾問明月兮照我廬見我故園今何如明月無言自西去但見兩地隔烟樹彼此夢中各分路來往山川不相遇

獨夜

獨夜燈窗裏瀟瀟風雨聲可能妝閤夢知我此時情衾枕虚華歲雲山過半生何當宮錦去相對説燕京

題故區世湖布衣一家七口殉難事詩册

咸豐之季火蛇噴毒霧（是歲丁巳）金田之峒廣西路時維孟夏天忽昏浩漫槎江匝四布槎江之城斗大如牆高黃童白叟紛紛提攜呼且號牛羊半已被吞咽爲之牧與芻者潛而逃此時身與首尾蟠如壁此時兵盡援絕不可擊烟焰沖天城忽摧慘哉人民恣其食嗚呼人民死或死矣避亦避惟有區公奮忠義率土之濱皆王臣不信匹夫匹婦不可對天地大呼妻兮爾女子與二媳兮休辱恥幼孫三人何足紀自古有生誰不死泰山鴻毛頃刻耳洛爾長孫休哭矣爾且行兮延我祀爾父在外兮好尋彼爾祖爾母爾弟妹兮俱守此他日來詢祖考妣牆之陰兮古

井水今日九重旌表來煌煌大節千載生輝光丈夫之志固如此視彼擔爵賊至偷生者誰爲強吁嗟乎視彼擔爵賊至偷生者誰爲強

家信久不至忽接一函喜而有作

總爲科名事南中到此羈椿庭眷望日柳陌怨情時有夢頻傷別無書累苦思當歸抑遠志赦我兩難爲

盼望頻搔首雙魚忽到來路遙知久發函固喜忺開愧我揮金盡看人衣錦回平安心可慰加食且卿杯

讀張船山詩集

夫矯清空筆一枝乾坤奇氣在峩嵋性靈袁子落花句神韻王郎秋栁詞參到禪機惟縱酒游來宦海只耽詩高歌感歎生偏後不見開元全盛時

曠觀

傳敎通商自舊章梯航從此徧遐荒固應柔遠同夷夏難得懷威類漢唐元魏衣冠偏致弱武靈騎射竟能強曠觀變法相與廢我亦躊躇費主張

鄉思二首

驕陽初罷困愁霖別恨無端歲月侵客裏貧添花酒債秋來病

到利名心牢羊此日容思補隍鹿頻年只夢尋側立乾坤竟何用海波騰沸陣雲深

京華回首故園思畢竟家鄉味最滋斗酒黃鸝芳草日霜天白雁菊花時嶺雲怡我我何贈山木悅君君不知袖手閒來林下立相逢樵牧也心期

擬古

生把人離別舟車太不良軸轤千萬轉那及妾迴腸

哭業師朱鼎甫先生（時在廣雅書院院長）

嶺南忽報失師尊淒絕當年敎育恩豈爲龍蛇驚噩夢竟於他

螟殞彝魂傷心北斗光芒暗回首春風笑語温此日鵝湖成隔世幾人哭寢及同門（聞師卒於七月二日想西齋諸友俱已返桂鄉試在院者惟東齋諸友耳）四載親承朽木雕不材深幸挹清標自從風雨青燈遠便覺雲山絳帳遥雁落已分南海月（有弟在粵候補知縣）鯉趨長斷浙江潮（尚有太夫子在堂）仲翔知己唯蠅弔（師前本陝西道兼掌山東道監察御史因忤權倖遂遭擯棄蓋流落珠海間七八年矣）誰向巫咸賦大招

與歐文符同年食蟹

與子一杯酒秋風客裏情泥塗同郭索江海孰横行舉世徒腸肺憐他尚甲兵未應畢吏部即此足平生

九日偕文符游陶然亭

天風萬里吹我走吹來燕山作重九燕山蟠崛拱帝都有亭爽豁聳高阜亭名陶然俯城隈水木四面窗軒開回望蓬萊宮闕矗霄漢蔥蔥鬱鬱之氣何佳哉我與歐子來登眺塵中偶到尤清妙涼飈忽動鄉思生遥遥飛鴻向斜照何必效落帽何必嗤題糕胸中塊磊别有懷抱處詎須留連詩酒方為豪且采野菊秋盈把側身還立樹陰下眼看時事感難禁紈袴綺羅自車馬陶然亭兮何陶然游人到此都如仙東海鯨濤日騰沸更誰慷慨乘樓船默對碧空涉長想拂面泥沙正蒼莽大陸風雲漢道

恢倭氛詎敢終倔彊。歐子歐子不見右軍與太傅共登冶城叱廢務，又不見王宰與周侯宴集新亭詈楚囚，遐想高世誠足樂，付茲華夏將誰憂，即今落落我與爾，奮袖可能投筆起，颯然秋氣催人歸，蘆葦蕭蕭似流水。

修家書未就得此一章

去臘辭家秋又殘，米珠薪桂住長安。思量百感真交集，欲寫羈愁下筆難。

步宣武門感事 時日本寇于遼東

風雲蕭瑟薊門關，波浪飛揚海上山。聞道將官經戰殁，諸軍鐃

[illegible]宜試[illegible]藏之

吹幾時還

秋盡

塵世忽秋盡庭陰初隕霜天心方肅殺海水日飛揚鴻雁書何滯關山路正長壯懷徒抑塞拂劍問穹蒼

出都早發 姻叔陸漢臣委署昭文縣事有書邀余抵其署中

荒村月上未聞雞霜氣侵人北斗低誰是祖鞭先我著前車燈火一行齊

遼海遇風賦此紀事

泰西製輪舟其疾甚稱快一日千餘里刻期濟所居我行自津

門南旋日言邁浩渺無際涯汗漫出兩界極目不見地天水遠一畫隆隆至遼海大塊忽一噫風濤聳天立洶湧鼓澎湃素車與白馬起伏舞狂怪銀山與冰窖崩潰迭摧壞左傾右復仄眩暈不能語嘔吐如大病咄嗟何其憊却疑尾閭火煮沸天爲隘更疑蛟龍鬬翻掀吐沆瀣滔海真一粟篩簸此粃稗杯水泛堂坳藐哉蟻附芥忠信雖足恃浮生良可喟又歷一險難爲讀既濟卦

煙臺舟次屬山東登州府地西人據此爲通商口岸

海風大湧海濤吼海濤欲推海山走此身如粟舟如缶掀簸幾

歸無何有一日一夜停煙臺曉陽初霽天雲開西國通商據茲
土巳然地角為蓬萊我聞芝罘聳其上屹對朝鮮迴相向蜃霧
迷濛鮫浪深祖龍到此曾登望祖龍當日統區宇封禪銘功誇
皇古富貴已極思長生阿房高接太清府童男童女三千人乘
舟東入渤澥濱豈知奇藥不返沙邱死桃源乃有避秦之遺民
吁嗟乎求神仙神仙不可求碧海益茫然君不見金銀宮闕沈
三山雷轟電擊來兵船

夜泊吳淞口

今夜吳淞口輪舟落暮潮江山黃浦盡烟柳白門遥飄泊驚魂

定追游舊夢消東溟塵正暗漁火逐星摇

海上寄懷文符

無端風浪又迴舟海上神山感舊游一事寄君堪告慰江南花柳不曾秋

海上遇謝心耕同年南旋余亦之吴門賦此為别

邂逅申江上相看一笑迎淞濱花共訪燕市酒曾傾江海仍為客關山正苦兵我吴君亦粤何處説離情

舟過蘇城

澄清緑水似湘灕岸柳疏黄半欲絲漁艇雨中蓑笠去一竿節

制幾鸕鷀

出城一水繞城流兩岸軒窗半酒樓橋洞數重摇橹過載人小艇入蘇州

與楊伯駒登虞山謁逸民仲雍言夫子偃墓

一去民成逸冥冥雁影沈商周天下事兄弟隱中心藥嶺空荒草荆蠻此故墟他年吴季札輝映到于今

吴越紛爭日擔簦獨孔墻絃歌傳下邑文學啟南方舊巷芳蹤遠豐碑夕照涼高山千古在徒此挹輝光

十一月二十一日在昭文初見雪因憶都中諸友

南國寒如此燕山替客愁誰開工部廈還被白公裘遼鶴舞瓊島嶺梅開玉邱春明門外柳風絮憶同游

懷都中汪少雲同學

雲樹忽南北京華縈夢魂感儂今異地念子昔同門詩思花爭發文章水怒翻客中正戎馬時事向誰論

除夜昭文縣署

來作虞陽客他鄉歲向殘即從今夜過便作去年看海國風光好山城雪影寒梅花春又至搔首五雲端

缾山詩集乙未

嶺西缾山魯此愚稿

昭文縣署春日

一陽初轉地中陰萬物欣欣歲載駸寒暑相催成往古窮通難定視來今江南花柳爭春色海上風雲動客心便待揚帆瀛島去徧游仙闕返山林

再游虞山

初春風日晴縱步虞山縣虞山俯城北池館足游衍品茗列盈肆馳馬逞流電觀者如雲屯羅綺燦光絢拾級向山麓花樹雜

僧院樓閣半高下往復轉而變倚窗時一眺城郭半林見吳儂好游冶素妝寫嬌嬈石欄隔花坐含笑春風面我也復踟躕風光共流轉瞻拜繆太僕鬚眉畫中見在昔咸豐季黄巾東南徧公也官秦中詈賊口舌戰壯哉張睢陽衣冠刃血濺至今奉專祠春秋供芳奠吁嗟徒仰視未獲蘋藻薦忠節此千古英風照海甸

讀鍾西芸太史書扇詩

聞名當未覿丰姿每讀琅琅扇上詩幾樹疏林飛瀑布數叢幽石挺花枝東坡才大難容世子美情深最感時我亦崎西袁彥

伯江湖歌嘯待誰知

對雪有作時在昭文縣署

孟春既望雨初霽上天同雲低四圍陽被陰凝無處洩鬱爲雪意爭風飛我時清吟樓上坐欲唱陽春已寡和擁鼻那知凍于水開窗忽見絮堆起生長炎方嗤夏蟲不識乾坤竟有此瑤臺出瓊林杈枒失蒼翠玉山照銀海崎嶇沒平地共看塵世俱改觀應是龍公故游戲雪兮雪兮在天何皎潔吹落泥塗使汚涅人生立節亦如斯一朝失足聲名裂我既無罇對幻境吟成詩思風吹冷羨殺西湖放鶴人梅花繞室懷青春

又過蘇城北上會試

小住虞椒臘已休東風吹我又蘇州鶯花更向江南別戎馬仍從冀北游吳苑樹低僧寺塔閶門船繞酒家樓浮雲來往楓橋近不及尋春入虎邱

滬上雜感

梯航共道萬方來絶島風雲海上開晦夜燈明天墜月晴時車走地驚雷衣冠遠集新文物瓦礫全銷舊刼灰為問悠悠珠履客漏卮日去孰籌回

三十年來雨洗兵吳淞風景壯南京舳艫煙起鯨濤暗闤闠雲

開蜃市明聞道神山船已泊可能塵海鏡同清滄桑説到人間
世綿邈遥天萬古情

考工竟被鬼工窺到眼機心不可思水火紛馳開混沌風雷飈
閃入希夷便將割地歸他族已覺談天出我師從此中邦多變
故閉關難再隔藩籬 中四句即蒸氣電力租界陽曆之類

燈火通宵映碧虚絃歌向晚出樓居二分明月知何在十里春
風恐不如暮雨瀟瀟人赴局青山隱隱客聽書江湖我亦樊川
子贏得郵亭一夢餘 酒席侑觴謂之出局歌樓度曲謂之説書

渡海北上

一髮寰中漸渺茫，九州天外入洪荒。雲煙過眼黃江浦，波浪驚心黑水洋。風引神山誰覓藥，塵揚東海幾栽桑。漫云騎行多虛說，我已扶搖萬里翔。

泊大沽口

中外兵戈地，風雲又此回。煙昏遼海舶，旗閃直沽臺。津柳春猶滯，河冰凍未開。倭氛正猖獗，誰是濟時才。

天津道中遇雪

一白浩如許，乾坤俱改觀。渾天雲黯黯，沒地路漫漫。何物方斯潔，無人愛此寒。輪蹄雖滑澾，容我捲簾看。

入都道中

又到冀州北，言從遼海東。紛馳忙壘卒，拜舞走村童。城暗燕山雪，臺傾易水風。更誰驕劇輦，車馬日匆匆。

畫鶴飛松頂圖贈文符

黄山之雲匝山布，黄山之龍挺山怒。鱗甲倔强鬚爪張，奮欲捉拏拏不住。龍兮氣力慵矯然，化爲松雲兮容色作皜然，化爲鶴松耶鶴耶不能名，須臾變態筆底生。濤颯颯兮欲韻，風翛翛兮有聲。眼觀衆鳥不可侶，高霞孤映月獨舉。鷹隼自矜兮風塵飛揚，誰向竹梅兮泉石昂藏。且辭勁翰凌風上，遨遊碧落舞雲氅。

願作九霄之仙馭達島三山日來往

題周虎如海棠亭圖 名炳蔚靈川人癸酉鄉試第三名横州教諭

嶺外豈為遷客地南中久被古人風不知淮海樓江上曾見林花幾度紅

文惠當年謫柳州黄蕉丹荔有碑留宋朝遺跡今成畫一幅芳情一段秋

詞壇曾此啟芳罇往迹荒蕪久不存展軸那知風景在夕陽鴉點水邊村

海棠橋上海棠亭感我浮雲幾度經當日手栽花在否南山猶

自對人青　　平生

春夜不寐

無花無月過良宵困卧燕城夜寂寥目想帳前燈耿耿耳鳴窗外雨瀟瀟也知塵世三更後忽覺家鄉萬里遥正是杏林春色好安排車馬待明朝

平生

平生自許要殊倫到此何堪困頓身早識科名難致富不如家食共居貧風飄柳絮成游迹雪勒梅花入暮春相馬冀郊屠狗市眼中流輩是何人

陶然亭宴集二首 有序

四月一日李君子書施君磻玉邀同廣雅書院諸同學之赴禮闈者柬請張香帥公子宴集於燕城之陶然亭為團拜之會循故例也余亦在座感而有作

車馬城隅啟盛筵池亭風景亦陶然即今冀北殘春日猶似南中二月天東海亂雲當檻矗西山遙翠落杯圓一堂舊是英才育（廣雅書院為張香帥督粵時所創建戊子秋節帥親濟美還蒞院閱學官課亦親自閱卷其振興文教為可感也）看繼茂先（公子名權其科翰林）

當年東海共尋師回首他山感不支萬里尚聯同學誼四科難

再及門時（院中學制以經史理文四學分科）春風函丈成陳迹（梁星海先生既遁迹湖湘米鼎甫先生亦歸道山矣）夜雨書窗有夢思樽酒京華容一醉更無多日各天涯

為友人畫墨竹

庭階何事作秋聲怪底琅玕戛戛鳴一月隔林幽靜處滿窗涼露撲人清

記得吾家竹滿陂風前月下每來窺旁人漫問何師法此即天然入畫時

平生風味笑何貪玉版禪心我久參蓄得胸中千个字纔描看

已綠雲合

當年小院種欄干每對風前瘦影單此日故山應好在衹將潑墨寫來看

漫嫌蒼翠獨無花自有清華映紫霞何似池亭隄石上一竿高挺數竿斜

出都與江韻川同年留別

又別燕山去炎州萬里遥看君天上月送我海南潮衣已緇塵染裘將朔雪凋固應鷰下質端合溷漁樵

聚散終何定萍蓬苦不任交情瑶島隔揮手碧雲深滄海悲時

事家山悔客心乾坤日遠闊魚鳥各飛沈
對酒槐庭月尋花柳院風高懷慚子固別恨感文通軒舉凌霄
鶴分飛渡嶺鴻明朝回首處雙闕暮雲中
縱使能重到終須此一行長安難久住粵徼是遥征文酒經年
夢雲山異日情願言崇令德相望慰平生

通州道中 時由通州買舟抵津

風塵拂面草萋萋萬里歸心赴壑溪祿命幾時榮骨月科名從
此瘁輪蹄山浮聳翠連天遠雲疊層陰壓樹低便向南中滄海
闊離蹤惆悵鳳城西

晚過京口 抵滬後偕劉摩甫同年往南京謁張香帥

中流屹峙海門遥，煙樹浮空映碧霄。潮落暮鍾僧寺晚，青山猶似夢南朝。

嵯峨甘露俯江流，闔道東南第一州。滄海神山何處在，淩空樓閣竦雲浮。

帆檣西去水東還，鐵甕城深暮靄間。白浪入天殘照遠，半江塔影落金山。

舟溯揚子江縱眺

大江西去溯輪舟，蘆葦蕭蕭五月秋。魏武旌旗雲已散，吴王鐵

鎖水長流金焦猶自環京口龍虎空教踞石頭擊楫當年淘盡後只今人物是浮鷗

曉入秦淮由下關入水城轉桃葉渡到兩粵會館住宿

秦淮之水出城流秦淮之水乘扁舟舟邊楊柳橋邊樓樓上美人搴簾鉤美人如花曉妝起盈盈斜倚碧窗裏為問六朝金粉今如何但見山橫翠黛江橫波

秦淮

江南風景事依稀舊院繁華剩夕暉二十四樓波影沒清淮流水不曾歸

莫愁湖

畢竟愁何事風流尚有歌但看湖上柳猶自舞婆娑

金陵懷古 并序

昔劉夢得賦此題用晉滅吴事白香山謂為探驪得珠兹則詠咸豐初年洪楊攻破江寧據為偽都特舉當時戰事大畧以為故實固未足與前人論工拙亦聊以誌一朝之治亂云爾少陵詩云去矣英雄事荒哉割據心即此意也

歲劫紅羊冷黑灰曹毗志怪漢武帝穿昆明池極深悉是灰墨無復土東方朔曰可問西域胡僧後漢明帝

時外國道人來曰經云天地大劫將盡則劫燒此劫燒之餘也○宋理宗淳祐中柴望上丙丁龜鑑十卷謂丙午丁未之年中國皆有亂事後人以丙丁屬火色赤未為羊謂國難之時為紅羊劫歲

江南形勝幾堪哀潰營星閃天邊落謂向榮卒於軍崩堞雷轟地底迴謂曾國荃掘地道淮水尚縈桃葉渡鍾雲自泛雨花臺霸圖孫吳王氣朱明東流盡惟有青山是舊堆道光二十七年丁未為髮逆洪秀全楊秀清等在桂平金田崗釀亂之初咸豐三年陷入南京僭號為太平天國欽差向榮等督師討之稱江南大營至十年而全軍八萬人俱歸敗沒向榮卒於常州軍次廷命湘軍曾文正等繼其後曾國荃進逼石頭用地雷攻城同治三年始能克復盡洪楊即紅羊也時閱三朝始終約十有七年云

南朝

華林魚鳥待尋幽別苑山川且樂游萬里長城都自壞江防何

必守瓜洲

禁院深沈玉輦遥景陽鐘罷向殘宵行宮游幸關心事那管雞鳴待早朝

已為天子願無生迎得如來萬念輕三度捨身皈佛寺翻勞丞相陷臺城

巍峩三閣聳煙霞複道淩空作帝家為問當時天上月幾曾得聽後庭花

狎客當年江總持後宮何幸賦新詩瓊枝玉樹風流盡來對雲山憶舊時

白門別劉羣甫同年 羣甫由鄂返里余獨回滬

瀟瀟風雨夜獨上秣陵船江闊潮吞岸山遥樹卧煙我歸滄海月君入洞庭天到此南還客分途各惘然

粵中客感 南旋抵粵到廣雅書院小住旬日

南來珠海幾朝昏悵望雲山感客魂車馬塵中攜古劍絃歌叢裏醉芳樽初春柳色金閶棹五月荷花白下門落拓游懷成底事可堪蓬轉最離根

詠柳

風流如此樹觸目我堪思嫋嫋低垂日依依送別時春心隨陌

路秋恨入腰支遥憶江南岸于今折贈誰

為李月莊畫水仙牡丹梅花横帳

世之所欲我知矣莫欲不貧與不死若非朱紫住華屋便要海天跨弱水豈知人也物亦然花乃稱王復稱仙孤山處士獨高尚幽香冷韻爭殘年白州李君愛花者忍將長絹索我寫神仙富貴將焉求流水空山足高雅以玉表其質何必誇豔麗以鐵挺其骨何必外塵世天之所賦各有性隨其所遇豈能競王耶仙耶人所悦誰復歲寒勵堅勁我畫既畢還題詩此詩將毋人所嗤神仙既難接富貴不可期何若羣卉衆芳外自標節操氷

霜姿

電線行

自古將命置驛使一亭一堠迅馳遞華夏行之數千年未聞別
創出新異泰西之人窺造化能以擦磨發電氣勻鐵繫柱旋輪
機千萬里遥颯然至在陸跨山水入海直欲經緯徧天地須臾
往復杳一瞬咄咄而書實怪事我聞關尹石擊石陰陽相薄走
精鋭又聞淮南鍊礜砥五行相生闡奇秘百家物質雖萌芽妙
理研幾未盡致後儒棄之不復尚遂使歐洲擅智慧堪驚異想
非非想科學之精甲海澨即看傳話并燃燈收取聲光用尤利

維天視聽本明達耳目原不受蒙蔽文教久已暨要荒磁鐵指南早垂制獨是交通混中外列邦政策要留意德流縱道速於郵終覺富強在工藝舍短取長逐時變未妨建設便斯世從茲頃刻驅風雷亙古迄今一趨勢

秋日登冠冕樓在廣雅書院

冠冕樓高碧樹低鄉心極目夕陽西望中滄海雲俱暗歸去關山路恐迷木葉秋風何嫋嫋桂叢春草已萋萋回思六載書窗月此後南州照雪泥

為友人畫山水四幅

石梁高跨赤城霞入到仙鄉轉憶家碧水已流塵世去他年人面只桃花

風卷萬山雲萬重須臾湧出青芙蓉偶來絶頂最高處已是蓬萊第一峯

濤頭一綫暮雲昏日落遥山半欲吞讀到廣陵曲江曲胸中從此豁乾坤

湖山雪後舉仙禽寥落松扉一徑陰遥憶高人清詠罷梅花深處獨横琴

為友人寫山水障子

青山紅樹繞江樓一帶村林水竹幽塵世此中真暇日騷人從古合清秋杖扶橋路隨行犬舟撥雲天起宿鷗拂縝為君開此界澄懷堪作少文游

題某司馬槐陰課讀圖

南山有古松冬夏常青青下有求道士蘭桂生於庭庭中疊丹黃烟霞互窗欞一卷濟時書所志普衆生屠欲廣寒游未儕霓裳賡幡然入交州投筆從軍營憶昔蠢爾夷擾我南藩屏帷幄未展籌賀然事行成咄哉志未申一葦浮重溟赤嵌覓故人故人仙吏迎仙吏擁節旄蜃市百寶盈方謂居十洲風塵可無驚

豈知秦童男馮凌起東瀛激浪三神山鼓鬐來鯤鯨百怪湧靈濤力將茲島爭此時玉皇吏飛章乞天兵謂地屬神州胡爲棄之行天書鳳啣來轉同珠崖輕孤懸汪洋中勿毋事苦遐征遂爾乘月槎返旆五羊城吁嗟此滄桑搔首懷空縈碧海竟揚塵寰宇何時清令來對白雲朝夕望青冥我也覩此圖想見心中情世路何奔波坐此槐下聽好授黃石篇何必抱一經珠闕不可即彩雲半空明會須把芙蓉朝帝于玉京亭亭瓊樹枝當階正交榮雨露善滋培他年貢天廷

夢梳頭

兩年閨裏別昨夜繡帷中不事卿膏沐翻憐我鬢蓬善懷心可慰微笑貌猶豐歸矣妝臺畔蟲飛待與同

夜雨贈李月莊同學

涼意侵人燈火清花階唧唧草蟲鳴何時重此秋窗下卧聽芭蕉夜雨聲

為蘇硯農同學作陶然亭圖扇面名紹章容縣人

陶然亭下訪林邱曾采黄花九月秋北望宫雲連大漠西來山翠入高樓風驚荻葦諸天籟日落松槐一徑幽回首宣南成往迹車塵如夢憶前游

秋日訪陸賈城故址

秦失其鹿寰宇逐隆準得之入巴蜀羣侯摧掃楚項平何渠尉佗據南服天子憫斯民塗炭故且休之掌上玩胡為竊此秦版籍箕踞蠻中傲皇漢帝曰咨爾賈汝則口辯者授印往欽哉明朕令天下崎嶇山海萬里來旌旗飄閃風雲開江上築城駐龍節左纛相望高邱臺此時岡頭正歌舞魋結居然黄屋主陸生乃進而說曰漢誠聞之王之祖墓燒以掘王之宗族滅以夷一偏將將十萬師臨於爾越越則糜蹶然驚起復宴樂倔彊雄談參英畧老夫奉命藩於茲依舊自娱竟背約星旄去矣征帆飛

他年重到秋草菲即今遺址無覓處惟有殘碑留夕暉

讀杜工部詩集感詠懷古即倣其秋興八首

秋到寰區白露初萬山高影矗空虛歲華綿邈風煙黯人世蕭條草木疏絶漠胡氛霾禁苑中原兵燹燼窮閭翩翩紫燕都歸客愁聽寒碪感故居

三峽崖深曉霧浮城開白帝聳夔州幽猿夜嘯難爲聽遠雁晨征可自由極目關河頻望斷放懷天地一登樓每看秀菊重陽節并作飄蓬兩鬢秋

頻年隴蜀轉江湖萬里秋風落日孤函谷亂雲飛華嶽瞿塘犇

浪走荊巫子山留滯哀南國王粲登臨悵舊都回首蓬萊青瑣
隔柴門倚杖對荒蕪
漂泊人間旅恨生京華宿昔不勝情海南鮮荔新香入亭北嬌
花豔色傾霜凍酈山宮帳影風迴曲水棹歌聲盛時宵旰耽游
宴棧道歸來月自明
風塵慘淡望長安靈武旌旗擁百官爲覲新朝戡禍亂翻遭危
境臨兇殘笳傳漢塞點兵急烽起秦州行路難清渭東流京洛
暮憐他衰柳卧江干
終南佳氣鬱青葱肅殺誰知轉眼中織女有情通碧漢望仙無

淚滴金銅霓裳曲罷瑤臺月龍袞香消玉珮風一夢鈞天西內杳鼎湖波閃夕陽紅

錦城山繞錦江波先主叢祠感慨多猿鶴漫云悲蜀道蛟龍終此困梁沱啼鵑寂寞辭紅樹躍馬依稀泠碧莎太息武侯空盡瘁兩朝功業委銅駝

故交零落已堪哀老去蹉跎且復催花木曾栽流寓宅雲山又別望鄉臺洞庭弔古思湘瑟衡麓羈懷引醁杯戎馬餘生家國恨天涯歌嘯苦低徊

畫蘭

尼山當日留琴操，只惜幽芳世莫知。我亦爲君寫香韻，可教紉佩屬阿誰。

江南三月草初齊，同此芳菲一望迷。不遇騷人經賞識，故應香影獨萋萋。

蓮花君子菊幽人，各自呈妍豈在春。我獨於蘭見高致，不教紅紫混天真。

何必鉛華競豔陽，風來自覺動芬芳。怪他賦性殊乖僻，插到雲鬟分外香。

題畫二首

疏柳低四圍孤艇此停棹雲天映空闊一竿鏡中釣富貴亦何心得魚時一笑鷗鷺便為友洲渚共斜照回頭山水綠顰眉自光耀

雪後眾山白天半矗寒影枯樹何杈枒石徑闢幽境沽酒向何處茅屋隱隔嶺以袖籠其口恐縮風吹泠會應梅窗下酌此歲寒景

題蝴蝶幛子 還蘇硯農

翩翩顧影自風流堪笑尋春苦未休莫道梅花冰雪 泠此身原是出羅浮

曾過香徑舊蘼蕪花草吳宮半有無當日美人何處去空隨飛絮入姑蘇

六朝金粉孰曾耽隨處狂遊取次探盼到煙花三月暮離離芳草徧江南

燕山雪後草芳菲桃李開殘春又歸紅紫上林探不到竭來徵逐野花飛

蒼梧舟次赴何寄梧同年夜宴招妓侑酒別後書寄由粵返里

月照烏篷篙水寒綺筵燈影暮江干酒徒到處逢俱醉花債沿途補未完珠海客懷秋裏別梧州風景畫中看往還我是浮雲

過十載游蹤指一彈

載妓隨波載酒行中年陶寫亦人生那堪秋雨文園病翻感荒江白傅情木落關河衫袖薄山園風月管絃清吳淞花柳幽燕雪到此回思舊夢縈

客中

四月辭都白下游竭来嶺海更淹留客中那識流光速忽見黄花已暮秋

憶金陵舊游

金陵游罷思依稀回首前蹤我獨歸白日西傾山北顧大江東

去鶴南飛淞濱已覺浮雲散粤海仍憐舊雨還從此扁舟返鄉國林泉應為洗征衣

與江韻川同年同舟西上贈我五律八章次韻奉答即以誌別錄四

同舟剛幾日分手欲如何江海頻歸夢乾坤一浩歌天涯知己少秋氣感人多尚有囊中劍閒來獨撫摩

木落碧天迥荒江從此辭寒花秋向盡征雁暮何之融水歸裝耀鉼山返棹遲如君榮養遂憐我愧烏私

襟上燕都酒燈前粤嶺花浮雲消世事流水送年華離合知難

定窮通未足嗟裘凋游亦倦一笑且還家

良朋重風義塵海更何人別久知情切交深見性真關山同嶺外雲樹各江濱倘憶京華夢他年只愴神

至湟江別韻川

牂牁北下鬱西來迸到潯江合不開他日相思寄流水會應東海共縈洄

至貴縣別友人

流水竟不息與君同此行山川漸月色鴻雁暮天聲作客秋將老還家夢亦清所嗟分路別相送若爲情

鬱江舟次

扁舟一葉路漫漫，欹枕篷窗向晚看。秋色已從疏木盡，客懷不共夕陽殘。山經古鬱多無石，江入烏蠻漸有灘。到處故人分手去，那堪還唱別離難。

到南甯寄懷謝楷儔歐文符兩同年

落魄至於此，遠游忘歲華。敝裘都換酒，美錦但纏花。憶子登程後，嗟余滯海涯。兩年空萬里，惆悵說還家。

菊殘楓亦落，歸及又冬初。燕地經年別，松濱一夢餘。風波勞遠道，山嶺悵離居。莫問名場事，嵇康已不如。

十月八日還山

自昔殘冬入海涯，于今長夏出京華。八千里路三年客，瞥眼雲山又到家。

擬行行重行行

行行重行行，出門從此辭。君去遠別離，妾居長相思。別離難以遂，相思空自隨。山高水復深，隔絕安可知。眷懷胡能已，歲序倏遷移。塵鏡暗明月，庭草生華滋。昨夜頻夢君，夢見俱羅幃。繾綣正歡樂，醒來天一涯。憶君曾語妾，經年當還期。今又歷幾秋，淹留歸何遲。燕趙多佳人，巧笑揚蛾眉。歌筵照紅妝，魂銷瓊樹姿。

寧知君醉日非卽妾望時豈耽脂粉叢違念釵裙悲寄言客遊者故舊莫如遺春花有開落妾心終免絲

出都時友人贈硯一具賦此寄謝並以見懷

我昔對燕京文場競鏖戰長安人如海與子始一面維時桃李華八方萃英彥禮闈並馳騖待削瓊林宴不才遭擯棄摸索枉鶗鴂風塵既落拓追歡遂鸞燕粉黛娛良宵誰不迷所眩君也獨卓爾清高比竹箭柳巷語燈窗霜月冷庭院倏忽孟冬、初琴川我遊衍車馬飄行旌離懷豈不戀相去隔南北風濤邈畿甸今年春又來都門喜重見握手復偕寓洗塵更設饌再上秦廷書揣摩事簡鍊胡幸君入彀而我非其選拂袖歸嶺嶠回首望宮殿臨歧何所道贈以含星硯意謂學尚麤經義須精研從此浮雲散輪蹄瞥飛電鍾阜謁師資珠江耽婉孌黃花及秋暮始行返山縣遐想容中況諸子誠友善求名得聚處詩酒共談讌此日各異地窮居遊已倦此景成陳迹流光歲將遍今君翔青雲高鳥自堪羨憶否鉼峰麓故舊有貧賤相思倘相寄魚雁好乘便願言金石心交情慎不變。

殘冬

殘冬雲物歲將更墟里紛忙逐世情村婦白巾眉雪稜峒岷青

笠荷霜橙天寒曠野牛羊近春入荒山草木生僻處漸疏江海路田園早晚學躬耕

迎春

冷雨晴既霽遠山碧逾淨萬里風雲色春光漸輝映花草競艷陽來蘇各待命嶺松日蒼茂不改歲寒性

墟人

歲暮忙生事栖栖入晚林孤村何處住煙雨萬山深

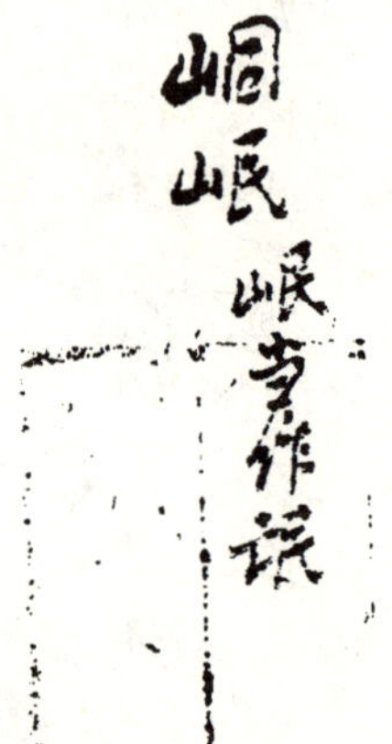

鉼山詩集初編目録卷之四 丙申

讀天眞閣詩集二首

禽言二首有感於世俗之已事詩呂意之

春曉

游缾山二首

雨望三首

桃花

梨花

小女二首

春感二首續絕先輩熊介茲檢討句

歐文符寄悼亡詩數章賦此致唁

書齋偶興

柳枝詞

初夏漫興二首

農婦歎

書懷

讀書雜詠六首

擬東海青勇婦詠博白孝婦救姑事

抄存舊稿感賦四首

雨來

古木

城居

謁舊書堂有作

半生

夔江韻以同季二首

村路晚歸

銅鼓歌

九日登西嶺最高處

擬久別離

擬行路難八首

蕭然

讀三國志三首

窗梅

擬香奩體四首

宛花雜詠三首

詠女史一十三首

缾山詩集丙申

嶺西缾山曾此愚稿

春晴放歌

惟天有雲爲奸邪，四海蒙蔽無光華。惟天有風實忠義，一時摧掃出晴霽。風耶雲耶勢力分，有雲無風風無雲。譬之朝廷判朋黨，小人君子難爲羣。不見王新室欺罔神人文奸黠，李松攻之杜吳殺。不見董太師誣冤朝野逞強威，王允謀之呂布夷。何異雨雪久暝晦，未能澤物轉爲害。忽然驚飈卷浮霧，萬里青空一稱快。去臘既陰雨，人日乃和煦。天兮願爾長神武，雙懸日月照

寰宇風雲之用得其輔毋使旱澇作愁苦俾此下民歌聖主

小步之潭鐘村

郊行隨遠近青山時獨往澗水日清流短草暗滋長我行入幽徑踏此殘葉響長林無冬春叢薄尚蒼莽村居何寮寂窮簷官三兩誰為此棲隱來共山泉賞

晚投伯姑姊留我家常飯相對明鐙下為述平生論處當離亂世避賊幾困頓負戴萬山深幽谷覓潛遯虎蛇豈足畏藏伏入蘿蔓乳兒或夜哭扼喉氣欲悶喧響眾所詈揮逐使之遠富翁或捉去使若執左券勒贖作奇貨非刑甚報怨歸來屋宇空庭

草雜蕪涸雞犬聲不聞毀燒徒飲恨只今思往事境過尚堪歎爾生際平治不罹此喪亂我今六餘旬筋力幸猶健天意未可知人心乘旱暵再覩如斯世太息真非願

曉來自幽步偶向林間立烟雨迷松崖寒山半已失農夫事春種叱犢四郊出野狐攫村雞見我忽驚逸羣烏鳴啾啁人語亦相及兒童呼朝膳翠撲衣裳濕

春夜書懷

故人天外住何處應在萬山烟雨中憶否梅花窗下雪津門旅館一樽同

鬻女歎

乙未仲秋旱既甚農人苦熱思樾蔭官民求雨天不聞未能感格屠空禁其時苗欲槁乾風吹成草不工亦不商視此荒田稻飽者自飽飢者飢千錢斗米何餒而冬春之交野無遺惟此草實與木皮饔飧不濟悲羣兒兒兮男何賤兒兮女何貴重女不重男女也實堪憫父曰女休哭為貧將女鬻女住惟蓬門女去即大屋母曰女休哭為貧不女畜女住徒饑腸女去得果腹亦非不爾思而忍拋骨肉所計得兩全彼此免窮蹙出門自相視悲淚從中起揮手富家論醜美不償所值真賤婢吁嗟天兮豈

不見夫今之人困苦如此堪酸辛一爲膏澤施不匀遂使黎首窶且貧我不謂蒼穹尚且難爲仁我獨憂夫無業之游民

夢陸彤甫

六載悲長別今朝夢見君在天非作記入地豈修文對坐死生隔相看形影分當年談笑處飄忽是浮雲

春陰

三旬雨見日當頭節近清明望轉幽雲暗寒山描畫意天籠陰雨作春愁桃花籬落開將徧燕子簾櫳語未休聊把南華和酒讀便教心目騁閒游

西郊獨步

獨坐苦無悰，獨行苦無偶。負手出城隅，曠覽忽已久。閒步亦忘遠，不覺至隴首。雲日淡春和，花鳥悦林藪。西至南澗濱，泉水鳴瀏瀏。誰為孺子歌，滌此俗塵垢。我亦不濯纓，清者漱吾口。我亦不濯足，濁者盥吾手。小魚共嬉樂，紛逐左復右。四顧不逢人，青山得靜友。

贈鉼山詩八十八韻

永康有鉼山，卓然聳南城。峭如獨立人，高拱凌太清。平地竟崛起，遥到諸嶂橫。眾中迥邁羣，削壁而孤撐。未識幾萬古，巒峒來峭嶸惜哉蘊神秀天遣於此生緊維並峙者惟北有壽星洞名彼雖闢其腹亦云深且闊可奈前狹僻矧復內黝瞑偃蹇道窮谷較之安足衡我則愛此山敞豁堪留睛側看狀各殊卻乃擬於瓶豈是泉作酒浥注小口罌遮莫樹作花摘插長頸罌胡為攢岞崿似出窯甃成遐溯昔何人授之以為名眷言爾鉼山默默寧無情我今傚元章與爾為弟兄乾坤既生汝峻特莫與并乾坤復生我對望長相迎同是淪邊徼伊誰眼垂青我且發迂語載拜告山靈我生好曠逸爾生亦瓏玲所恨昔無貲此身非五丁不然修危磴高唱升天行再穿月府過上陟窺八瀛迤邐登

于顛結構冲霄亭轉折下懸崖目送飛煌翎殿頂植桃榴開日燦霞明殿麓栽竹松四時擣濤聲更導襲江水繞石交洄瀅下瀦數畝田疆挾涵淵渟中泛小湖舫荷芰蓥菩英柳橋渡極塢栖岸連草坪綠榕雜紅棉樛柯蔭軒楹曲徑砌迴環蕪華茇樽荆荒冥壑前代勝覽一朝呈良辰集儔侶縱眺入霄冥或謳太白句珠玉隨風零或吹桓伊笛鳳皇翔空鳴或攜戴顒樽喬木坐聽鸎或賭謝傅棋別墅閒敲枰或烹陸羽茗鍾乳嘗清泠或撫宗炳絃雅操彈琮琤或讀子厚記顥氣同酣瞑或唱綺里歌肆志相和賡或覽蒙莊書造物觀其宏或好葛洪道世緣玩爲

輕化工現美景妙畫張圍屏爽籟振涼飆虛響聞韶護峰頭一長嘯呼吸通帝廷俯矚隔塵寰巒岫迷陰晴箕踞想乘蓮翹首仙人軿碧落渺無極一柱邑西擎方壺稱福地縹緲傳滄溟奚若此洞天丹梯接瑶京待看過遊客哦詩窩岩扃亦有辭俗士移文勒山庭我也紀于碑便作燕然銘奇境與奇勳披蘚鐫峻崢此時爾因我名馳千萬程此時我因爾名遺千萬齡庶幾知己約不負平生傾為問山靈意然否訂茲盟抑惟甘樸陋完爾太古形不顧題詠汚不欲庋菡停巖花作錦繡穴鳥當琴箏霧豹隱可澤霜猿啼不驚春風笑曉霽谷口流芳馨夏雨滴翠嵐

眉黛描初盈暮秋妝曉霞螺髻倚娉婷隆冬睡寒雲瘦骨呼不醒本來存面目何苦髡黥刑樂者任相看不樂亦何營樵牧偕往還屹共幽人貞森森衆嶠中詎須五嶽爭吁嗟若此言仰止惟怦怦只好就村居邱壑事躬耕憶昔少年時攀躡幾回經于今覩孱顔吟夢幾回縈我固知山心傲岸終嶙嶒性即秉堅確介非類硜硜獨慨顯晦權真宰實所令既無愚公移曷能去巃嵷賦罷向之誦靜態如有聆會應築茅庵朝夕臨窗欞穹宇立蒼茫氣象俱不平山乎爾有知倘亦悲林垌

讀天真閣詩集

蒼秀虞山氣鍾靈此手中神龍疑出海天馬欲騰空雪色聰明甚梅花品格同乾嘉鳴盛日生就殿羣公

温李才華似隨園許定評湖山歸小隱花月寄閒情畫裡詩成骨琴邊酒有聲閨房酬唱外游衍足平生

禽言二首有感於世俗之已事詩以哀之

姑惡謠

一家不能無是非是在爲主公恩威翁婦之分尤隔膜爲之樞者惟慈闈一事無大迕詬詈顔不改一言有小過鍛鍊加之罪婦若知義能隱忍婦非所生堪痛憫姑惡姑惡曷聽我言以裁

度人女作汝婦既已恣威虐汝女為人婦亦將受淩轢同有父母愛女心以己忖人樂不樂吁嗟姑兮何必惡

子規曲

子言事親在幾諫不從不違勞不怨又言父亦有諍子庶無陷於不義恥父母有子願子孝子而不孝真不肖不順乎親難為人不得於親更堪悼閔損推帷車衣蘆忍薄服王祥卧冰池求魚奉鮮食於斯二者或可為最難處者惟伯奇子規兮子規履霜將安之

春曉

春睡忽天明關心雨與晴帳前窗影白啼鳥似歡聲

游瓶山

二月寒猶沍山青雪帽紅一梯緣碧落萬古闢鴻濛崖峭猿聲寂雲高鳥道通舊游曾幾到談笑入天風

有洞圓如斗教人匍匐過便如奔月窟合唱步天歌薜荔山阿古蓮花世界多窮荒誰復識雲外日嵯峨

雨望

春分已過綠將齊細雨如塵望轉迷絕妙東君儲畫手桃花柳外燕雙棲

偶置林邊物外身鶯花著意眼前春迷濛煙雨千峰暗惟有鉼山立向人

亂山蒼翠木棉紅春色依稀一望中何處黄鸝聲不斷四圍煙樹雨濛濛

桃花

今年二月春無色畫出山川如潑墨灼然一角朝霞明幾樹桃花倚籬側此花原自愛和煦美人含醉紅顔嫵胡爲陰陰黯煙雨獨對東風怨芳圃當年慣作仙家媒溪畔巖坳燦爛開曾引捕魚尋洞口更迷采藥入天台一隨流水渺然去再訪前緣安

在哉感此因之發長歎世變終知由物換到眼韶華只若斯豔陽亦是不多時莫教重過嗟飄落也向墻頭折一枝

梨花

此花五出似梅樣此花一簇異梅狀嫩葉青青相間開老枝臃腫無奔放偶過園北尋春去芳華照眼入瞻望夢若爲雲看定迷色雖遜雪香終讓今朝細雨初晴霽皎如妃子醒羅帳欲語無言凝睇中玉容寂寞愁相向第二番風吹已過素姿那管恣摇蕩好將沽酒趁韶光何必東欄發惆悵

小女二首

十歲垂髫女常依阿母慈翦花貪學繡桑葉卷飢蠶
呼娘翦鞋樣綾綺燦如霞偷得阿爺筆來描刺繡花

春感二首續鄉先輩熊介茲檢討句有序

先輩熊介茲有句云嶺外鷓鴣花三月節夢中金粉六朝詞人言司馬官識洽我道袁羊士所師咫尺天涯千里隔巫江雲影記相思而忘其首二句此得之鄉先生傳聞也又句云搜盡山川奇句出聽殘風雨客愁來而竟無全首此得之張船山詩集也大抵後二句筆力雄健自足傳誦惟前半首不甚相類然頌聯實清麗姑存以

侯考茲續爲二首歸之余意以爲私心所宗仰君夫船

狗之請所不免也

身世年來感不支芳華又及暮春時故人隔地長相憶倦客還山有所思嶺外鷓鴣花三月節夢中金粉六朝詞半生出處成陳迹好付流光遣興詩

萬里遊蹤眼界開南蘇臺後北燕臺仙居碧海生塵事王氣金陵剩刦灰搜盡山川奇句出聽殘風雨客愁來故林此日堪行樂修禊還流曲水杯

歐文符寄悼亡詩數章賦此致唁

聞道徵之賦悼亡昔年京國未還鄉豈知游子情千縷不及慈姑淚雨行柳陌尚餘離恨色蘭閨難爇返魂香洛妃已自淩波去空遺陳思一斷腸

書齋偶興

江海遊歸後今如退院僧臥牀閒聽蟻拔劍欲驅蠅詼詭談何易荒淫病未能青山獨無事窗外日崚嶒

柳枝詞

折腰垂手太嬌憨無限風情我那堪聽罷流鶯三月暮似聞人唱望江南

初夏漫興

倦卧書帷日漸長沿階綠草暗閒香雲過虛牖看逾靜風透疏櫺夢亦涼懶慢未妨交誼絕窮愁翻遣著書忙年來徵逐成何事且把新詩子細商

瞥眼天涯眾綠新殘紅猶自豔餘春偶來好鳥如佳客時對閒花亦美人世外毀譽何定論意中憎愛恐前因鋤苔且種當階竹看到淩霄也出塵

農婦歎

日火燒天雲欲焚水田煮熱風蒸薰辛勤農婦望苗長卷袴擔

簦杖而耘一耘苗及脛再耘苗及髁纔見翼翼秀田野背汗生
鹽面成赭不見倡女樓頭豔妝飾琵琶一曲數金直此時苦熱
呼婢扇飯不如霜怒不食

書懷

明月出海天徘徊碧樹頂微雲復淡之朦朧暈圓影星河杳欲
無流螢自宵驍披衣弄葵扇風定花亦靜感此念之子同懷而
隔境藐然坐燈窗落此萬山巔蟲聲何寥寂悵然心耿耿

讀書雜詠六首

鳥啼清晝日如年靜裏晴窗每一篇堪笑魯儒死章句不如脈

望食神仙

宋專理學漢專經門戶紛爭判渭涇尼父杏壇今不作吾儒公案孰調停

一自師承有所師遵行從此各聞知微言大義嗟將絶鄒孟而還繼者誰

善惡生成善惡含從來言性判為三豈知遠近區愚智千古分明月印潭

自從黄老厭危微更向禪心覓靜機漠漠九流終派别殊途何處證同歸

一字旁通至萬言一言宗主立專門看他流弊分歧處窮鑿虛無總病根

擬東海有勇婦詠博白孝婦救姑事 有序

去夏在粵李月莊屬作其里孝婦詩未獲應命歌以寄之

謂虎而知攫人豈謂虎不知棄人逝不見白州有婦真馮婦廚下夕炊時未酉腥風颯颯震林藪門外一聲姑無有揭竿疾趨逐虎走虎置姑兮脱虎口婦也負姑還眈眈虎歸山但見爪牙雖猛貌如鼠那覺履尾之咥驚斑斕我聞楊香隨父穫弱質竟

能将虎搏精誠所格金石開獸心未必終爲惡爲歌此詩告諸世人不貴形貴其氣若能直養塞天地九死當前那足畏謂不信觀婦志

抄存舊稿感賦 并序

癸巳秋試舟泝桂林逆大刦灘竟遭覆没舊所吟稿多付驚濤今復理殘篇於庚辛壬癸四年半已漂散而庚辛爲尤多幸昔感今惘然成詠

飄然詩卷挾南游風雨高吟入桂州豈意横遭河伯忌文章構禍及清流

江河日下路行難，一綫千鈞泝急灘。愧我此身非砥柱，中流無力挽狂瀾。

往還嚮水泝灘江，笑傲雲山每對窗。覷得吟軀無恙在，未同敝帚逐驚瀧。

且索奚囊理舊篇，漫將梨棗付雕鐫。文章顯晦皆天意，春鳥秋蟲亦偶然。

雨來

禾田翻浪接城隅，綠樹將秋暑漸徂。長是亂山重疊處，雨來一望白俱無。

古木

古木低蓮沼披襟復小留萬山排薄暮一雁叫新秋孤立嗟齊傅窮居類楚囚會須開別業花竹掩林邱

城居

城居何異住林泉一出柴門嶺接天晚立人同山踈峭秋來詩與水澄鮮朶雲空際疑仙闕片葉池心即海船回憶舊游南北路風塵憔悴祖生鞭

過舊書堂有作 并序

昔家君設帳於崇聖祠偶步至此見壁上有題云會應

各立青雲志安得年年共讀書二句此余少時贈友詩

也感舊增念不能忘懷

乘興偶然行徘徊舊書堂窗壁滋流塵庭草萋以芳懷想昔時
事嬉逐少年場忽忽十餘年更變幾星霜猶記同學子風雨舊
聯牀贈別壁上詩依稀尚數行言人各立志豈長共篇章此地
一以別明月空屋梁感此念故交鬱結縈中腸在昔聚燈窗人
鬼半存亡死者如夢中生者或異鄉塵世聚與散風雲故無常
吁嗟復吁嗟仰首蒼天蒼

半生

半生壯志豈曾銷，落此荒山隱漫招。讀史只宜繙晉宋，論文便欲到漁樵。流光冉冉駒過隙，絶世冥冥鶴在霄。極目九州塵海暗，雲帆風馬日紛囂。

夢江韻川同年

去年落魄羊城日，與子相逢正仲秋。猶記同舟風月夜，潯江分手碧波愁。

也曾聽榜鳳城西，燕市追游酒共攜。一夜徧尋花底醉，明朝魚鳥判雲泥。

村路晚歸

村路歸來萬嶺中，回看行徑出幽叢。寒山靜對心生寂，曠野高歌響入空。蘋渚雁過秋水碧，稻田人語夕陽紅。南橋樹暗孤城暮，翹首長天月一弓。

銅鼓歌

西南蠻俗銅造鼓，不識何時瘞林莽。舊縣村農耕山麓，道光之年忽出土。廣懸檻楯囙廟宫，徑圍六尺高尺五。四耳旁綴樞心滑，三十九環旋可數。圜面列踞四蟾蜍，二者負螺目瞪怒。腰間束縮腹底空，兀若坐墩宛覆釜。雷紋回互疑籀篆，綠綉堅牢不苦窳。聲蓄鏜鞳驚鳴鼉，鼜應洛鐘震溪虎。揌其洪爐煽石炭火

餤青紅燭穹宇須臾金光爛璀燦圓月一輪碧海吐椎結犵獠
紛歡呼招飲佳晨置庭廡鄰家富女夸奢豪大斂聲罷贈其主
巫覡祈禳賽神會跳躍苗歌與巴舞峒雲連嶂敲鼕鼕徼外邊
風送嚴戶一自百粵歸版籍暨被有虞以干羽侏儒持鉞久不
聞便同瘴癘洗烟雨伏波南征或偶得已將鑄馬更立柱只今
往蹟淪異域林邑斜陽去千古我觀省志乾隆世與明天啟歲
戊午遥遥先後各為雙或見野田或江滸可知荒服故所尚要
非作氣佐軍伍年深埋沒沙泥中物久精靈詎終杜斯鼓成形
代云遠歷盡劫灰此復覩革音改革變商音絲竹難 敎合共拊

遺製當從秦漢上惜無稽攷且摩撫夷樂對之三歎息誰歟獻賦達天府獵碣鐫詩徒聚訟較之切響應足取吁嗟鼓兮爾豈識惟是枵然待人鼓

九日登西嶺最高處

雁來菊未開尋秋步秋野登頓陟西嶺草深沒雙踝漸高目漸遠空闊兼幽雅小憩青松陰坐折葉盈把俯看城一斗疏樹雜碧瓦行人小如豆彷彿誤真假自顧託體迥極望谿中夏一輪日在上萬重山在下峰勢何奇詭奔赴如牛馬想見天地初流形費陶冶頹雲鬱蒼莽微雨忽飄灑我且御風行泠然亦善也

未知此咳唾珠丢何處湧歸來醉菊酒嵐烟袖猶惹

擬久別離

出門汲井水井深水欲枯水枯何以汲井上有轆轤轆轤轉何苦似妾心憶夫夫也為浮名馳逐長安道去歲去未歸蕙蘭春欲老春老可奈何住少別離多雲山豈不遠長遣慮風波萋萋秋又暮翠袖薄寒露淒彼梁上燕雙飛復雙寓嗟我良人久京國忍使相思罷容色他年走馬應官去一妾明妝媚華飾

擬行路難八首

我生何幽僻置我絕徼深阻之山阿不知天意所位置將如何

白雲在天日飄蕩乘風隨意出塵想上與日月輝容光六合九州任來往搔首對之長太息河山滿目多鬱塞安能捉得天馬騎俯看人世蒼蒼色

我聞太白之山橫絶峩眉巔又聞黄河之水來自星宿邊此外殊途歧路紛百出使人四顧心茫然七略九流競支派迂僻空虚更隱怪舟車雖製羲皇前大道何從得遄邁吁嗟兮行路之難難於上天界

君不見昌黎貶諸潮瘴江收骨蛟龍哮又不見文惠謫諸柳章甫文身虎豺吼於惟二子豈不賢宦海飄泊來南天即今嶺海

蔚文教何非澤化流當年感此立朝勵清峻所望君民致堯舜
豈知君也瑱塞聽一誤營蠅竟遭擯
孔明受三顧遂許辭草屋淵明為五斗竟爾娱松菊二賢出處
何容心亦以時世為飛沈時來破浪魚得水世變還山鳥歸林
堪歎衆人圖富貴勢利紛爭如鼎沸貧居乃謂拙無能使我撫
膺獨悲慨
滄海變桑田非人意料所能計昔日聚荒礫今為江南佳麗地
通衢車馬聲喧闐樓上美人妖且妍絃歌入空燈似月一杯一
曲逾萬錢不見紈袴之子紛奔競賓朋豔耀相輝映一朝落魄

金囊空欲界茫茫陸陷穽
亦曾馳逐幽燕道九陌緇塵涅素縞長安人海誰貴賤黃屋崇
窿兀蒼昊當時意氣豪且雄自謂賦獻蓬萊宮今日淪落在草
莽回首朔雲山萬重萬重山誰可越安得化身作明月來往碧
霄永無閡
相思不可見無由道余衷欲贈君以斬倭陸離之寶劍射賊霹
靂之琱弓罪己雲雷之角爵鑑古萄馬之青銅君之居兮邈萬
里雲濤蔽天徒徙倚懷迷之誚亦胡為路遠莫致將遺誰
我欲被服耀羅紈着羞列珍錯朝出騁車馬夜來醉女樂不然

驂鸞游徧五嶽之高峯，上窺碧落尋仙蹤。不然乘槎遥泝重溟之極界，探索混茫覩海怪。亦知妄想定無能，塊然兀坐深山僧一卷。神遊萬古上，伏息塵坱同瞢騰。行路難，行路難，歌且已。荊榛滿地劒空懸，夜半寶光燭天起。

蕭然

蕭然人境閑閉門，僻處荒隅共野村。鍾北青松辭俗士，淮南春草送王孫。每看花好思為蝶，難得山奇許化猿。塵海望中日紛逐，夕陽斜照半林昏。

讀三國志

居然大度漢高風直欲中興世祖功斜谷自從摧魏北荊州終使絶吳東長蛇竟上青天路杜宇空啼白帝叢三聘主臣書入冠爲他晉統豈能公

生逢亂世逞雄才漢室從今不可恢留與兒曹爲篡竊挾將天子濟奸回江陵夜月迷烏樹鄴水春風淡雀臺畢竟負人心迹在祀文何獨墓門哀

三世江東起霸圖龍蟠虎踞帝王都金車此日謠先兆青蓋他年讖竟符新艦苦教瑜逆拒樓船終見濬長驅如何天塹一流遺恨鼎折翻延最後吳

窗梅

雲物冬將盡蕭條歲正寒青山居謝眺無雪臥袁安顧我才終拙因人事總難窗梅偏耐冷開與數花看

擬香奩體四首

思君如藕絲欲寄與君雪君縱雪盡時我情猶未絶
思君如春風吹入蘭房内時拂鬢邊花還弄鴛鴦佩
思君如玉環循環本無端欲求終與始除是化爲竿
思君如果核擲核又生芽我願成連理還開並蒂花

郊行雜詠

天地此其大而我處幽僻譬如小螻蟻穴居巖之隙紛紛各熙攘詎不謂安適我也生斯世墮地豈能擇巍然山嶺間野老共晨夕曠覽娛山水結交木與石人烏得無情繫念每難釋何如廣漠游相忘在草澤

小憩青松陰風濤入空響乍疑在江海豈知坐塵坱望見道旁墓纍纍被草莽農人耕其畔叱牛來復往我也覩此情浩然發長想沒者與鬼鄰存者尚吾黨萬物榮與枯千載此消長

流水性本順忽然與石遇我向石上立噴齧相激怒來者方乘勢滔滔勇奔注及其不可鬭竄鏬乃潛趣却笑此石頑兀然中

流住處世能如斯危疑何驚懼

詠女史

七術陰謀復霸圖苧蘿嬌態進姑蘇捧心詎謂傾人國長此顰眉為報吳　西施

憂民不謂獨傷悲鄰女翻疑有所思吟嘯此心何處白冬青山下抱琴時　漆室女

帳前何必淚滂沱薄命先看畢楚歌來世為花如有識託根已入漢山河　虞姬　罌粟花一名虞美人即今鴉片煙草

求凰一曲動琴心雙臉芙蓉說到今何事黃金還買賦長門不

抵白頭吟　卓文君

和親如可靖胡沙為請君前出漢家他日股肱思妾美好添麟閣畫琵琶　王嬙

媚容以色誰常好團扇風前不永春自古白華成恨事能全恩寵又何人　班婕妤

續志踵成東閣史上書許入玉門關春華隕盡冰霜淚來對宮人更抗顏　曹大家

十二年中歎苟生千金重返託鄉情焦桐漫譜胡笳拍腸斷關山別母觳　蔡文姬

風翻金谷倏春歸香豔摧殘剩夕暉空遣樓頭花影落已隨啼鳥逐魂飛 綠珠

改妝戎服卸紅裙勇上長征幾策勳除是高堂明鏡月更無人識女將軍 木蘭

織就璿璣錦作圖寄將心事與君看縱橫請讀相思字何止腸迴伯玉盤 蘇蕙

天生尤物色兼才先帝深宮是禍胎鸚鵡一言春睡覺夢中攜得哲兒來 武后

媚眼能知李衛公月明夜半雪衣紅美人名將英雄事都在風

塵旅店中 紅拂

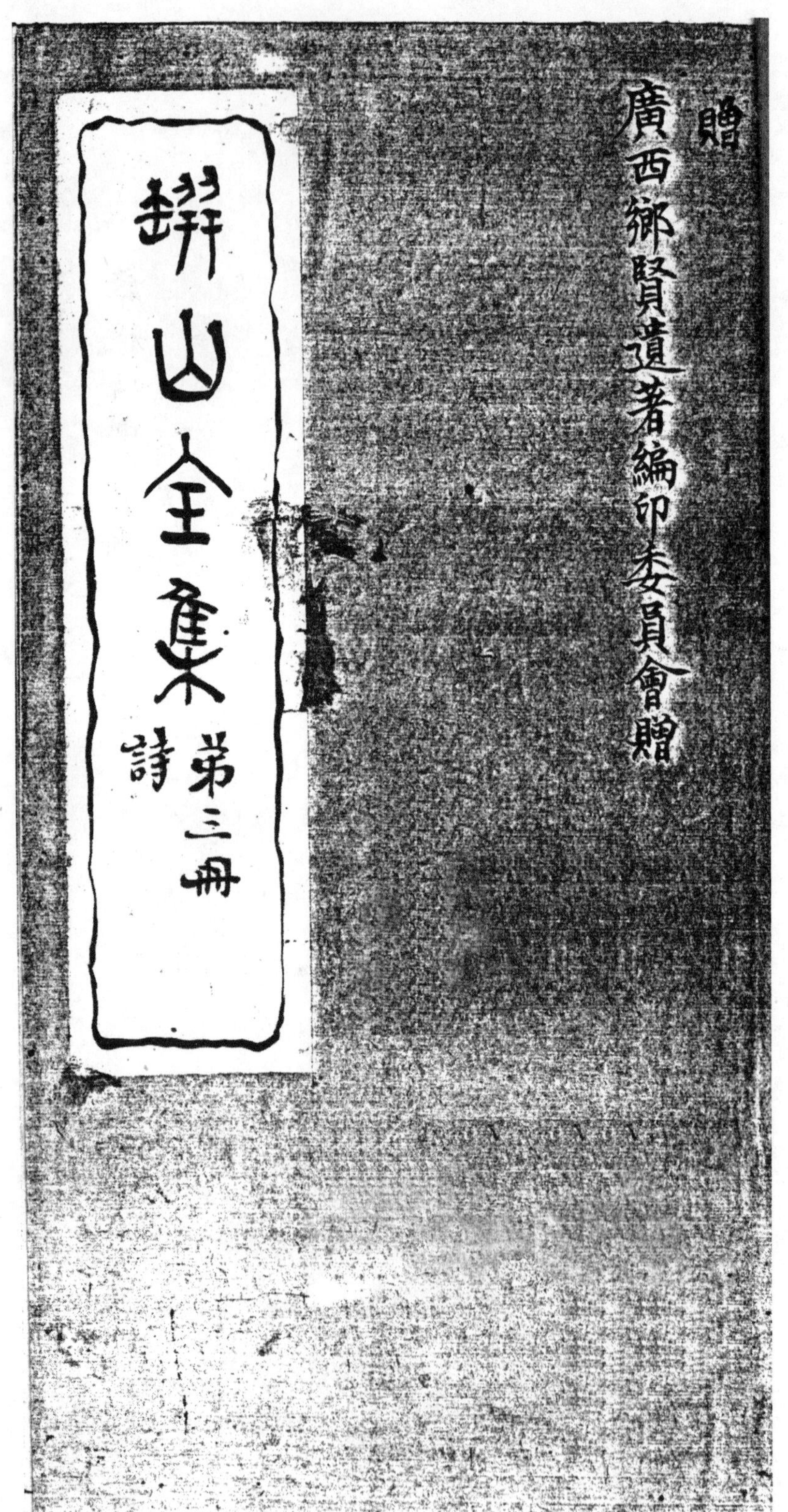
鉼山全集
第三冊
詩
贈
廣西鄉賢遺著編印委員會贈

詩集前編第三

鉼山詩集初編目錄卷之五 丁酉 戊戌

楊妃

三月三日清明罋江小步

函山小酌戲此諧興

夢楊伯駒

書院諧興二首

鷹

即興

殘春

久晴

采蓮曲

睡起偶作

昨宵

夏日偶成

黄琴堂惠我荔支賦此寄謝

南塘即目

懷張南皮制府三首

松下小飲作消夏之游賦此紀興六首

七夕歌行

秋日有懷南溪陳大
書館漫興
中秋夜賞月有作
秋懷六首
九日登鉼山
素馨蘭
偶興
擬文選雜詩一首
月夜

冬夜雜感四首

對竹有悟

野狐行

題山水小幅

寒夜

正月十二日北上 戊戌

珠江二首

滬上謁歐文符同秊

火車行

重勘都門

二島歌畱别友人

滬上與文符上第一樓聽歌

渡海南旋四首

舟過南洋

合浦舟次贈文符二首

自桂台陳村蘇墟舊庄一路還家譜中書所見六首

四月二十三日還山

南塘榕樹下小飲

黄琴堂邀我抵其家中歸後書寄二首

柳

寄懷文符四首

向晚

平疇

謁鉼山村廟書感

尋幽

觀雲歌

遊南山園林謁故人庄

殘夏
雜感
登高
秋溪
秋日與陸雲松甥擕酒坐壩厂聽瀑
小女
擬我所思四首
病起二首
中隱

霜林

冬夜雜詠五首

榕

畫墨竹蘭二首

除夜

缾山詩集 丁酉

嶺西缾山曽此愚稿

元夜卧雨

煙雨迷今夜山城卧此身有花仍耐冷無月不成春燈火嬉游寂兒童笑語親九衢行樂處何日又車塵

春雨

春雨不肯晴春情不可縱倚窗時寄傲簷鳥静無哢出門望林垌草木暗含凍頹雲如布被低壓半天重横霞萬山睡寂寂尚如夢回身擁鼻坐携罇且揭甕新詩亦偶成揮毫自吟誦

早春步自西山至于南澗

春情無遠近偶然到西山草淺路不礙坐此怪石頑頹雲暗含雨羣峯蒼莽間春意尚未蘇造物心頗慳沿溪見游女隔竹低雲鬟携籃拾野蔬見我避幽灣岸草且趺坐折花泛潺湲流水何奔忙我心自安閒何當鬪林壑魚鳥偕往還一卷復一樽出門掩柴關

年來

年來幾見碧天晴忽覺今朝罷屐聲燕子棲來池柳細蝶兒飛過野桃明和風煖日醉人意近水遠山無世情似此陽春好時

節待誰攜酒聽流鶯

春日江上醉歌行

聞道春來春未見攜酒江頭覓春宴春竝酒入胸懷間酒和春上醺朱顔春光晴霽被林皐春色芬菲染花柳鳩啼燕語催春深有酒不飲空芳心君不見人生在行樂富貴何時恣歡謔又不見為樂當及時惜費徒為後世嗤昔賢放達已如此何況我輩窮居士即今出處未可料漁樵且溷荒嶠裏既吹鳳鳴竹還弄繭絲絃左攀翠缾坐右抱清甕眠眼看流俗難與語舉觴大笑邀青天青天無言白雲去影渡盃中無着處渺然四顧思茫

茫碧水自碧蒼山蒼詎知淪落在塵境醉卧淺草明斜陽壺既傾我亦起一言敢告二三子魚鳥飛潛各欣喜我生樂極聊復爾安能局促轅下駒俯首從人受驅使

、雲外

雲外鳩啼碧樹叢萬山深處白濛濛便從十里回頭望我亦蒼茫煙雨中

南樓題壁

縱眺此樓上四圍風景鮮倒池天作底環嶺地疑邊古意來蒼莽遥情入渺綿春郊都似畫花柳徧山川

山城

山城二月正芳華，何事陰雲四面遮。寒意未消荒嶺外，陽和應隔遠天涯。烟籠隄柳風無絮，雨挹園梨雪有花。兀坐小窗懷往昔，可堪瓦雀噪檐牙。

楊妃

他生夫婦此相期，未必因緣定可知。桃李春風花自好，今年不是去年時。

三月三日清明罋江小步

乘興南游小澗濱，清明偏覺雨如塵。諸峰遠近煙痕淡，四野青

紅木葉新沂水浴風行樂日山陰觴詠感懷人綠波芳草桃花浪弁作天涯無限春

西山小酌賦此遣興

彼蒼捲開萬里雲舉頭忽見雲中君雲中之君俯而視對我明媚拖晴雯以此惜春動春興攜壺西巘香風薰映日紅棉雜榕碧溪薔簇豔低蘆漬新鷺初囀鳩唤婦遠從村落林間聞却尋古石坐高下嫩草侵席吹奇芬舉杯大叫衆山飲山容相向如歡欣但見低昂共偃蹇不覺遥翠生煙氛我醉且把長笛弄聲和天籟聽無分此時對酒倘不飲鳥啼花落爭紛紛眼看人海

各徵逐世情於我亦何云何如高岡相與醉狂歌起舞看斜曛
東風見我酒暈赤習習吹面寒不醺歸來更覓南澗路流波不
語空沄沄寄言鳥獸爾休怪我已嶺外同爲羣

夢楊伯騶

故人遺我書懶慢久不答昨夜忽神交彷彿朋簪盍自與子分
襟窗梅已兩臘豈不音問疏離懷慰寡合鵝城距蠡水雲樹五
百里飛渡竟相見頃刻來覯止憶昔遊京華待看長安花與子
遭擯棄流落天之涯九衢人海中滿面吹塵沙朔風淒以肅繁
霜隕庭木溟渤倏揚波我馬方馳逐攜手下吴門訪故虞山麓

仲冬飛雨雪一棹金閶曲無何春又至更赴春官試與我同年子釋褐登高第欝欝董邵南連年不得志遥望燕南路舟車幾憔悴感此征途間蓬鬢飄朱顔高樓黄浦月照見偕往還落魄正江湖徵歌猶小鬟珠海復淹留悵然歸故山回憶相隨從何處不與共往事詎堪念索居獨吟誦寂寞蕭齋下燈影燗昔夢我今擁臯比抗顔真自嗤如君任舒卷行樂應足怡矧當韶景美嚶鳴及芳時那得會文酒聊書屋梁詩

書院遣興 時主康山書院講席

又向康山作退潛就中書卷手頻揩風清午夢閒欹枕花落殘

春懶上簾蛙鬧草池宵鼓吹鸎啼林墅畫鍼砭此身不若階前竹猶得清高出瓦檐

呢喃燕子過隣家一陣東風碧梛斜半嶺晴痕分屋角隔窗綠影入天涯待誰消夏還擕酒感我傷春總為花撫景無端轉悵觸滿庭芳草送年華

鷹

歸峯峩峩不可趾峭壁嶄空黝窟裏上有古木下澄潭鷹之巢兮得所止盤空迴奮扶雲力鐵爪星眸翅斜側迎風燕雀恐奔竄鼠爭投大樹俱默息我昔驅車走京國幽燕獵者競羅得縶絲

蒙首戢其翼勢蓄飛揚思啄食從畋倘逐歐驕去一瞥寒林塞雲黑我見今日鼠與狐窟穴城社藏其軀既不能擊盡此奸諂輩而乃助鷙爲虐毆雞雛鷹兮鷹兮梟鸞並區汝也不分兮雖鷙胡爲乎

・即興

碧天吹盡舊東風漸覺雲峯聳半空十里溪山無限綠藪花林麓有餘紅鸎傳仙樂來塵外蝶斂香魂出夢中最是當時留恨事歌殘金縷對芳叢

殘春

雲作亦無雨我來尋晚涼柳搖新樹碧蓮點舊池芳飛鳥沒遥嶂行人明夕陽殘春疑未去綠草似聞香

久晴

久晴已不雨既雨復夕陽輕雷殷未收好風時送涼天雲霞文彩山野騰青蒼上下兩交輝面目生晴光倉庚囀何處喈喈度笙簧時物遞變更幽草逐年芳孟夏既云至農事方紛忙兀立觀化中曠然詠斯章

采蓮曲

采蓮復采蓮蓮花繞曲溆采之欲遺誰所思隔川渚澄波照新

妝搖漾共容與剝菂懷苦心雪藕鐲愁緒衣本良家子原非輕薄女素姿秋水明芳潔與誰侶日暮蕩雙槳幽情奈何許回望杜若洲臨風嬌欲語

睡起偶作

延涼何處覓幽槐敧枕南窗卻盡開睡起忽疑天欲晚黑雲一陣壓山來

昨宵

昨宵一雨溢芳池入望山原百草滋惟有黃鸝何處樹似啼三月落花時

夏日偶成

綠樹正當午困人初日長竹光分屋靜燕影入簾忙塵海方炎熱雲山漸老蒼餅峯好幽遯待築草爲堂

黄琴堂惠我荔枝賦此寄謝

嶺外有佳果稱名曰荔支其葉紺深碧其花白離離團欒復婆娑繚糾垂其枝五月火雲起炎風炙以吹赤霞掛幽樹子熟丹顆垂遠如杜鵑血著樹明朝曦近如頳虬珠葉底藏瑰奇正當暮雨晴露華芳已滋我有山中友幽居接短籬不種橘千頭惟此土所宜每當酷暑天林下將襟披念我正消夏呼奴摘遠貽

一騎自紅塵含笑當誰知氷盤薦猩殷火齊堆纍纍相如渴待
消足慰熱中思酣香且紅豔珍果比者誰有如古君子充實譽
早施智圓既外著廉隅終自持赤心本所含瑩瑩霜雪姿更如
傾城女絳襦初褪時玉體忽橫陳膚滑如凝脂若較趙婕妤何
殊氷玉肌狂吞瀉瓊液溢口甘如飴使我飽貪食夕殆忘其飢
且攜古榕下載酒向蓮池析蕸以為盤剜菂以為卮黃蕉與綠
瓜山水共追隨賞此白荷花幽意堪自怡既誦曲江賦還詠東
坡詩馥然香氣來清爽透肝脾幸哉此佳品俱產炎方陲日啖
未三百已勝餐紫芝寄言謝吾子高情安可辭援筆題此篇報

此佳品 此言[illegible]此

瓊惟在茲

南塘即日

楊柳低垂碧芳塘草自春水痕摇岸出知有浣衣人

懷張南皮總制

一從旌旆蒞湖湘又到金陵啟節堂去後東坡知可憶南中五月荔支香

越嶺曾偕侍坐親（己丑夏節師名廣雅書院諸生凡考列超等者到學海堂親為指授識諄諄也）阮公學海有傳薪（學海堂在越秀山為阮公芸臺所建）若非冠冕通南極鴻也何曾識偉人

說到民生教育恩春風鹿洞感師門謂朱鼎甫先師嶺南此後東西道
已是昌黎北斗尊

松下小飲作消夏之遊賦此紀興

攜酒西山曲乘涼到古松看雲隨坐嘯藉草得疏慵名利塵中
事林泉物外蹤相陪名無語蒼翠聳鉼峯

荷葉作盤盎開樽調蜜房笑嘗桃子脆惜過荔支香樹看年華
古溪流世事忙何當覓幽瀑清夢到羲皇

六月方徂暑蒸雲鬱翠微鸎啼楓澗歇鷺起稻田飛箕踞拋葵
扇横眠袒葛衣物華日更變莫令賞心違

舉世皆隆赫何人不附炎山農顔曬臘村婦背生鹽冰簟眠方穩瓊樓繡懶拈眼看殊苦樂誰爲念閭閻

乾坤生此地荒徼更山中絲竹難攜妓漁樵好置童當頭雲作雨照眼水揺風莫羨仙家好將毋隱者同

側身獨俯仰林下得優游天晚日光薄山高雲影幽渚蓮將盡夏岩菊待尋秋出處隨吾分狂歌到陌頭

七夕歌行

月華欲墮秋河横玉宇雲流疑有聲今夕何夕七月七人間天上若爲情小步庭階起遐思張筵乞巧歲時記菓物紛陳燈燭

輝仰視雙星烱晢晢嘗云彼織女報章不能成莫是雲錦裳化作晚霞明又云彼牽牛車箱不可服或者守關梁來往水之側聞說乘槎溯河源上窮青海崑崙垠茫茫忽忽不知何處所但見迴環城郭浮煙痕有男子兮飲犢于渚有妙姬兮停梭于門却授一石歸惝怳問嚴遵顧我此生愚且拙未能機變覓真訣即看列宿尚勤動何事微塵競詭譎讀罷柳州游戲文再拜識求将夜分更向花前望空碧倐倐烏鵲風中聞

秋日有懷南海陳大

我憶南州陳仲舉愔愔儀範菊含秋情當洽處終何說感到深

時只自愁滄海浮雲淹久客關山明月送歸舟年來疏懶稀傳雁未敢臨風更倚樓

書館漫興

自裁絲竹正當軒靜裏惟聞鳥雀喧塵海未登仙籍貴書城聊擁布衣尊陰移天外雲無迹秋到人間樹有痕午枕夢遊何處去短橋疏柳接漁村

中秋夜賞月有作

今宵好明月諸子復相尋展席來花徑開罇對樹陰星河涼夜色絲管淡秋心幾載風波客家山得醉吟

秋懷六首

商風一葉下林邱，寥落西南天地秋。四海感時惟伏枕，百年懷古獨登樓。催人節序磋何急，觸我詩情笛更幽。向晚郊原頻極目，雲山搔首憶前游。

曾從桂嶺折花時，更向南州唱竹枝。醉入江湖歌畔酒，吟來風景畫中詩。琵琶有淚嗟淪落，蠟燭何心感別離。十載萍蹤成往迹，蒼梧煙月惹人思。

風煙慘澹萬山陰，越秀回思嘉樹林。黃菊坡前斜徑晚，紅蓮館外曲池深。少陵望斷遠方札，宋玉悲來滄海琴。屈指同門各魚

烏嶺南廣廈日蕭森菊坡精舍在學海堂蓮韜館在廣雅書院

悵望江南感不窮金陵名勝寂寥中六朝舊迹辭梁燕半壁雄圖付草蟲吳苑久荒城榔雨蘇臺已塌井梧風何須更說興亡局長此青山夕照紅

秦皇封禪苦求仙巡幸曾臨渤澥邊雲去空留方士局風迴不返丱童船也知蓬島非無地終見桃源別有天今日三山秋色暗塵揚東海又桑田

春明自昔滯京華萬里秋風轉憶家車馬緇塵吹短鬚霜整白酒照寒花金臺杳矣霞飛鶩易水依然樹噪鴉落拓頻年燕市

客望中雲海是天涯

九日登鉼山

萬峰各陰晴，涼颸語出木。眷言召儔侶，乃至瓶山麓。瓶山孤且直，峻峭插空矗。其半闢峆岈，微徑紆以曲。登高作重九，遂爾躡吾足。洞中復有洞，斗大鑿岩腹。入既須傴僂，出亦當匍匐。豁然別有天，俯視見村屋。自古本中隔，混沌開蒼玉。誰具五丁手，云是外舅陸（父老云：昔余外父陸念堂避賊於此，此洞為其所開，距今四十餘年矣）。外舅昔避賊，於此覓藏伏。只今留頹垣，依稀認往躅。我欲凌絕頂，厓陡頗躋蹋。會將修石磴，攀陟恣瞻矚。高上青雲梯，遐哉謝塵俗。遥揖蹻鶴

翁仙風振林谷

素心蘭

素心人不見默對素心蘭芳草自秋綠晚花仍暮寒有香聞始覺無色待誰看讀罷靈均賦蕭疏歲向殘

偶興

山排秋色入窗來天外浮雲擁作堆紅葉有誰三徑坐黃花遲我一罇開樓詩似入迷藏窟索畫將尋避債臺撫念流光正忽忽礎聲何事苦相催

擬文選雜詩一首

秋夜耿不寐悄然步前廊四顧寂以清閒階有餘芳瞥見竹梧影離披高出牆明月靜寥空叢菊生微香征雁杳何處蟋蟀鳴西堂振觸多所懷幽思不能忘佳人渺天末莫由見容光我欲往從之山阻川無梁悵望碧雲深輾轉心内傷

月夜

木落園林迥寂寥菊花渾似向人驕夜深不惜露中坐如此月明能幾宵

冬夜雜感

自古雄略主恣好求神仙富貴難久享乃欲龜鶴年我觀周穆

王馳騦崑崙巔瑤池謁王母歌吹春風前始皇修封禪東游渤澥邊瀛洲望三山樓閣迴茫然嗟哉彼二君所願登于天歲月欻已逝滄海成桑田不見崑崙西俄夷接于闐龍馬走風雷横互飇蒼煙不見渤澥東倭奴逼朝鮮鯨鯢涌雲濤出没鼓重淵縮地即鐵軌飛舄是輪船長生倘至今此念應舍旃

儀狄造美酒夏禹實所惡及至衛武公醼酬懍敗度張華志真茶陸羽經始著學自唐德宗征商遂成賦合歡醉春風消渴飲甘露人生二者間欵客所必具胡爲泰西國罌粟遠爲蠹横陳煙火榻吞雲而吐霧兹非飢所驅趨之乃若騖俾晝以作夜危

羸竟不悟嗟哉斷腸草流毒真無故利權既漏卮塵世半沈痼

千古此奇災茫茫向誰訴

華夏闢亞洲縱橫萬餘里西北控邊塞東南際海涘自古防在陸今防並在水絕島有諸夷入貢自唐始文教所沾暨莫不被遐邇何圖此倭奴變法乃鋒起負隅莫敢攖遽爾逞蛇豕鼓浪遼東營揚波臺北壘屏藩歸異化門戶失表裏吾為瓊厓慮及今當料理法人據南越眈眈正虎視

乾坤所剖蘊道器此昭垂聖賢所則效道藝原相資溯自諸子出異學日紛歧或以名物著或以法術施惟有墨翟氏豈同孔

仲尼胡為秦漢世竝稱每不遺乃覩今歐西其教頗類茲未必墨子書自昔流於夷鄒孟親仁辯兼愛闢淫辭横渠胞與懷汎愛宗前規上帝好生德祖述本吾師被刑謂登天使我終然疑

對竹有悟

看竹看其形畫竹畫其影我昔種數竿疏落矗修挺時當明月上露氣湛清景个个寫牆西無風自幽靜在昔文與可揮灑擅馳騁游心空幻間胸中具其境但視意所到落筆趍俄頃蕭颯風雨姿滿幅秋雲冷我今無所法默對心自迴渺然念物理微妙此堪領

野狐行

朔風吹林霜草枯獵人哨犬紛追呼叢莽深沈暗圍住綏然突出黄毛狐此狐藏身黝巖側潛向村林攫雞食徬徨羣犬顧不前狐乃回頭緩棲息犬何以畏狐且向獵人問獵人道狐臭所以不敢近我道此語誠固然妖狐作法能通天况其善疑復善媚憑城據穴誰攻堅不見猛虎王山藪虎被狐愚步狐後百獸見虎畏虎避虎以為獸畏狐走吁嗟狐兮狐休逞欲安知不有大宛之北獻猛獸虎尚著地低頭輒閉目

題山水小幅

端居既多暇山水日清美振步出門去乃遇同懷子相偕陟遐曠並坐江之涘遠嶂入微茫半出白雲裏風葉何颯颯江水復瀰瀰近聽情足怡遐眺心自喜長嘯碧天迥汀洲雁飛起

寒夜

寒夜遥天旅雁鳴荒陬殘臘歲將更霜林冬落虛鴉宿山火宵明照虎行海國雪花縈昔夢家園春酒足平生閒居每憶年來事竹影蕭疏北斗横

甁山詩集 戊戌

嶺西鉼山曾此愚稿

正月十二日北上

我已迎春至春還送我行風雲隨去馬林墅別流鶯粵嶺濃花發燕山霽雪明兩年重作客人海愧吾生

珠江

南去花田古渡頭乘潮争蕩往來舟垂隄烟柳無情甚不綰行人只綰愁

車艇輪舟日往還綺羅香豔女兒灣仍憐西北東流水同到珠

江也不聞

滬上遇歐文符同年

昔君此別我海上同落魄今我此見君天涯又作客握手復何言春風兩載隔高樓自歌管風景尚疇昔此去燕山道雪花入天白旅館且杯樽共醉燈窗夕

火車行 時京津鐵路方修至永定門

我讀周易既濟卦水在火上終日戒西人以之製行車烝為汽力運機械四其鐵輪碾鐵軌發動所由自遄邁一乘綴以數十乘大道長征無阻礙迴如游龍戲山野昂首蜿蜒吐烟靄倏如

羣馬騰風雲瞬息奔踶絶塵壒我坐瓊窗縱遐眺過眼杉林未轉睞驚飈駭電聲隆隆飛鳥之疾恐莫逮我聞穆王御八駿西出崑崙覽邊界降及始皇開馳道輒迹思同六合内自昔雄主侈遠略縱横直欲包四大即今俄夷俯西北隱隱烟氛繞沙塞既難閉關以獨治何若闢門任所居自强要在善駕馭遠人詎必限諸外嗚呼世變日益奇從此車書軼百代

重到都門

無端車馬入塵埃又是春明曉日開老女畫眉慚待嫁敗軍棄甲笑重來杏花被雪寒猶滯燕子淩風煖漸催感我于時何善

策也隨多士望金臺

二鳥歌留别友人

九州漠漠限嶺表三管迢迢隔荒嶠靈秀渾淪所鍾毓生就鳴春雨春鳥兩鳥離居故不識一處山南一山北遠看威鳳下仙城瞻仰文章爭附翼仙城池館珍禽多翠尾雪衣紛玉柯求友嚶嚶集喬木西來兩鳥尤相和一朝一鳥忽飛去飛入蟾宮老桂樹一鳥啾啁顧影孤碧霄奮翅重歡遇花明蓬島五雲裏待上瓊林共留止珠喉百囀不諧聲未許大羅度宮徵迢遞行蹤各海天流光荏苒送韶年無分歸昌隨鸑鷟空憐毛羽失華鮮

舊夢豈知難久別，爪痕又踏幽燕雪。鎩翮依然俱被擁羨他鷄鷺翔金闕，矯首南溟道阻長辭羣。自此惜分張，一向武昌訪黃鶴。一從丹穴覓栖凰，萬里遥征便遐舉。相呼相喚尋歸侶，他日缾峰深處，深風前月下與誰語。

滬上與文符上第一樓聽歌

燈火樓高月夜天，管絃聲裏鬬嬋娟。今宵且聽吴娘曲，山海重來識幾年。

渡海南旋

滬瀆奔趨入海門，又從人外望乾坤。我乘番舶衝烟去，雲水無

邈渺一痕

欹枕船窗靜不風遥天眉月忽橫空錦閨此夜如相憶正在蒼茫碧海中

月落雲涯夜氣涼浮生真似黑甜鄉望中塵世知何在上下星辰一混茫

日照三山不可求神仙今已作仇讐天教亙古存中夏未必鯨濤沒九州

舟過南洋 由香港乘輪舟過合浦

蕩入還珠水一痕歐西輪船此爲門地臨赤道南溟闊天迴幽

都北斗尊海澳居吏明始事崖山殉國宋忠魂鯨鯢何處搏風翮極目雲濤隔九閽

合浦舟次贈文符時由黄屋屯市同舟至桂台各由陸路而别

春明無分聽宫鸎萬里歸舟一葉輕漫以江花留異地轉於嶠月渡重瀛天涯到此偏驚盜嶺外從今又苦兵與子篷窗閒且醉來朝分手若爲情

京華蟹酒憶當年合浦南來更試鮮過眼相將新客路歸心各向故鄉天春風雪霽津門店夜雨雲深粤海船堪感此行真眊矂祖鞭依舊看人先

自桂台陳村蘇墟舊庄一路還家道中書所見

盡日途中少見村危峯一路苦心魂牧童數點山腰出跟底都如蝨處褌

幽鳥自啼花自明肩輿曲折繞山行有時穿過松林去猶是風濤渡海聲

數家竹樹隱荊扉路入山坳過者稀流水忽聞深澗石礪刀村客俯魚磯

乘涼暫坐野人家飢渴還詢粥與茶為問輿夫今夜宿此行多路日西斜

樹底呼船隔岸遥碧波芳草共迢迢木棉四月花飛絮誤作燕山雪未消

故里青山望眼迷舉頭忽見暮雲西遠看天半高無匹漸近家鄉轉覺低

四月二十三日還山

游客日尚遠此心不欲歸及其歸漸近此心急如飛歸思如水流歸路猶峯起倏爾見康山離容先自喜道遇舊所識相問且相親回思情轉淡故我愧家人肩輿既至門仍是昔時景老稚各歡嬉平安共欣幸嶺嶠忽復來憔悴南北路海嶽千萬重風

濤間雲樹功名不可爲世事不可道矯首望幽燕白日懸蒼昊
戚友何必問窮居長邊陲魚鳥自飛沈乾坤無已時

南塘榕樹下小飲

浮雲游罷返天涯依舊瓢峯此作家山海萬重今嶺外風塵雨
戴昔京華榕塘映碧仍飛葉蓮沼闐香未見花相對杯罇共吟
眺黄鶯啼處老烟霞

黄琴堂邀我抵其家中歸後書寄

故人高誼重邀我到書堂簾卷山爭碧門開水送涼談深閒竹
韻坐久覺花香丹荔低垂處幽居野興長

四面黑雲合滿天寒雨來園林低欲瞑山霧重難開爲我稽留住多君笑語陪論文饒至樂今夕快啣杯

柳

長條低拂翠眉顰照水臨風相映新最是感人惆悵處士悲秋與女傷春

寄懷文符

春明桃李罷溟翮又南飛與子一揮手雲山我獨歸名場同落葉別路入斜暉依舊還荒徼空嘶壯志違

分途曾幾日轉眼各天涯抑塞雖違世平安且到家風濤滄海

國塵土涸京華兩度同南北前蹤隔暮霞交誼如君子相偕若弟兄閒談時齟齬豪氣自縱橫滄海方為容潢池正弄兵回思驚喜事惆悵不勝情在上海客棧失火幸不成災北海有三姝女同船亦頗消遣

昔年同落魄嗟我滯南州自分途人視翻蒙地主留羊城外彩木欄信興紙店主人陳子敬情意殷摯甚可感也蕉窗風雨夜花舫管絃秋蓬梗真飄泊從今得倦游

向晚

我向南池向晚立萬山過雨生浮烟此七字是夢中所得者微風吹人意

綿漠晴光照眼俱蒼然江頭昨夜發新漲墟人喚渡斜陽邊不覺雲霞變五色滿懷詩思飛遥天

、平疇

稻田浮綠接平疇景物鮮明宿雨收雲放山光來近郭水摇天影上高樓漸無鷽語將辭夏忽送蟬嘶已報秋只恐烟氛終散漫未容林墅得優游

過缾山村廟書感

我昔少小時誦讀於此地想像舊書堂依稀尚堪記逃學遁叢林逐隊共游戲或偷鄰園果閃縮畏人至有時榕樹下坐對西

山翠高嶺生白雲陰晴互變異夜來諸籟寂涼蟲語秋思明月上隔林書聲出幽邃忽忽廿餘載悠悠成往事中間更世故奔波四方志惟此青山青蒼烟自松吹杳然憶燈窗回首如夢寐

尋幽

尋幽無處出郊行又聽新蟬葉底聲溪水渡頭隨漲落嶺雲天外自陰晴攜壺野酌遺人怪戴笠山歌任鳥驚使向疏松平草地卧看林岫夕陽明

觀雲歌

白雲矗空天屹如山峯起須臾風颺倏變遷萬狀千形各嵔㠥

豁然景色照耀斜陽開彷彿蓬萊湧出金銀臺不知神仙來去何處所但見葱鬱之氣何佳哉赤麟作昂藏蒼龍復夭矯飛瓊跨白鳳簫史駕青鳥攬蓮花兮玉京采芝草兮瑶島蜺旌霞旆啟天路萬里迢遥渡八表眼觀造物多詭譎頃刻忽生亦忽滅即看海市與蜃樓望中城郭空悠悠何異舟車起西域雷飈電燗乾坤游我自看雲自幻變化無端剛轉盼人間世態亦如斯不覺秋容點飛雁

至南山園林過故人庄

興來無所往乃至山中園路入幽樹深密邇瓶山村稻香逐流

水隔竹敲柴門白日靜羣芳照眼迷心魂陰森暑不到坐此喬木根忽聽巖林間鳥語雜人言料知山果熟摘食聲相喧遥見荔支奴簇簇低籬藩我亦攀以啖褪殼爭狂吞露漿咽已飽足解心中煩歸來訪故交掃榻開前軒回憶少時事人世胡堪論謂我復幾何聊此供盤飧小住景將晚斜照陰厓昏我亦辭之行狂歌經古原

殘夏

殘夏暑初退林塘風景幽每因無限恨聊作等閒游雲樹鬱行將晚山高漸入秋眼看羣動靜今古一同流

雜感

流光荏苒倏相催，又過中秋酒一杯。月暗桂華將隱魄，霜清菊蕊正含胎。乍看殺氣蒼鷹擊，忽覺隨陽白雁來。日落山城碪更急，暮笳嗚咽數聲哀。

登高

九日山頭秋正好，登高惆悵送年華。迴環萬嶺風煙暗，歸去清罇對菊花。

秋深

明月冷清霜，秋深木葉黃。物華催歲暮，節序入宵長。軒冕浮名

幻園林舊業荒所餘江海夢燈影照悠揚

秋日與陸雲松甥攜酒至壩厂聽瀑

秋老風日晴尋幽約所往攜壺沿龔江厂石霞盈文横壩進湍水淙淙振林莽相偕坐其下頗得出塵想既飲亦已醉醉臥詩魂爽蕭颯瀑布聲遠答天籟響其時空宇清寥廓碧而敞遥見青山頂白雲照高朗四顧境既僻春然獲心賞世事夫如何乾坤一俯仰

小女

小女啼還笑矜妝索戴花賣餳深巷過簾外走呼爺

擬我所思四首

我所思兮京華燕山橫亙秦城斜黃屋穹窿聳霄漢朱門赫赫王侯家萬里求名遠游子九衢側立溷都市日中車馬如雷轉十丈緇塵霧烟起京華京華拱帝居桂炊玉食嗟窮閻

我所思兮黃浦闌闠雲屯迤松滬茶香煙影輪蹄聲海上華夷互紛聚燈火輝煌星月天半空樓閣鳴管絃美人豔妝歌一曲紈袴之子擲金錢黃浦黃浦誠樂國漏卮脈脈流西域

我所思兮廣州蓬島割羅浮白雲天際屹相望千載仙蹤長悠悠安期抱樸杳何在縹緲十洲接南海鰐浪鯨濤日怒飛塵揚

幾見桑田改廣州廣州久遊衍月色猶明舊花院我所思兮桂林水羅帶兮山玉簪曾上青雲梯高歌問天吟浮梁洲畔江繞郭疊綵洞前樹攢閣月宮遊罷辭仙都無復驂鸞訪丹壑桂林桂林好風景只將詩畫縈夢境

病起

陰陽剝復幾迍邅七發從今始霍然瘦削一身輕似葉消磨萬念淡于煙雲山舊夢迷游迹花柳春心減少年擁被晴窗還兀坐南華好誦養生篇

晨起寒帷怯曉寒瘦容驚向鏡臺看漫尋碧海千年藥好煉黄

金九轉丹孟德讀文風愈易相如好色渴消難窮居我已甘貧賤魑魅何須更索餐

中隱

為愛林塘好冬榕葉未凋煙光籠日澹山影入天寥笑語聞江汉行歌見野樵棲遲此幽僻中隱漫相招

霜林

霜林臘盡又春回行看青山倦眼開病本風情姑藉藥感因時事且含杯東坡問月非無意孟浩迷花豈不才十載故人多仕路苦吟愧我伏巖隈

冬夜雜詠

自古爭天下莫奇漢與楚秦人失其鹿追逐徧寰宇我觀王霸
殊出言已先睹季曰當如是羽曰可奪取天意既在季胡為又
生羽一入咸陽宮後至空忿怒遂爾王諸將巴蜀謀分土豈料
襲彭城忽共軍廣武雌雄久未決相持踞險阻徒約鴻溝劃終
遭擊養虎及其壁垓下帳中何酸苦虞騅唤奈何忼慨淚如雨
而彼遠過沛老幼悉招聚風雲正飛揚酒酣歌且舞
吾愛宋大夫儒雅最風流千里既傷春四時復悲秋觀其所託
志愴怳何悽愁雖云憫師逐實乃為君憂招魂以美人層波轉

迴眸好色在處子微笑揚清謳余情足信芳所夢豈通幽世俗
誰得知麟鳳同天游
雍州天府地四塞拱北邊在昔孝公世商君佐其權變法尚嚴
刑廢壞舊井田厥後任張儀連橫衆邦聯胡意諸侯盟合縱謀
自全締交結為一百萬攻秦川眈眈虎狼視開關竟相延洶湧
九國師消散歸浮煙强者既受伏弱者復爭先遂欲帝于西宰
制統垓埏嗚呼當此時正名有誰焉果其履至尊卷席以驅鞭
將赴東海死安肯寄一廛寥寥青齊中卓哉魯仲連
人生屬風節所當堅其志一朝或失足遂為千古詈觥觥揚子

雲草玄方隱避及受莽大夫名乃為身累愔愔蔡伯喈將修漢掌記一嘆董賊死才並以人棄可知古賢達處世貴明義不如關盼守與彼綠珠墜莫謂妾婦心猶能識此意

七竅初混沌雕鑿此世界首出始中夏文明易草昧三皇及五帝安樂尚清泰五帝迄三王熙皞漸譎獪泱泱至春秋五霸迭興廢侵襲起戰伐平聘事盟會滔滔終戰國七雄判成敗名位紛僭竊紀綱盡隳壞諸子復放言道術遂分派遷流既已極變故斯為最天乃生祖龍迅掃六合内先王舊典籍焚燬殊可慨儒未絕秦坑佛又萌漢代時勢所由來真宰或有在大同空想

傷華胥亦夢話千載幾滄桑蒼茫山海外

榕

虬枝低拂四圍幽到此行人自可留生就散材無用物空山風
雨足春秋

畫墨竹蘭

歲寒蕭槭立荒郊只許松梅作世交紅紫任他好顏色有時相
伴亦花梢
自憐生長曲江濱寂寞幽香幾度春蘅芷蘼蕪何處在空山流
水靜無人

除夜

鉼山對我作閒人使向園林共此身今夜醉辭終歲酒明朝道是隔年春天涯星斗寒無雪海外風波暗有塵笳鼓聲中燈燭燦兒童嬉笑逐時新

鉼山詩集初編目録卷㐅六 己亥至辛丑

甕江小步

春風

落花詞

春妃弁一首示睦甥雲松

閒來

擬春閨感興

甕江洲上小飲

園林

洼龍州

舟中偶興

舟夜望月

綠樹

寄邑鑑堂並致杜麗庭

暮雨

勉姚少元同年

此去

遊同風書院仙巖有懷謝楷傳同年

旅館夜雨

諱城諧中

謝白玉洞

擬悲哉行

維天四章章八句

故林

桃青華七章章四句

泛彼楊舟五章章六句

讀後漢書文苑傳四首

夜興

傷立
秋日鉼山獨游
譜旁小松
橄欖
閒居
寒夜示内
冬夜
日落
諸懷雜詩二首.

挽歌二首

小隱

歲暮書懷答謝

狂士歌

讀留侯傳

麗江舟次 庚子

出門

詠懷二首

秋氣

缾山歌

庚子秋七月忽聞京師震動乘輿西奔驚此紀事

苦熱行

中秋

題畫

爲康疇夫太守畫山水四小幅錄二

爲友人作山水四幅四首

友人題我缾山草堂圖且索我畫次韻奉答即題其上

題康疇夫太守衲菴獨立小影

苦旱於

江亭

書感

麗江

譞山

極目

今夜

天寒

感事

古松爲人斲取其脂根半虧矣感而題云

爲友人畫雪景横幅

春興 辛丑

遲於書感

時事

南塘觀荷花

大雨行

古意

蕭齋

窮居

畫山水小幅

琴堂邀我啖荔支賦贈二首

波羅蜜

此身

殘月

秋意

月夜樓上吹笛

重陽

園林

回憶

秋夜長歌懷舊遊寄歐文符同年

寒睡

夕望

乘輿幸陝又聞由汴還京賦此律句

缾花

鉼山詩集己亥

嶺西鉼山曾比愚稿

元日放歌

己亥元辰煖且晴風日淡蕩雲山明萬物熙熙到春意暗中歲
序頻還更此生塊然墮嶺表窮歌窮言幽谷鳥天也胡為使我
鳴於斯得不山林寂寞終無知流落塵區混人世泥塗軒冕隨
其時閑讀南華自搔首宇宙古今一芻狗滄海桑田千載去花
前且對盃中酒憶昔江湖舊游迹琴樽幾度噇狂客醉來興發
笑碧空紫霞暈酒朱顏紅

人日卧雨

元日風日晴人日煙雨暗擁被卧幽窗寒意增冷淡陽亢陰必凝二氣理可勘坐使馳神凥山嶺失遥矚醖釀衆生物榮枯時亦暫不見絢爛極依舊歸平澹我讀東坡詩春秋如水濫何以遣我興開罇汲酒甑

得文符書賦此寄懷

音書久不達兩載悵離羣到眼誰知已開函若見君名場燕地雪客路海天雲今日春風遠山林對夕曛追述客中況别來曾幾時歲華經變易世事苦艱危江海遊將

倦雲山夢豈知萫峯如可即罇酒慰相思

春山

春山淡淡明朝暉東風發發吹我衣吹我神游入天外遠逐去鳥相追飛此時兀立心孤往古意無端來蒼莽眼前萬物胡爲然使我追入非非想

昨夜

昨夜一番雨隤雲迷遠岑北風吹不盡堆積亂山深

閒步

閒步城隅意渺然物華爭豔逐芳年輕雷出地過驚蟄寒雨連

山入禁煙漸見草痕春尚嫩忽看花事信初傳雲中何處非堪適聊向東風訴暮天

閒情

濃淡山容雨未晴木棉花落野鳩鳴閒情怕向春郊望碧草無端到處生

江頭

頹雲低壓濕漫空村樹遥看黯淡中蕎麥遠從烟際白木棉深向雨邊紅園林待我尋幽趣山水何人解化工只惜豔陽天未霽江頭攜酒倩誰同

罋江小步

朔風卷積雲青陽露微霽春意亦已深百卉各爭麗木棉勝楓赤灼爍豔遥睇遠映西山碧晴翠入天際石橋連復斷清波淺可揭游女拾野蔬臨流共容裔偶然遇老圃咲蔗亦小憩談笑若相忘紛忙自塵世平居足行樂遑念功名計啼鳥爾何心提壺勸芳歲

春風

春風著色豔林邱二月煙花嶺外州滄海去年今日路雲帆濤湧入京游

落花詞

枝頭風信幾番過對此羣芳喚奈何生到為花同是落錦茵偏少溷泥多

春郊行一首示陸甥雲松

春之來兮本無蹤春之去兮亦無迹但見芳華原野競爭榮忽然嶂嶺清寥聳空碧滔滔流年只如此西去日月東逝水人生事業百無成祇應埋沒窮荒裏通明山中相華陽卧層閣長源鄴。下庚峨嵋訪丹竈攝生導引從所好厚祿高官豈足樂我歌兮陽春聊任放浪身不見眼前物與民舊既舊兮新復新誰看

富貴等泥土吏學神仙遺世塵古人往矣陳迹在同此景光各時代乾坤綿邈迥且高白雲無盡青天遥

閒來

閒來攬鏡念平生身事悠悠歲月更桑海風塵驚世變草廬烟雨欲躬耕上書感我悲韓愈修表憑誰薦禰衡桃李爭花松柁節各分容色付流鶯

擬春閨感興

春既至春復歸南園碧草蝶紛飛幽閨默坐撫景惜芳菲桃李東風吹忽罷綠葉成陰將入夏妝臺攬鏡獨踟躕歎此紅顔待

誰嫁蛾眉雖自好歲月又頻催時兮時兮不再來人生那得如花落又開

龔江洲上小飲

我生有逸興每愛野山飲飲醉亦陶然藉草時橫寢酡顔紅向斜陽照來往相看任相笑不見英豪未遇時猶是林泉事耕釣舉杯更相屬莫似俗人俗我吹汝且歌不樂當奈何況此鶯花及春暮觴詠此間得佳趣碧天如夢長悠悠境過情遷豈猶故夕日忽下月當空山起暝色江鳴風但覺此身偃蹇在塵世豈知墮落窮荒之嶺中我與諸君唱復和石橋幾度歸人過明朝

雅事傳山城攜酒花洲共圍坐

園林

園林又見綠成陰碧水當門日夜深布穀鳥鳴驚穡事楝花風過老春心望中塵世紛忙影坐此形骸放浪吟山色豈知滄海變青青從古到于今

往龍州

退居忽不樂幡然遠行游匹馬既深山長江湖輕舟上望青天雲飛鳥逐其儔下有潛淵魚游泳躍于流念我作客子對之心煩憂拋却家園好關山歷阻修醉罷杯中酒撫劍復昂頭男兒

志四海豈必守故邱窮通卜出處功業在人謀身世倘難為風
雲長悠悠

舟中偶興

飄然書劍逐征蓬對暑蒸人萬嶺中綠水繞山新落漲青林低
岸淡搖風無端杖劍游邊塞何似眠琴對碧空病起相如正消
渴故園香荔想垂紅

舟夜望月

碧樹收帆古岸橫隔江遙送踏歌聲他鄉同此看明月惟有離
人無限情

綠樹

綠樹藏村落山環一水清鷓鴣分地叫蛤蚧隱巖鳴日脚垂天晚峰頭過雨晴風波那能息邪許又簹聲

寄邱鐙堂並致杜麗庭

離居莫道隔山川猶是迴環嶺嶠天麗水雪泥尋舊迹崑陽風雨憶前緣甲申歲同在左陽崑山書院鄭文甫先生門下家園偶擲班超筆關塞聊揮祖逖鞭自笑長卿游未倦病容相別出窮邊

暮雨

暮雨過幽嶂蒼然村樹清水摇山月出風送石泉鳴嵐氣侵人

骨蟲聲動客情孤蓬何處泊塵海振浮生

别姚少元同年廣雅書院同學

游學昔同南嶺月求名曾入北燕雲幾年離合江湖夢一梓崇山又見君

此去

此去越南路我來方遠游萬山迎岸出今古送行舟雨過關雲白天低嶠樹幽中原邊界盡桑土待誰謀

游同風書院仙巖有懷謝楷傳同年昔曾主講於此

偶遊仙人巖仙人渺無迹且讀壁上詩明代多刻石窿穹古洞

清風來陰森夏木新蟬哀故人不見只惆悵更上小亭尽徘徊亭名可思在巖頂為蔡觀察希邠所建謝君謝君何處往桃李舊栽今自長莫是帝鄉來白雲使我碧天費遐想

旅館夜雨

醒罷故鄉夢燈昏樓半陰塞雲山外黑江漲雨中深撫世看長劍羈懷付短吟邊塵知可息殘夜起愁心

蓮城道中

萬嶺紆迴到此來南關遙控扼崔嵬巖坳樹暗逢亭障山頂雲消見石臺貢雉使臣今已絕站鳶邊土昔曾開交州可慨淪他

族防守應須屬將才

游白玉洞在蓮城中提督軍門署後

仙都名勝久傳聞，到此登臨近夕曛。風閃牙旗唐節度，山標銅柱漢將軍。巖前樹映南關月，峯頂臺飛北塞雲。班固不從竇車騎，燕然誰與勒殊勛。

擬悲哉行

吁嗟噓唏真悲哉，我豈不能入前獻娬媚，那堪骨節嶙峋折以摧。驥服鹽車太行阪，汗汁交流陟雲巘，不逢伯樂向誰鳴，日沈鄙俗空偃蹇。我聞商伊尹，莘野獨力耕，自任天下重，三聘爲阿衡又聞蜀諸葛南陽只高卧不求諸侯達三顧爲王佐於惟二子生其間名世高風誰可攀降而不能亦須具明哲豈得妄投珠玉灰心顏堪笑四君起戰國三千門下嗟來食濫竽彈鋏已可憐猶自爭能誇德色誰似漢時采芝翁扶立太子成厥功富貴不居貧賤樂商雒一去飛冥鴻喬嶽巉巖日高迴半天時見青峰頂上有蒼松矗然孤挺煙霞繞之石泉清冷玄鶴偶來雲掠影白鹿既卧林逈靜熱中之人倘至斯下看塵寰如夢境權謀角逐歸洪爐勢利紛爭入沸鼎何當築室此山巔長與神仙納靈景吁嗟噓唏真悲哉人間如此尤可哀奮長袖歸去來

維天四章 有序

維天傷亂也軍行之無律殘及良民民之受其殃者怨而作此詩

維天降殃于此南方惟此南方民之無良萃為匪彝爰及于臧室此土兮其胡以亡　禍之兆矣遂爾反側於惟戎師延拯孔棘胡為戎師胥枉以賊燬我室家概爾殲殛　既掠財賄載辱妻孥恣彼淫宄胡盜之殊哀我人斯罹此無辜悠悠昊天其誰之呼　惟古用兵如山其令犯及秋毫於法斯正是以簞壺懽我羣姓胡今之人暴于梟獍

故林

杖劍歸來關塞深風塵滿地孰知音正平傲世空懷刺子美憂時只醉吟飛鳥擇枝原有識浮雲出岫本無心新亭漫起山河感翠竹蒼崖好故林

桃有華七章 有序

桃有華棄婦也婦不安於其室其夫棄之而作此詩

桃有華絢于春陽婉孌之求車輛是將　既曰為婦莫惟嘉耦匪勉夙夜事我父母　永謂偕老糟糠是饜誰謂爾心惟貧之厭　于彼田矣既耕且耘迺為我室而不我勤　爾寧于外樂

爾居游不顧我顏迺貽我羞　逝將棄爾莫我怨毒流水滔滔豈曰能復　昔烏同林爰呼爰止及此分飛永以終已

泛彼楊舟五章 有序

泛彼楊舟嫠婦自傷也婦食貧無子姑不之畜年少獨居作此詩以自敘其悲歎之辭

泛彼楊舟載浮載游河水瀰瀰誰與綢繆歎我獨兮中心孔憂自我爲婦懽靡及載嗟我良人棄我如魂夢也不覯錦衾猶在　謂有姑兮慰此朝夕今也何心曠此安宅縱不畏譏我心誰白　昔我于歸桃李芳時今我嫠居蘭蕙其萎匪莫我媒不

忍爾遺　惟澤有雁惟梁有燕翩翩其羽于飛孔忭父兮母兮生我何賤

讀後漢書文苑傳

修節儘他繩杜篤任情於我愛張升人生知己如闞命來對秋波萬頃澄

縱使聞名驚趙壹已因卧病失高彪追書還謝終何益山頂浮雲且自游

伯喈愛士推邊讓文舉知交薦禰衡二子多才終寡識錦雞華彩是戕生

矯世何須學侯瑾破羣應亦感劉梁趨炎附熱紛歷世誰見孤松日自蒼

夜興

雲淡青空暑漸收乍聞新雁過南樓參天竹影亭亭立覆地桐陰隱隱幽對月此情偏靜夜臨風何意又清秋披襟便向花前坐麈尾輕揺亦小留

側立

側立乾坤一藐然雲山終古鬱寥天謝安絲竹過中歲杜牧江湖負少年已自窮廬藏我拙可能當路乞人憐此生僻處真蝸

再臥讀南華秋水篇

秋日瓶山獨游

秋日暠蔓蔓偶然之瓶山山容森以肅俯我相對閒摩卉共依附似列蓬萊班可惜處高峯無幹撐仙寰側立自仰視跡足思躋攀忽然崢嶸氣與之淩翠鬟便當此卜築竹徑沿松關白眼看世人泉石偕往還

道旁小松

本蓄淩霜幹婆娑古道邊生材不得地挫節恐闌天牛馬日相侮虬龍形自全誰憐蒼黛色移種白雲巔

橄欖

赤心中蘊兩頭尖却把冰盤更漬鹽天意果教霜後熟未妨清苦得甘甜

閒居

萬嶺煙光黯淡中夕陽斜照半樓紅趁墟客去村藏竹汲水人歸岸落楓一幅畫圖開遠嶂滿懷詩思入秋空閒居自得山林樂終恐萑苻起澤鴻

寒夜示内

護罷兒眠漏未殘梅花窗外月光寒夜深書卷俱鍼線一盞青

燈對影看

冬夜

萬卉隨冬盡羣峯獨自蒼嗚笳悲世亂征雁逐年忙木落荒山月天寒曠野霜園林正遥夜塵海一微茫

日落

日落莽蕭瑟瞑煙横夕空池星摇水白山火燭天紅草澤驚時事田園苦歲功南中少冰雪留得菊花叢

遣懷雜詩

幽懷了無緒翹首雲中君蒼蒼我欲問杳杳終不聞茫茫望塵

世悠悠貴賤分寥寥今古中落落同爲羣嶺上有青松青松映白雲白雲游空天空天日紛紛仲冬萬物肅荒郊見牛馬村落霜林幽煙光澹寒野人世日蕭條誰爲同心者悵然老窮邊寂寞歡情寡四顧晩山碧兀立衡門下長歌懷采芝晤言心自寫

挽歌

死者如夢寐生者徒哀傷雖云情所鍾人命如朝霜一別長已矣相送黃泉路却看後逝者誰免青山墓古往不復還今來亦無已茫茫大化中循環豈終始

去去上崇岡悲風振林柯慨然望塵區螻蟻同山河百年能幾時況乃不可及浮雲一以變流波日以急誰聽雍門歌不隕齊景涕千秋復萬代惻愴人間世

小隱

諸峰慘澹暮雲昏暝色連空早閉門夜永漸知羣動息歲殘偏覺一冬温風驚古木棲鳴巷月暗荒林虎入村未得出山充小隱好栽松菊闢閒園

歲暮有懷昔游

歲暮迫人意寂寥天復寒昔年虞海客今日雪花團城迴山容

暗樓高塔影攢幾時尋舊迹泥爪得重看

狂士歌

伏息嶠西與誰侶放懷且作狂士歌古人已往不復作乾坤寥落仍山河兀坐既無聊獨行亦無緒眼中濁世長渾渾只合漁樵共游處幽澗之曲山之巔綠水白雲輝碧天鳥弄聲兮花弄色擲杯醉舞春風前我有無限之情不可狀默對九霄隱惆悵不得志之所爲將奈何拂衣更上高邱望嶂嶺迴環江海流虎爭龍戰俱千秋遥想仙人踞瀛洲笑看寰宇紛蜉蝣大呼黄鵠跨雙翼飛出八荒謝塵域

讀留侯傳

高祖奮龍興誰爲帝者師愔愔張子房帷幄出其奇既定青宮策永垂漢家基眼觀韓彭終功狗禍已罹悠然念四皓商山采紫芝導引學長生辟穀從此辭豈不戀圭組位高多所危報仇功已成深幾誰能窺嗚呼穀城石豈真授書時惝怳託神仙此意當誰知

瓶山詩集庚子

嶺西鉼山曾此愚稿

麗江舟次應康太守達夫聘主麗江書院講席

風光三月好送我作游人匹馬千山路輕舟一葉身鳥啼塵外世花落客中春吾道艱難日琴書只愴神

出門

出門真悵惘去住兩難休多病憐卿瘦離懷苦我愁燕山花月夜粤海管絃秋十載韶年客蟲飛負遠游

述懷

落落乾坤客此身悠悠塵海我何人半生世路成游迹一卷風懷寫任真謡詠蛾眉緣不媚摧殘龍性可能馴年來心緒乖違甚欲叩禪關覓淨因

皐比何苦妄稱尊歸去瓶山半畝園好種小桃看結子未妨高竹且蟠根雁鳴峯月宵吹笛鸜語林花晝閉門獨有案中時極目風塵黯淡日黃昏

秋氣

幾日陰晴不定天釀成秋氣入山川白雲作色媚幽竹疏雨送香澄碧蓮舉目漫云風景在興懷終感世情遷蓬萊弱水今何

處默對遙空一渺然

瓶山歌 并上一首係回家作

吁嗟瓶山兮瓶山我欲與爾結為今生之兄弟相偕水竹屋三間此志未能踐此約屹然天外撐蒼顏白雲英英映喬木平地嵯峨日孤矗寄言幽鳥兮爾聞不聞生斯荒僻兮誰與為羣

庚子秋七月忽聞京師震動乘輿西幸賦此紀事 時義和團肇亂礮擊各國使署八國聯軍攻臨大沽口礮臺一路進京九門不守今上及后太后蒙塵幸陜

聞道煙塵北望幽紛忙征雁滿天秋山河方起新亭感城闕終生蜀道愁海外九區今戰國關中四塞古皇州陳濤青板何堪

賦翹首京華獨倚樓

苦熱行

天地為爐陰陽炭火雲騰燄燭天半鍊得赤日流金丸炎晶炯炯鑠霄漢風輪既息坤輿烘此身如坐釜甑中蒸出汗珠湯沃背草木焦枯燒祝融吁嗟我今廣廈處綠樹幽巖思避暑豈知農夫農婦事鋤耘田土如焚兮田水如煮

中秋

共道中秋明月好寥寥今古自高寒家山此夜應相憶卻下重簾不忍看

題畫

山勢互盤空烟雲鬱其氣怪木踞頑石飛瀑落潭沸四顧不逢賊幽森頗可畏萬古來蒼莽欲去且猶未何當弄漁舟領此湖山味一竿釣水天使人誤隱渭

爲康達夫太守畫山水四小幅 錄二

青山如沐淨無塵雨後芳林入望新花柳春風鸎自語攜來柑酒是何人

碧峯環繞樹交縈百丈飛來瀑布聲流到人間終有用不應還說在山清

為友人作山水四幅

山村春煖樹初芽鴨戲方塘水漾花昨夜芳林新雨過曉烟低護野人家

綠樹陰濃瀑布流塵中到此四圍幽料應消夏人歸後惟有青山翠入樓

閒看青山載酒行霜林紅醉夕陽明扁舟隨意沿江岸回首西風又雁聲

乾坤生就此閒人種得梅花繞室春寥落滿山風雪裏不知何處逐紅塵

友人題我缾山艸堂圖且索我書次韻奉答即題其上

既寫我畫中復題圖外句此境何處尋幽僻目堪寓高峰上參天其項出雲霧一徑蜿蜒下蕭颯走瀑布孤亭何蒼然山勢莽迴護遮莫抱樸子曾向此間住邂逅想高風後塵誰可步我豈甘長隱聊以託情素誰唱考槃歌好作登高賦回看巖下松蟠石自貞固

題康達夫太守訥庵獨立小影

東溟湧鯨濤飛揚作塵起圖南有風翮垂天下麗水麗水清且淺矯首欲萬里翱翔桂嶺巔息身亦復止上觀鸞鶴羣遥隔五

雲裏下看燕雀羣飲啄栖棘枳四顧碧天迴寥寥自俯視蒼茫
山海深孤高聊復爾惆悵沙邊雁長鳴獨延企未能共追飛游
泳鬱江汜

苦旱行

乙未之歲遭饑荒三四年間多愆陽暑不宜暑雨不雨萬民之
命懸穹蒼今年復旱暵乾坤作爐炭農物焦欲枯羣生吁可歎
我昔郊行七月節目之所覩心憂惙流火焚蒸雲影絶木枝不
動歊氣烈溝澮揚沙石路熱稻田成土坼龜裂童牛乳罷老牛
眠樹陰垂耳聽人説念此閭閻私自憫方謂帝心豈終忍滌滌

山川又暮秋百卉俱腓半凋殞昨者官衙祈沛澤青天愈青赤日赤金風颯颯吹林鳴鼓作炎空淒淅聲

江亭

飄然客感忽思歸来坐江亭望翠微日下蒼山雲北去風吹落木雁南飛升天雞犬無仙術起陸龍蛇有殺機遥憶菊花籬下月秋殘待款故園扉

書感

天意人心未可知江湖魏闕豈堪思時衰林莽虎狼出歲歉稆梁鴻雁飢滿地秋風成肅殺窮邊生事苦艱危側身北望何籌

策日夕哀茄草木悲

麗江

半載麗江客，歸心隨小舟。西風吹不斷，東水去長流。日落他鄉夜，山連故國秋。烟壓正蕭瑟，何止為窮愁。

還山（由郡城返里）

未妨身世兩相忘，便向柴門水竹莊。三徑好尋陶靖節，一邱且臥孟襄陽。丹楓何苦爭春豔，黃菊偏教送晚香。時難年荒已如此，碧天橫嶂只蒼涼。

極目

極目烟光夕照斜村林牢落隱山家飛鴉似欲催寒信征雁何知逐歲華百處田荒愁冷䴕萬峯塵暗咽悲笳側聞京國諸夷入太息鯨鯢逼海涯

今夜

萬籟正寥寂山寒天隕霜虎狼乘月黑盜寇趁年荒地僻人衆遠身閒世事忙舊游今夜夢伏枕悵窮鄉

天寒

萬物凶荒歲又周天寒烟雨暗林丘閉門深巷無聊坐却聽農人苦罵牛

感事

梯航只道萬方同誰料舟車競鬼工沙漠烟昏迷塞月海濤雲湧落天風趙家南渡淪金寇姬室東遷逼犬戎今日皇都謀鞏固江山惟有入川中

古松爲人削取其脂根半虧矣感而賦云

參天拔地挺龍姿朘削脂膏漸不支只恐年來風雨惡危根愁爾仗誰持

爲友人畫雪景橫幅

乾坤爐炭忽不熱慘淡寰區變凜冽火輪既匿玉塵飛鑄成萬

物盡凝結山山峙瑤島樹樹攢瓊枝曠野煮作鹽大江沍為脂萬里茫茫皓如許天地一色何瑰奇我道雲中君此中有主宰風壓起東溟波濤及遼海陽和既已布乃令嚴威改不將飛揚逼其勢安見肅殺之有在憶我自昔行津門逶迤車馬遵前村獨夜傾罇卧野店寒光照眼驚心魂今日為君圖此幅前蹤遙憶恍在目他時掛向北窗下當作爪痕到君屋

瓶山詩集 辛丑

嶺西鉼山曾此愚稿

春興

倐忽春將半開門攬物華新波初見草寒雨不宜花農事方鋤耒邊聲尚鼓笳可能林下卧未免念天涯

郊行書感

春風吹我作郊行景物芳菲各弄晴古岸波明人出汲荒田雨足鳥催耕花飛那解泥中恨松欝空含澗底情敢謂東山傚安石更無清望到蒼生

時事

時事竟如此萋萋冬復春山林仍未靖花栁自爭新梁店人間世桑田海上壓邊隅共荒陋隨遇寄吾身

南塘觀荷花

建山過雨碧雲霽晴天霞林塘淨晚色香送白荷花此花本高潔綽約何清華皎如彼美人嬌羞自掩遮豈不願人采乃在水之涯竟體即芬芳顧影惟咨嗟未知此幽質可摘於誰家轉瞬又秋風零落依蒹葭

大雨行

黑雲壓山山欲隤大風卷樹樹欲摧爍天紫電奮地雷沛然江漢從空來乍疑海濤勢崩騰忽如山瀑聲喧豗注簷灌屋怒傾瀉飛揚帷帳吹為開酷熱方愁暑莫避到此涼意消浮埃我望蒼穹鑑往歲莫遣凶魃流荒災但恐不旱轉妨澇谷稚淹浸終枯荄天乎夢夢視在上民生饑饉應堪哀恩威所施在調濟毋使偏呲斯栽培賦罷此詩復遐眺離披梧竹青成堆

古意

月明更何意花上隔窗窺知我此時坐含情心為誰

蕭齋

手把南華落枕邊蕭齋睡起一茫然樹陰低戶日烘地山色入窗雲在天飛去鸞鳩惟野外夢回蝴蝶自花前十洲三島多塵事何處乾坤卧醉仙

窮居

窮居未免悵時艱負手林塘獨往還池水倒涵青見樹嶺雲低過白遮山啼殘春恨鷽將老忘得機心鷺自閒我與缾峯如許約他年松石閉元關

一畫山水小幅

幽境不可尋冥心寫遐興此地本胸中頗得邱壑勝叢薄帶亂

石曲折拗蘿徑孤亭踞危崖遠接海天瞑著我於其間趺坐如禪定自號采芝子來此陟石磴四顧風雲變川巒復綿亙橫膝揮素琴鳴泉互相應斯世無知音彈與衆山聽

琴堂邀我啖荔支賦贈

莫道楊妃徵入貢漢宮扶荔已成株曲江感遇何須賦佳品終能重海隅

南中五月火雲高到眼紅香口欲饕各有園林好風味從今不數及蒲萄

波羅蜜 此有兩種木本者葉如大榕實大廿餘觔皮起密釘熟蒼黄色肪滑於蕉核煨熟如栗可食草本者

葉尖而長尺餘中邊皆刺實圓長約一觔許皮如穿山甲熟丹黄色香味尤清

昔讀觀音經有曰波羅蜜佛教西天來實自印度出印度婆羅門説法衍兜率延蔓及嶺嶠善根於此茁此菓所由名實因存梵帙有如菩提樹南海蔭僧室粵中光孝寺有菩提樹一株亭亭似大榕無花而作實纍纍枝榦間摘取近秋日厥色既蒼黄厥香自芬苾醲厚甜而滑口齒難詳悉南方草木狀晉嵇含著南方草木狀未載此果想其時未入中國猶未載諸筆追琢著斯章聊以續稱述也

此身

此身僻處似蠶叢惟向紅塵望碧空去日已成千載過妾形曾

見幾人同狗衣變幻海山外蟻磨紛忙天地中逆想未來終杳
邈誰從元始說鴻濛

殘月

殘月猶未上衆星已先白漸見樹梢明玲瓏透林隙竹梧映露
光暗影深見碧涼蟲亦何意長吟階下石感此念物情遞時自
啁唧於我復何殊寤歌隱荒僻轉眼又將秋流光何太迫伊人
隔河漢悵此相思夕

秋意

星河歷亂淡秋空露下梧桐靜不風明月有情看我睡夢中清

與與誰同

月夜樓上吹笛

樓上一聲笛滿天秋氣清雁冥寥闊去月照混茫行絕塞邊塵暗他鄉别恨生倚欄更南望隄柳淡煙横

重陽

重陽何處步林邱强欲登高只上樓黄菊於人看共老碧山將雁併爲秋悲笳仍咽邊塵恨征旆空懸落日愁天外白雲正紛亂幾時得泛五湖舟

園林

園林漸搖落黃菊未曾花雲斂碧天遠山銜西日斜工商紛市肆樵牧老村家閒立孤城晚涼風送暮鴉

回憶

閒居環繞一山川回憶前蹤事杳然越秀書聲灘水棹滬濱春夢薊門鞭風塵江海驚我馬霜月關河醉管絃來往浮雲南北路天涯吟望落窮邊

秋夜長歌懷舊游寄歐文符同年

康山吟嘯景物變我正思君不可見舉頭傳雁忽飛來展紙申情恍覯面溯從與子結交始蕊榜秋開桂香裏八千里到帝皇

都握手春風競桃李當時壯志豪且雄謂應共步蓬萊宮龍門之高未許上奮鬐俱隨洪濤中長安薪米難居地強待明年再求試文酒聚歡復遊衍困頓浮名豈為意幽燕聲色紛華場慷慨悲歌感時事轉瞬涼飈拂鬢髮對菊持螯興飄發陶然亭上俯崇闉東望倭氛起溟渤火船鼓浪扶桑日電掣雷轟肆出沒鯨鯢騰沸湧遼灣海氣瀰漫暗金闕朝市悠悠各徵逐洞庭泠照深宵月親故遠遺雙鯉魚驪駒載道愁離居琴川小住歲云暮官閣看梅殘雪餘大湖春入吳閶槳棘院還隨衆賢往冀鄴依舊匹馬羣空蹟沫鹽車慚玉驄駬騄相將下黃浦獨向石頭更

懷古六朝形勝弔興亡舊苑樓臺委煙雨淞濱美女顏如花哀絲豪竹醉流霞擲罷纏頭仰天笑客裝落拓思還家我猶滯滬君南行我旋抵粵君西征江草沿隄送歸夢布帆迫遞邕州城昔年復上京津路邂逅中途又重遇似我疏狂擯固宜如君英邁仍遭迍貂裘已敝書空上緇塵染盡衣衫污同門諸子幾青雲矯首鉼峰且朝暮浩然返旆故鄉天却繞朱崖合浦邊一自乖違渺雲樹臯比坐老馳芳年滄桑世宙何堪道絕域戎夷躪瓊島乘輿行在久秦關北斗橫斜迴蒼昊此生孤僻淪窮荒知己無人終隱藏側立乾坤邈四顧林鵶嘹唳淒寒霜十載滔滔

去何極伏枕蕭齋只棲息長歌書罷緘寄君記取前蹤好追憶

寒睡

寒睡苦無著小窗誰與同月高笳殿地霜冷柝鳴空夢裏世情變生涯吾道窮歲年中夜感寂寞付蒼穹

夕望

霜風振原野荒山失幽翠日薄遠村暮寒光淡平地歲月淒以際蕭條感人事盜警不時聞煙塵黯愁思藐然落邊徼何處桃源避涼飈吹斷笳又報官軍至

乘輿幸陝又聞由汴還京賦此律句

兩載長安遠播遷又聞鑾駕返幽燕百官低首趨朝日九陛傷心出狩年漢代西方求佛祖秦時東海望神仙千秋變故成今世舉目山河只慨然

瓶花

老妻不知詩能誦我所詠問以何為妙但云音節勝嬌女畧上口呢喃頗可聽小婢隔簾看瓶花對窗鏡

鉼山全集 第四册 詩

贈
廣西鄉賢遺著編印委員會贈

詩集前編第四

缾山詩集前編目録卷廿七 壬寅至甲辰

擬君馬黄

名場

夏夜雜興

午窗

南樓夜望

讀戰國策三首

譜興

謁鉼山贈村翁

林塘

榕樹下偶步

夜雨

兀坐

步自南園過鉼山村訪友爲主人留飲

幽蘭

蠻嵩

月夜懷楊北岑

喪亂

南樓晚眺

畫眉鳥

陸甥雲松亮之辭四首

冬至

寒夜臥雨

短人謠

謠夜

譴悶

元夜 癸卯

詠懷

書感

甕江閒步得此長歌

東風

春郊望

春感二首

題陸塄雲松所讀畫卷

四野

高樓

初夏

伏鼎

微風

感事長歌

晴窗

江田

讀秦楚之際月表

詠史三首

新漲

雨餘江行

侵曉

夜上望樓

憶昔二首懷文符

夢故人

憶廣雅書院舊游

感懷

倣陶雜詩

晚興

偶懷

病中不寐

五銖錢

中秋夜月感賦

中宵

孤城

貧女歎

村夜

題達摩渡江圖

冬夕

除日贈琴堂

鉼山詩集初稿成編題四絕句 甲辰

春日即事

清明感興

贈殷謝龔廷罷官歸粵二首

聞村落被盜譴捉已盡感而成篇

又聞柳州兵變題此紀事三首

隆墟譜中三首

謁王村訪黄其相教諭

譜中郎目

將軍嶺

書館夜興

秋詠

搓龍結佶倫結安鎮遠各土屬譜中三首

桐陽峽

土司

秋夜書懷贈黄子琴堂楊子北岑二首

秋殘

絲窗

霜氣

讀西湖志五首

缾山詩集 壬寅

嶺西缾山曽此愚稿

流光

流光長不駐又見歲華新戎馬成何世鷽花老此人讀書仍吊古中酒亦傷春拂面東風晚雲天黯遠神

春晴

春晴久不雨四野曠農作山色仍冬枯羣卉尚蕭索邊塵亦未息草澤警風鶴鳴咽暮笳聲日夕振林壑時事已如此天意不可度俯仰正無窮千載去冥漠

南中

東風二月到邊城，吹徧郊原草木生。最是南中春好處，木棉紅映碧山明。

二月

二月尚無雨，遠天晴亦陰。絮飛將日煖，花落與春深。兀立紛塵事，澄觀見道心。未能吾喪我，行樂且山林。將者把也 與者使也

重過鉼山村廟題壁

兒時於此讀，啼鳥記吾曾。林路陰仍密，塵墻墨尚凝。野狐秋拜月，山鬼夜吹燈。身世何堪憶，耕樵半友朋。

殘春

殘春無那一登樓，過眼芳華亦已休。江海只今波渺渺，雲山終古日悠悠。偶吟花鳥俟行樂，閒寫林泉作卧游。拂袖未能凌碧漢，振衣聊此陟高邱。

夢裏

夢裏逢君意惘然，自從分手嶺南天。湖舠此夜猶明月，回首春風已十年。湖舠在廣雅書院東園

春去書懷

春去惟酣卧，閒門懶不開。夢看雲作起，醒覺雨初來。舊恨餘金

縷吟懷泝羽杯便知農事急布穀語林隈

擬君馬黄

君馬黄我馬白當時並轡少年場意氣相投心莫逆一朝富貴貧賤殊世途難與爭前驅金勒輝煌逞雄駿鹽車偃蹇嗤庸駑日伏閒槽望青草四蹄未展風鬉老出牧春郊迴玉花看他馳騁長安道我馬白兮君馬黄君馬我馬亦何嘗唐宮圖畫燕臺骨幾見騏驎入帝鄉

名場

名場落拓負平生十載追游感舊情塵世夢回花外蝶詩懷歌

罷栁邊鷺故人作吏嗟貧賤弱婦兼農愧寵榮安得驂鸞蓬島
去萬重山。海看鯤鯨。

夏夜雜興

前宵初過雨大地洗炎燠今夜風月涼中庭散巾服羣動亦已
息徘徊見幽獨芳蘭送微馨忽然度疏竹搔首望碧漢乾坤藐
山谷窮通倘由人莫向詹尹卜

午窗

午窗欹枕夢初回忽覺昏冥大雨來卷地黑風翻嶺日爍天紫
電走雲雷暑消山閣煩襟滌晴到江村倦眼開百處塵氛猶滿

目可能飄洗徧蒿萊

南樓夜望

向晚意自閒冥思了無那叩門我友至燈下且延坐談笑興未已登樓敞高座嶺嶠欝週遭天地頗不大雨後月色淡涼意有風過羣籟寂以清高歌壓夢破此時夜將半萬山覆雲卧

讀戰國策三首

自從鬼谷出人間寰宇縱横起觸蠻天遣帝秦終混一可會東海映西山

馬角歸來太子丹白衣空遣髮衝冠咸陽終待楚人炬辜負悲

歌易水寒

倉皇無計退秦軍堪笑平原枉策勛醇酒婦人成末路邯鄲回首是浮雲

遣興

碧嶂雲高日欲斜無邊芳草極天涯紛忙塵世真如蟻老守田園只是蛙泛海胸中何芥蔕游山足下未蓮花他年出處知難定搔首春明憶夢華

過鉼山贈村翁

村翁約我一相過路繞鉼峯野興多叢桂小山誰共隱青松白

石不聞歌虎狼未免窺蓬蓽魑魅何須走薜蘿正是農田憂旱暵更殺杯酒說兵戈

林塘

爲愛林塘風景幽偶然乘興登南樓水涵綠樹日沈午雲起碧山天映秋村婦荷鋤去隴北墟人爭渡來江頭京華萬里杳難見荊棘滿途悲故邱

榕樹下偶步

坐卧困吟窩縱步榕樹下俗囂不可遠將興放於野萬物終無情此心何處寫來往路旁輩紛逐各貶訶我欲卒問之若此胡

為者翻然念諸己一笑轉自啞人生衣與食勞苦共牛馬彼哉豈復知謂我何幽雅乾坤入蝸角見聞亦已寡悠悠今古中洪爐共陶冶青山自崨嶫流波日湍瀉吾將訪丹邱槁木白蓮社

夜雨

寂寥寒雨一燈青天外雲峰暗窅冥萬物此時同夢夢幾人今夜惜惺惺巴山誰共窗前話吳郡空懷曲裏聽游罷江湖惟伏枕簷花低亞落中庭

兀坐

兀坐荒山思悄然風流回首十餘年江湖花月樽前夢今日浮

雲過碧天

步自南園過瓶山村訪友為主人留飲

我忽不樂青郊行布鞋箬笠巖之坰南山之南入幽樹裸衣坐聽村鳩鳴隱聞書聲度疏竹叩扉我友茲授讀欣然而迓坐待茶牆頭園果低籬花主人自外荷鋤至屬師為留莫忽遽須臾盤盎供午餐方謂林居少塵事説罷田功忽俯首眼中淚落杯中酒自言我本六旬叟衣食餘生賴畎畝蒼穹蘊隆亦已久盜賊縱橫徧澤藪貧家側目謂富有藉端飛言逞鋒口太息人世多傾危後生謂我悲不悲我笑慰之何所感安爾農業將奚為

醉言歸日西夕曠野高歌懷采芝瓢峰遥送過江碧

幽蘭

幽蘭依砌下浥露自清芬不若山頭草終年倚白雲

巒崗

巒崗山前旌旆悠風傳笳鼓於城樓雲容輝日淡將暮嶂影入天爭與秋村落乍聞被虎豹邊隔空見紛貔貅不能滄海泛舟去使我起吟仍坐愁

月夜懷楊北岑

陸蜴已矣邀人琴空空谷從今少足音此夜高歌指隱嶽萬山猿

嘯月明深

喪亂

喪亂那堪道煙光凝欲昏山林淒晚日雲樹迴荒原地改流官邑民逃被盜村蕭條共人世安得樂衡門

南樓晚眺

獨上城南夕照樓黃花又送一年秋江山無限風塵感何處天涯萬里遊

畫眉鳥

如何因善鬬却被此羈棲莫向新婚别紅閨故故啼

陸甥雲松哀辭

已矣成何説，髫年了此甥。所期光宅相，豈但作門生。善感終能病，多愁苦爲情。書窗風雨夜，花落便無聲。
吴郡游歸後，相隨麗水濱。聰明非絶世，倜儻不猶人。琴劍淒長夜，鶯花怨暮春。廿年成一夢，宿草邈音塵。
學問無虚日，音容尚昔時。鬼才年未及，仙境夢何之。雜記誠詼詭，哀吟總别離。也疑齡壽促，不料竟銘碑。
苦節悲予姊，終天恨未亡。寡妻仍失侣，弱弟不成行。玉樹殘秋月，黄花隕肅霜。九原而父在，相對泣蒼茫。

冬至

困卧園林寒暑更災荒虎盜傷人情往來節序歲云暮剝復天心陽始生烟雨自籠幽竹瘦冰霜難挫古松横家庭樽酒聊堪醉那管城頭鼓角聲

寒夜卧雨

寒夜本無雪漫天煙雨迷倦游思直北高卧隱邕西幕府方歌管村林正鼓鼙滿懷山海事看劍又聞雞

短人謡

帷外一人坐呼客帷中一人高二尺人持錢四得縱觀侏儒侏

儒舞刀戟四肢骨節短於萬頭長如腹老而醜堪憐乞食聊苟生豕立乃為雙腳走君不見朱門如帝魁梧身參尊爵出稱大人卻教閽者居奇貨不禮通傳那得親

遥夜

遥夜無人來默坐如山兀乾坤歲云暮流光逝不歇筆硯胡能焚生事殊恍惚便欲尋仙侶海嶽阻宮闕卷曲且故邱冥心對庭樾愁城何以破酒兵氣已竭幽卧紙窗虚黎雲漏殘月

遣悶

百事不如意寂寥年又殘素貧將辟穀多病欲求丹世已黔驢

笑身同越鳥看鶯花春復豔於我獨艱難

缾山詩集癸卯

嶺西缾山曾此愚稿

元夜

新月尚多雨東風吹不晴羣山籠慘淡百卉暗爭生世治何燈色時危只角聲煙塵猶滿地桃李負春明

詠懷

隱於酒劉伯倫隱於色馬長卿隱於利范少伯隱於名陶通明古人流風千載去今之生我甚無謂我欲爲神仙塵事胡能捐我欲爲仕宦阿容吁可歎嶺外雲山寄此身孑然天地終畸民

書感

何曾煙雨息風塵空見荒山百卉新農畝告饑仍卒歲兵戎戡亂只傷春已聞村落牛歸盜又報吏樓虎食人邊徼從今難晏樂窮居惆悵苦吟身

灨江閒步得此長歌

春風已來忽不來滿天煙雨吹不開今日新晴水動日我來江上思徘徊淺草臨波青漸著野花沿岸待敷萼榮枯卉木隨其時誰判名山與幽壑獨步無悰且遐眺樵牧相逢亦微笑以彼寧復知我心悵望乾坤一長嘯歲華脈脈胡可還使人念此凋

朱顏此時靜觀默無語四圍雲水環青山雲既消滅杳難測水亦奔流逝未息惟有青山獨屹然閱盡古今迴空色歷界衆生千萬億紛忙日月豈終極江海蒼茫關塞悠火船鐵軌來西域世情之變那堪憶我欲奮飛恨無翼聞道和戎詔已頒卻向交南望直北

東風

東風開到刺桐枝又是南中三月時紫燕不來春事晚黄鸝閒語日華遲每因極目情難盡别有傷心世豈知何似羣仙蓬島上下看塵海暗天涯

春郊望

樟樹青青木棉赤榕樹蒼蒼蕎麥白村人叱犢耕野田羣鳥聲中鶯似笛南中二月春如許環繞川巒如畫裏缾峰遊客住於斯朝夕往還共村墅自我遠游海山外始覺乾坤此其大回憶園林荒嶺中國於蝸角蟻附芥一巻唧唧聊自鳴亦謂感觸言吾情久闇句漏有丹穴可有桐花幺鳳聲

春感二首

更無知己到公卿却對寰區感世情誰謂東山絲管樂臨風私自憫蒼生

年來漸欲老閒身啼到流鸎已暮春芳草無情依舊綠不知人世起風塵

題陸甥雲松所遺畫卷 有序

甥嘗自號曰外荒草客曰海嶽游徒曰歷凡使者諸所名目俱已非人間意緒不圖弱歲遽已委謝今觀所遺畫乃披髮一妙年子背荷竹笠足履芒鞋橫長劍而却顧飄然有出塵之想其自題云之子不可即畫中聊自求高挂空山間萬猿悲欲秋噫豈其自爲寫照耶因系以詩曰

竹笠芒鞋意渺然夢中遠海隔人天甥於未病前一日午睡得句云用變遠海黃川適七字書以問予不知所謂既而屬北岑曰明日我死子為我表墓是夜霍亂次日遽卒事亦奇矣果殺一劍揮塵事宿草何心戀墓田

四野

四野凶荒後孤城震蕩中青黃歸餓殍白黑混征戎天遠非今日人漓不古風誰云蓬島樂山海已塵蒙

高樓

閒倚高樓望眼賒杜鵑林外叫山家幽居待闢草三徑游夢未忘天一涯世已變雲歸海嶽春將隨水送煙花羣峰對我青如

舊邦解人間換歲華

初夏

大地轉春去映天惟綠陰鷺明秧水闊牛暗柳堤深盜澤幾時

靖仙源無處尋莫談塵世事撩亂白雲心

伏處

驕陽初麗遠村明烏亦藏陰靜不聲萬樹盡籠春後綠群山爭

媚雨餘晴農忙未免頻憂旱盜亂何堪久用兵伏處年來共樵

牧江湖回首醉歌行

微風

微風一綿邈吹我欲神遊豈有出塵想終多懷古愁嶺雲照日白林木低塘幽黄鳥數聲罷遠山青入樓

感事長歌 時統領馬盛治搜剿股匪至武緣之馬鞍山遇伏被害

不圖草蔓蔓則莑不塞涓流流則洚古今萬事盡如此豈惟賊焰飈匪風我從戎戎返自北已聞邪道起米賊師君鬼卒類黄巾持杖符祝競煽惑萑苻聚嘯村連村脅從入會宣妖言索財尚不填其壑一時焚掠昏乾坤泝其禍根所由始洪楊遺孽今再起自謂綠林出豪傑戲弄潢池甘蹈死官軍之來徒逞威剿既難滅撫不歸初如黠鼠竄墉屋入夜貓啤已潛伏繼乃猛虎

負嵎固白日伺人竟要路疆臣奉命徵貔貅豈爲澤鴻驅犬牛誰非赤子乃相食誓不掃除終不休去歲羽書遣驍將竄搜待慰蒼生望豈料黑山山谷深出沒窟箐苦無狀轟然要隘礮鳴雷前隊旌麾繞巖嶂忽說山頭陣雲作馬陵已報龐涓喪三軍零落空輿尸輕敵無功尤可悲彭亡縱被柏人迫彼蒼未眷蚩尤旗太息軍興本殊古紅衣既出廢連弩龍蛇起陸有殺機何況人心半豺虎吁嗟乎荒徼外患誠肌膚毒流終恐傷形軀既不見王文成破斷藤峽記刻平南耀戈甲又不見狄武襄奪崑崙關壯士高歌唱凱還

晴窗

晴窗清夢返游仙靜對林塘一杳然風遠似聞何處鳥池深時見此中天青山寂我心俱古綠樹輝人意欲禪鉼蘼琴尊應有待蟬聲遥送落吟邊

江田

江田積雨水爭流山頂頹雲淡不收隔沼荷花香影白曉風吹我欲疑秋

讀秦楚之際月表

分明是秦鹿趙高指爲馬一朝偶失之紛紛逐中夏誰知遏功

狗竄入漢天下可笑沐猴冠來爭霸陵野當其鴻門宴興亡在
杯斝入關竟誰先空火咸陽社吁嗟氣蓋世驅除資賢者憤發
非不雄悲歌淚盈把

詠史三首

前行持戟盾後行持弓弩金鼓震山谷矢石紛如雨不死非壯
士路窮身被虜名將誠足稱媒蘖吏堪憮延年已戰殁何日報
國主咽雪且牧羝偉哉持節武 李陵

磻溪老其世淮陰餓其生英豪未遇時魚水終無情如何富春
渚乃流許潁清豈其帝座尊故使客星明高尚傲王侯落落幽

人負披裘漁澤中毋乃非釣名　嚴光

高談若無人參軍難並世觀其所籌策卧龍匪不遠既知尊正朔休更互吞噬胡佐劉據泰而背江東帝雖曰烏擇木相得亦云契惜哉伯佐才捫虱負經濟　王猛

新漲

萬田青盡地新漲落前灣雨隔千重樹雲埋半截山齊痕將午近涼意欲秋還人海乾坤大蝸居住此間

雨餘江行

雨餘山色半陰晴日靜遥村夏木清岸草涉人侵浪溼風林吹

烏雛灘鳴琴書有待誰還顧鐘鼎無期我欲耕但使蒼黎安素業衡門歌嘯足幽情

侵曉

侵曉起遊興隨步遵林塘兼旬雨乍晴羣卉日以芳昨夜好風月朝來清露瀼瑣碎如明珠委擲草路旁初陽方照之虹彩生奇光天地有精妙習見以爲常惟能究其微斯理無盡藏靜觀覺有得到眼皆青蒼澹然送涼飈隔沼芬荷香

夜上望樓

我上望樓四週望孤城斗大倚巖嶂巷柝聲連笳鼓鳴朱旗搖

風語丁壯煙橫村落宵沈沈豺虎出没深山深伏息嶠西渺天
末叢林寂寞凄蟲吟聞說賊氛尚竊發不見元戎盡誅滅挂壁
短劍竟何用仰看太白白如月

憶昔二首懷文符

憶昔同君雁北飛宣南桃李罷春闈海門波浪掀天黑飄泊雲
山各自歸
回首春風歲月賒頻年車馬出東華大娘劍器秋娘曲更向江
南看落花

夢故人

京華别後久離居到此交情已漸疏何意空山還入夢一從官去不來書

憶廣雅書院舊游

游罷嶺南學歸來西嶠隅藏林花自炫出谷鳥相呼雲海空琴籟山河半酒壚所懷張督部北斗照炎都

感懷

兀坐中庭對碧虚感懷節序晚凉初側身北望千峰外回首南還十載餘花月影迷春夢遠海山容渺昔游疏漫愁知己無今世深愧賢能我不如

傚陶雜詩

心擾身自閒聊作無情游人世亦復爾愛此林塘幽山高俱向天上有低雲浮白雨來不來涼風颯以秋福田日已長晴翠光連疇頗聞老農說今歲當無憂渺然欲忘我富貴將焉求中隱良足佳乾坤長悠悠

晚興

鷺過青山閃夕陽城隅水木靜羣芳行人來往各爲世那管碧荷花自香

偶懷

偶懷舊游處恍惚觸前情惘惘夢如覺茫茫心尚縈碧山仍寂寞滄海幾紛更振步高邱望斜陽入水明

病中不寐

夢回天外路伏枕正三更夜永睡仍懶秋涼疴漸平月華依樹靜露氣入花清不覺詩懷動鄰雞忽已鳴

五銖錢

貧既難掘于銅山富亦難攜于黄泉遥遥歲月二千載尚有阿堵存人間此錢出自先漢代孝武元狩之五年周郭其輪具漫幕篆文肉好含方圓我觀白選與赤仄輕重差殊相變遷奈何

盜作起私弊法制溷淆九府圜是時天子侈雄略茂才詔罷開窮邊帑藏已承文景後復置鹽鐵操其權吉緡增算日充裕均輸貨物流如川非三官鑄禁行用與民爭利胡紛然自有五銖至元始二百八十億萬錢所以留遺到今世好古猶不忍棄捐嗚呼刀貝已罕見天龍地馬歸浮煙董卓劫灰幾銷蝕獨能磨鎔型模全當日孔桑為聚斂吏造高臺通于天承露之盤入雲表遠稽封禪軒皇前丹方無期鼎湖去鉛淚空落金莖仙

中秋月夜感賦

明月下平除流輝皎如雪天亦洗風露媚茲半秋節月本虧復

盈安能夜夜清不見此時景已非去歲情去歲優游書院裏琴罇席地花枝底此時卧病家庭中笳鼓鳴空荊棘叢堪感茫茫自霄漢俯仰乾坤起愁歎前代曾知照古人前代豈知今我看後世亦識照今我後世那識誰人玩棖觸幽懷當奈何縱無酒對須高歌望到深宵愈孤迴年年光影長山河

中宵

中宵耿不寐輾轉獨眠床惱我蚊鳴枕欺人鼠嚙箱柝寒秋漸老燈暗夜初長月下虛窗黑黃花淡有香

孤城

孤城日落嶺雀蒐征雁鳴霜鼓角哀樹列千軍荒野肅山騰萬馬碧天迴關河肅瑟秋為氣墟里凋殘劫有灰諸將少陵空感賦籌邊何以策羣材

貧女歎

貧女待字不如花花之嬌豔入富家貧女豈不如花好花因得地增聲華不見樓臺炫羅綺含笑春風正桃李寂寞蓬門翠袖單愁看紅葉逐秋水

村夜

不到廿餘載今宵燈影親暮寒寒方晚歲喪亂幾經春野怪鵄鳴

月山伥虎步燐綢繆杯酒意農圃話勞薪

題達摩渡江圖

九年面壁入禪定即色即空見吾性眼看世界俱微塵何處靈山覓清淨不乘蓮花大海水不渡寶筏恒河涘長江只把一葦杭回首金陵暮煙裏可是蕭梁多罪根故將泡幻明偈言豈知今日西方極樂國無復當時印度婆羅門

冬夕

暮笳聲不斷吹過碧山沈征雁去何處天寒關塞深

除日贈琴堂 時避亂攜家來此寄寓

流光如電颷臘盡春又至此生逢百憂寥落荒徼地嗟哉豺虎
暴咆哮競橫肆伏莽深山深攫人日潛伺君也實偪處攜家遠
藏避回望故里居煙塵黯愁思茲土豈樂土聊藉一枝寄達士
貴高曠身世隨所值相偕過晨夕理亂任天意浮雲日紛變悵
望摩空翅

瓶山詩集 甲辰

嶺西瓶山曾此愚稿

瓶山詩集初稿成編賦四絶句

一卷詩編廿載餘悲歡離合半行居嘔成心血知何益終恐奚囊養蠹魚

工詩聞道使人窮畢竟人窮詩乃工天地古今如混沌苦吟安得可憐蟲

王郎體弱緣神韻袁子情多是性靈更有歸愚標格律此心各耿一燈青

撫時感事奈情何陶寫終知寄慨多讀到少陵輕薄句可能天遣作江河

春日即事

春風依舊至兵燹不曾休林下難中隱天涯憶遠游偶成詩遣興獨酌酒消憂好鳥知何事花間為我留

清明感興

荏苒流光倏變更芳菲節物又清明樹能風度何堪柳鳥獨春聲恐在鶯卻對青山思往事轉於碧水觸深情人生共道須行樂愁說窮邊未寢兵

贈别謝襄廷罷官歸學

襄廷協戎太郡平江南時為馮尚書部下年七十八矣新政頻頒奉裁歸學余舊識也賦絶句二首以誌交情

中興諸將更何人百戰東南老此身他日隣翁相慰問可堪寰海又風塵

原非定遠留西域何必王維賦隴頭江海當年埋戰骨昭忠祀草亦山邱

聞村落被盜遷徙已盡感而成篇

我閒坐書窗有友向我言為言日郊行盛夏草木蕃舊徑沒行

跡茅舍空荒村禾黍鞠其堂藤蘿蔓其門闃然無聞聲時恐野獸蹲四望愈幽寂彷彿驚心魂惟有梁間燕哺雛自相喧不知主人去來棲舊巢痕我聞述此語翹首悲乾坤頻年被盜寇劫掠何堪論牛盡繼以人遑計半田園勞來縱安集衣食胡由敦歎此時事艱吾思武陵源

又聞柳州兵變賦此紀事

年來時事豈堪聞笳鼓連山殷夕曛大帥計惟招醜類總戎身已殉孤軍嚴營何處懸明月殺氣于今作陣雲太息紅羊灰再劫待誰推掃建奇勳

孤城孑立薮榛荆攻撲曾經幾度驚墟里殺人當晝黑村林焚屋半宵明豈知赤幟逃為盜又見黄巾假作兵苦我吏樓頻守望寢戈愁聽柝聲鳴

回思各路鼓征鼙嶂嶺宵深碧澗西礟殞天狼驚石落旗麾戎馬入山迷當時防堵何堪説此日逃亡得暫棲又報柳州豺虎塞南方刦運苦蒸黎

隆墟道中 奉郡守命查辦州屬土司善後事宜 四結名

六月事行役既暑亦復雨人馬入山去林巒萃修阻崎嶇路漸上雙峽峙門戶登頓幾傴僂下視首忽俯嶺脚田青青蒙泉般

溪怒攀援如下井扶我石可撫幽禽驚乍鳴窮巖自今古薜荔正深暗彷彿若有覩

肩輿任且去迤邐傍林麓圍我山數重一徑竄幽谷不知路何往蒼莽蔽人目竹笠浮草巔前行如隱伏忽報阻溪澗怪石卧古木急湍噴其下陰森暗洄洑穿林不相見曲折至村屋驚心豺虎叢寥落此棲宿

曉日出東峯晨餐驛前路山深嵐氣重叢林鎖烟霧去去漸平曠雲嶂入遥顧陡然溪漲横没腰浪犇怒無梁亦無楫狂瀾頗可怖徒旅與水爭擁輿挾我渡賈勇及彼岸回看若輕鶩烈日

復薰蒸乘陰且村樹

過壬村訪黃其相教諭 有序

其相伯以癸酉選拔歸部銓選今年三月特授武宣縣教諭年七十有七矣余奉郡守命查辦州屬土司團保至于隆墟未赴任也率小隊抵村謁見抱病床褥驚余之始至勉強扶坐略談時事謂同輩凋謝惟我家君而已頃之令子華卿自外至邀坐別室雞黍具陳而余以公事在身未獲久留也辭之行婉慰數語慨然傷懷感人世之變遷睹壽考之難得用書長句情見乎詞

跨馬深山訪父執上嶺下嶺若梯級山重水複始見村比屋高低此幽葺叩扉登閣達樓所驚起午眠床下揖自言衰病久艱步歷落晨星耋將及懸車已過吾何心冷官乃選中溜邑年來盜患苦逃竄鼠驚魂未定等藏蟄荊榛間道猶虎狼未識兵戈可能戢過眼滄桑日紛變泉石餘生只吁唈談深令子自外至空谷為留白駒縶更邀別館開前軒碧嶂連雲擁窗立山樹排空水鳴澗虛籟晴嵐一齊入老我遠遊今始到回首交情幾推挹世事遷流胡可論感子相酬酒堪浥為言伯也好調嗃載拜出門荷蓑笠日之夕矣我復歸松谷鳴風馬蹄急

道中即目

天地自悠遠山川多白雲此方經盜賊何日罷官軍野鳥秋將噤村雞午不聞風塵思舊路寥落對斜曛

將軍嶺

我行入深山山深互阻塞不知來去路叢林莽荊棘登頓漸若梯蟻旋巖之側愈高目愈迥乾坤杳無極仰視松參雲俯瞰峯巑崱云是將軍嶺巋然亢雄特憶昔暮春初狂寇此伏匿𪒠頭者沈沈弱肉肆强食重巒而窟穴出沒誰能測豈料官軍合巢穴圍漸逼懸崖縋藤下漏網竟竄匿是時新月落天陰夜深黑

潛行至甕水自謂虎附翼轟然礮鳴雷伏路正相值鼠輩突犇散渠魁遂殄殛吁嗟數年間離亂豈堪憶焚掠財抵命慘毒何殘賊即今餘死灰尚欲相煽惑南荒久遭刦此患何時熄悵望彼蒼天悠悠我心惻殺氣横空來猶作陣雲色

書館夜興

淡月入我堂清光了不涉我亦出門步幽賞心自愜庭階過雨涼墻花静風葉夜深讀已罷惟有蟲語接

秋近

秋近林塘暑漸清褐來閒聽畫蟬鳴未能陶寫忘哀樂翻感交

游判死生池底灰沈天地事海中塵暗古今情碧山對我如相
識欲向烟霞混耦耕

往都結佶倫結安鎮遠各土屬道中

奇峯各為狀沿路迎我來應接方未暇輿夫力已摧望望導我
上高陟沿紆回古木翳幽隘石門控崔巍年來苦盜患扼守防
飈埃信是一夫當萬夫應莫開兵弁揖我坐小住還相陪西望
暮雨晴斜陽亦已隤
山路行既盡復此渡高嶺宛轉半天上囷輪豁遙景時或趨而
下墜我如入井溪澗橫潺湲路陡正如綆仰望前隊去疑入白

雲影纔乃至其巔岡阜復修梗俯視林麓瘖人村自幽靜遐荒
各爲世安知榮辱境
我行日以遠所至益以深猶如穿脅鼠逼窄愁登臨下上不可
測到眼多崎嶔既疑蜀道卅忽誤秦阮沈感此行路難寄慨豈
獨今塵路險與夷隨遇胡能尋宛彼樵婦歌空谷流餘音突兀
四山高蒼然娛我心

桐陽峽有序

峽在隆安陽墟與都結土司分界之地重峯疊嶂路由
山縫中曲折凡三層每層石磴約數十級溪與徑行自

上而下不啻四五十丈余於七月十三日去之時溪水乾涸澗道寂然私自默念謂若有山瀑豈不為此行之一大觀哉二十六日余在都結天大雨二十八日還歸過此一路溪澗先我奔逝遠聞喧豗之聲至於峽頂則怒注傾瀉每一層激為一瀑鼓舞飛噴然後瀠洄而去若人馬被困極力戰鬭潰圍而相逐者惜非覿面縱觀祗於肩輿上屢自回顧而已爰作是詩以報山靈之盛意且紀游蹤云爾

萬山挾我行一路束不放澗水先我去不知急何向陡然地忽

深如自半天上山中幾日雨溪流盛秋漲到此湧作瀑崩瀨激石抗力舂怒飛舞噴沫互跌宕擣成塵霧白濛溶起微飄如未織成布彈此洴澼絖亦非禹門險乃作三級浪遠聽聲隆隆使我神先王憶昔我經過游心入幽曠謂若瀑奔激茲行足雄壯今來竟獲覩豈非天所貺昌黎謁南嶽祝融受雲障默禱忽開晴拔天啟青嶂東坡至登州海市恐難望結思所感召蜃樓現奇狀於惟二公賢精誠本無妄我則鄙俗子悠悠復誰諒爲謝山之靈遥吟當樵唱羨彼村居者何人寄高尚

土司

崑崙石門控險阻儂寇據邕負嵎虎元宵燈火宴未畢捷書夜報方五鼓連山赤幟迷雲岡枰空箭影搖天狼長驅直搗竟誰敵為之帥者狄武襄邕管於秦桂林郡百粵蠻風遑鋒刃犵獞猫獠種類殊叛服無常本難順自滅醜虜歸蕩平邊隅從此休甲兵為布將官各茅土建牙鎮守安邊氓至今七百有餘載世歷四朝時事改羈縻寥落西嶠西宋代遺官此猶在年來伏莽起山澤刦掠村民匿幽僻我來奉使糾鄉兵團練指揮爾其責國家撫舊靡有遺寬宏所要勤撫綏莫相篡奪恃威福隳墜爾先業之宏基

秋夜書懷贈黃子琴堂楊子北岑有序

琴堂隆安人昔年曾以文字問於余殷殷然有志於學者近以盜亂避居於此余強之為童子師與余館近朝夕得相慰藉焉北岑為余妹夫家居舊縣其所撰述頗能窺古人立言之旨余藏書數十種時來借去或數日一來而亦不常來也秋夜獨坐因私念後生學子能讀書而或自廢者各已他去惟二子猶能向余使鍥而不舍將來成就與否尚未可知然較之悠悠流輩固已遠矣爰作詩二首以為贈見余志亦以勉二子也云爾

琴堂修潔士琴德自愔愔避亂淹吾土離居感故林風塵芳草
色霜雪古松心寂寞燈窗晚相偕且醉吟
北夲吾小友豈獨妹之夫史籍心能契山林德不孤曠懷今見
汝高志古為徒遥憶悲秋夕清歌起夜烏

秋殘

秋殘天欲冷征雁杳何之野徑寒雲外山村暮雨時農功看向
畢蔻綻可曾衰撫景殊蕭瑟幽花出短籬

幽窗

幽窗冷雨初無聲倦臥寂寥空復情秋盡園林已十月寒添枕

席知三吏風搏大樹恍濤作月迴碧山疑雪明回憶昔時杳如
夢廿年出處思平生

霜氣

霜氣侵衣冷碧空月明花下咽寒蟲群山那管人間世終古蒼
茫似夢中

讀西湖志五首

西湖久已思游行今覽西湖四十圖天遣西湖擅名勝可能數
我到西湖
疏濬曾聞說溉田黃金到此化為烟綺羅花柳絃歌月誰見雙

隄一釣船

使君高士各千古名將美人終一邱山色水光輝映處暮鐘聲裏入僧樓

南巡幾度翠華臨樓閣雲山變古今一自滿池風浪作六橋烟柳刦灰沈

天生畢竟在人爲讀書空吟夢裏詩似此湖山好風景卧游何以慰心期

Treasures for Scholars Worldwide

桂學文庫・廣西歷代文獻集成

潘琦 主編

缾山全集

②

廣西師範大學出版社
GUANGXI NORMAL UNIVERSITY PRESS
・桂林・

缾山詩集前編目錄卷之八 乙巳至辛亥

乘凉

睡醒

扇琴堂伦洋画山水扇面

世情

初夜

小兒

八月十七夜步月

林塘夕興

木落

歲序

九日書懷

晚景

憶壽星洞舊游

送某教員之龍州

擬烏生八九子

爲人作山水小幅四首 丁未

詠古七首

得歐文符同年書賦此寄懷四首

令我

種花

讀高士嚴光傳

爲友人作山水小幅二首

長歌行爲山水屏幅

哭兒宗亮四首

爲人寫墨竹四首 戊申

習靜

李夫人

慈谷 己酉

風雨

六月

應選諮議局議員重過桂林感賦

在桂林謁硯農四首

遊月牙巖

旅邕江樓聞吳歌琵琶戲 庚戌

昭州即目二首

中秋夜泊金蘭洲有懷士威彥先生

九月偕議局同事諸君登疊綵山雅集觀音閣緐此紀興

爲友人作山水横幅二首

畫墨竹八首

哭南皮張相國止洞又十二韻

畫竹四首

悼議局同事黄甲山李康

題墨竹

畫古石中青竹蘭

題所購得山水小幅

畫蘭四首 辛亥

議局同事植培劬邀集於桂嶺一樓拍攷侑觴感賦四首

庚琴堂呂游滇韻語見示賦此寄懷并呂讓上六首

舊形

瓶山詩集乙巳

嶺西瓶山曾此愚稿

新年

新年又入日冉冉歲時駸寒逼酒無力春回花有心世情滄海遠身事碧山深顧我非庚骨何辭守故林

春日郊行有感

東風吹雨作新晴漸見荒原草木生雲淡碧空春意遠山明斜照晚容清田園百處牛羊寂笳鼓三年虎豹橫莫道閒歌轉愁悵望中滄海日紛更

白鷴

窮通分賤貴世情各有競胡為幽谷鳥以此戾其性我昔謁長官乃見籠中鷴白質而黑章側眼愁空山羈棲在羅網飲啄得供養羽毛鍛以摧儔侶空懷想嗟哉五品服相看耀黼黻未知彼眼中視之為何物為說爾幽禽榮辱豈爾心乘軒雖好爵何如棲長林

寫墨竹

白傅曾聞頌蕭悅東坡自謂學文同由來詩畫相資處別有胸襟寫化工

生成瀟灑自清華時覺臨風影半斜流水空山誰與共祇應和
月伴梅花

便向虛堂起翠姿望中清影最紛披燈窗睡醒涼秋夜彷彿墻
東月上時

年來風雨苦飀摇勁節終憐綠暗凋待得晴和好雲日亭亭依
舊倚青霄

為琴堂寫山水小幅

攜手跨石橋尋幽此來往登頓轉曲徑巖烟藹林莽孤亭山當
中高瀑搗虛響萬籟各為韻回風一颯爽俗氛既已遠縱心入

惝恍蒼然嵐氣青照我鬚眉朗莫問游者誰此境何自仿胸中有天地聊作塵外想

畫竹

閒將水墨寫霜筠腕底揮來別有春除却當頭天影壓高情原不肯低人

書懷

俯仰無端側此身窮邊漸見息風塵家園已覺謀生拙寰宇從看變態新塞雁又將秋入世林鴉如帶暮催人自懸骨節終難媚何必爭能據要津

秋感二首

霜風吹木萬峯幽雁入寥天歲晴道滄海已成今日事雲山不似古時秋可能偃蹇從吾好便欲荒唐與物游畢竟書空有何怪四郊農牧只林邱

秋盡天高風日淒菊花自傍短墻低四時寒暑何曾駐萬物榮枯總不齊抱朴學仙終腊鼠揚雄言道只醯雞人間我已同流落兀對荒山夕照迷

寫竹

霜風飄拂太離披好是東園月上時猶記數竿存老幹年來添

得幾孫枝

風節蕭蕭挺秀姿便教清影筆能移此中造物誰能識不藉乾
坤雨露滋

羣花紅紫各爭容自笑蒼顏並古松潑得墨痕秋滿壁望中猶
似露華濃

何年結實爲來尋山野終能俗不侵若使伶倫芟作笛穿雲應
裂水龍吟

寫蘭

春風微動竹窗深一霎清芬無處尋負手閒來對花立可能許

我結同心

蘇泥初煖紫芽尖九畹滋來秀影添清晝無人雙蝶過誤他狂

態觸踈簾

綠葉紛披雨正肥素花婀娜日初晞牡丹國色雖能豔不及芳

香一陣微

空谷相偕水石清美人幽怨是前生孤琴何必嗟淪落白眼看

他逐世情

冬盡

嶠西冬復盡慘澹此園林樹帶遥村暝山濛暮雨深炎涼更世

態出處感予心樗散知何用蹉跎賸舊吟

平生感舊吟一十四首并序

余自少至壯往還出處垂二十年其間之親炙感遇邂逅然若夢今者窮居荒嶠將老於世追遡陳迹不能忘懷因作平生感舊吟得斷句一十四首復於每首之後畧敍小傳以見繫念之所在其於先後并詮次云佛法之所謂因緣當不以為阿好也

憶從永叔仰文宗正我髫年試筆鋒跌宕怪他多傲物攜來墨寶御香濃 歐陽用甫名保極湖北江夏人庚申探花前任廣西學政丁丑歲試按臨太郡時余年十五由州試案元

蒙取入學試題濟人於溱清至輿梁戍次題趨者詩題瑤琴一曲來薰風得薰字以余年少挑出號位下許雜坐素傲慢凡學官益場知其勤索新生來備轍侮弄之値暑熱解衣盤礴言笑無常人稱之爲顛嘗得穆宗書聯云上苑春風流翰灑南華杖水映文章懸之堂楹指示諸生以爲榮幸云

一官山邑用斗刀，文學殷勤獎俊髦。留別士民思去後，流風今尚滿林皋。

徐穎夫名炳文四川人廩生官永康州知州嘗步行城市間求民間疾苦撫字之服尤以興文爲念時余偕友人作文請閱批評刪改受其教益爲多初永屬地丁向例論闢糧頭比卯撈朴窮民苦之家君乃商之邑紳由各尸自納請之公轉詳大憲卒蒙允淮積年苛酷一朝獲免自此始也去任之日作留別詩四章有句云愛士幸聞君子道勞民愧讀古人書又堂聯云時有諸生來問字閒無一事且裁花識紀實也

廣文端合擁皋比，月桂曾攀第一枝。易敲只今悲老大，崑山回

首立門時鄒文甫名仁臨桂人丁卯科鄉試解元官左州教諭甲申春閒延家君往教其二子館於崑山書院余亦隨侍轉行束脩受業焉

少小聞名知景慕南中何幸育英才掄成廣廈追文達桃李春

華次第開張香濤名之洞直隸南皮人癸亥探花官兩廣總制仿阮芸臺建廣雅書院於學海堂之西戊子秋蒙選調肄業官課屢取超等余時作洛陽獨樂園詩課卷偶寫篆字公批云詩筆閒雅亦有波瀾雖未蒼古已遠庸俗矣序亦佳考課卷作小篆已非格式況詩賦乎此與寫古字同病急宜改之通人學入自有真不在此也詩文炫博者好用僻典難字已為塗飾皮毛意在欺人而已通人弗貴也若寫古字寫篆字并不得為皮毛只可謂之習氣耳又作山海經圖贊課卷批云贊體宜樸推不宜輕豔四言皆當如此且此乃仿郭景純山海經圖贊而為之尤須戮寓摹擬之意方合其他改醉仙人圖詩及批擬韓昌黎李花詩均見卷一中粵西學子自辛

卯至甲午三科鄉試解首皆院中肄業生根柢之學為有效矣

新進能將相國彈要師忠介盡言官嚴霜小挫非無意為遣蒼

松錬歲寒梁星海名鼎芬廣東番禺人庚辰詞林初入館竟劾李傅相擅權降太常寺司樂南歸為張香帥延主廣雅書院講席宗其鄉先生陳東塾為講學門徑逾年李筱泉督粵辭去

更誰風憲劾權閹嶺海蹉跎歲月淹紹述紫陽舊家學鵝湖終

此畢幽潛朱鼎甫名一新浙江義烏人丙子詞林乙酉湖北大主考陝西道兼掌山東道監察御史以風聞參李太監不實去官先主端溪書院繼主廣雅講席時康有為唱公羊三世之說竄左氏為偽書嘗交札往復辯爭甚力諸生之以日記請質者纂為問答四卷甲午秋卒於院其臨終有句云攜手白雲堆裏去方知四十九年非蓋其壽數正及此云

自言學舍侍嚴親，官冷青氊不諱貧。此日開藩念寒士，洛裘為被嶺南春。

游子岱名智開，湖南新化人，辛亥恩科舉人，官廣東布政使。臘月除日，親持鶴俸到廣雅書院，分贈諸生之未歸家者，余亦受其賜焉。因旁坐講席，述少時侍親學署，貧苦不堪，廚爨井浣，躬操備至，有度歲時囊中莫名一錢者。今諸生遠游求學，志殊可嘉，特稍予膏火，以為諸生助，諸生其勉之。其辭諄諄，雅訓如此。聞去任時行裝甚為輕簡，此其所以為廉吏也。

秋闈幾度戰名場，得失終難自主張。盼到榜花雖吐萼，枝頭開落屬東皇。

水詒孫名嘉穀，浙江人，辛酉壬戌並科舉人，己丑恩科同考試官，蒙房薦堂備。鄧恪旦名文淵，辛卯科同考試官，蒙房薦。陳應奇，福建長樂人，己卯科舉人，癸巳恩科同考試官，蒙房薦，叨列賢書第二十三名舉人。惟榜後未久，聞已下世。此皆鄉試受知，而均未獲謁見，冥冥之中，思之愴然。

修賁曾趨謁上京德容溫肅玉堂清千秋汲古名山業圖史叢

中擁百城

張君鉅名亨嘉福建侯官人癸未詞林國史館協修
教習庶吉士癸巳恩科廣西大主考蒙取中式甲午
北上赴禮闈試以門下修士見禮風裁峻整望之肅然
其座中左圖右史縹緗琳瑯尤以篆書聯幅為多余曾
求其書聯集杜句云汲古得修綆盪胸生層雲字
寫顏柳益其古籍淵博將以撰著其史才者也

采得菁莪桂海邊蟾宮騑羆鹿鳴篇瀛洲一泛風塵道歸去仙

城老稚川勞

少鄉名肇光廣東鶴山人己丑翰林院檢討癸巳
恩科廣西副主考出公門下鄉試首題子曰齊一變
至亦可以弗畔矣夫四章次題舟車所至三題孫叔敖
舉於海詩題班都護遣掾甘英臨西海得班字甲午公
車謁見後春官下第公未幾亦
出為京外觀察令退職家居

文章逸氣幾銷磨嘯詠江西寄慨多正是摩空鷹隼擊中傷翻

墜北山羅鍾西芸名德祥廣西宣化人丙子詞林官都御史法人擄安南會奉使為欽差大臣因奏參某滿官不法被其中傷發張家口軍臺數年遇赦放還卒於粵余甲午在都門以同鄉宴集於南館見其癯容豪藹而言論風生詩主山谷字變歐為波折骨力瘦硬人以為怪體時留京諸友邀余作文呈政蒙批云作文固應將註遂句逐字體認再將各書說之與註相發明者熟玩之使胸中了然題之要領所在然後落筆自無支離汗漫之辭而謀篇亦有主裁抑心所謂危不敢不以告並告諸君之有意乎此事者不足為外人道也

只許聞殷未見琴隔簾遙聽孰知音迴風已阻神山路空負成連碧海心余壽平名誠格安徽人詞林戊戌科會試同考試官蒙房薦後出為廣西南寧左江道時值賊鋒猖獗終未能謁見為恨

雲中白鶴舊仙班到此乘軒麗水間何事昂藏仍獨立澄懷終

覺想溪山

康達夫名際清山西人詞林官廣西太平府蒙聘主麗江書院講席以訥庵獨立小影屬題并絹寫山水丹青奉書云讀示詩二章佳請即連書小影片上早為賜下是荷又函云得見大筆畫幅洵北宗正派欽佩之至送上小屏四幅奉求置之座右籍滌塵俗惟際清定于下月初四日赴桂不識能事受促迫否并附識於此因與蘇軍門梢有齟齬調署平樂府

南關雄鎮分南粵矍鑠文淵兩鬢華留得瘢痕銘戰績故鄉歸老夢悲笳

謝襄廷名讚廣東新會人道咸間從馮尚書平定江南以奏功官太平府新太協余主麗江書院講席送其第四子來從學嘗邀到署酒敘席間述江南大營敗沒時其左膝正傷於礮力疾逃竄直至上洋而後止今步履微跛蓋為此也光緒三十年新政變法奉裁歸粵

缾山詩集 丙午

嶺西缾山曾此愚稿

春夜

兼旬苦陰霾百花滯英發今日忽雷雨入夜滿星月簾外寒未消爐煙淡已歇起步立閒階清詠對林樾

西溪行

嶺外少冰雪溪流白石斜不須狐聽水可有蜮含沙世事紛雲色游蹤遡海涯山林同僻處來去野人家

缾山洞 有序

山去城南三里許洞在山半今春二月爲邑侯督建學校以咸靈廟爲校舍而遷滕將軍於觀音堂將慈悲大士遷之他所余惟大士之供自立州以來三百有餘年矣當謀所以位置之地僉謂於山之前洞畧爲整理亦可就而居焉佛教至今久失其旨而此山能加培植實足爲康城宴游之名勝佛如有知當亦謂此間樂也爰賦一律以誌始事

雲巖幾日數登攀萬古英靈屬此山混沌又開新世界嵯峨特立小塵寰豈因佞佛思參偈自愛尋幽學閉關猿鶴從今應有

主好將琴酒共消閒

春去

春去遥天緑滿林，半空無定幾晴陰。草方過雨蝶飛濕，柳為迷烟鸎語深。海外舟車爭戰事，山中農圃寂寥心。眼看時物年年换，好把流光付短吟。

閒居雜詠

遠山緑盡夏方長，幽草連陂只自芳。莫向林塘閒獨立，四郊辛苦正農忙。

墻頭遥見碧山晴，林影含光暑氣清。坐到中庭日卓午，更無鸎

語一蟬鳴
纓絡花開接繡毬年芳暗度小庭幽無端飛過翩躚蝶來向人間作夢游
年來世事苦消磨久已無心入詠歌惟有瓶山深結契幾時猿鶴共烟蘿

乘涼

明月迴半天流輝自徘徊忽已入我堂幽懷為之開却向花底立清影交縈回畫出水墨痕流布於墻隈夜靜塵事息風來復不來竹梢方動摇披襟亦快哉

睡醒

睡醒西窗月前情感我思那堪人已老猶夢少年時

為琴堂作洋畫山水扇面

火船鐵軌走風雷造化機心萬古開混沌只愁終鑿死海天何處説輪迴

世情

世情真是累便欲以身逃泉水污緣潔風林折為高俗迷淇隩竹春隔武陵桃顧我終愚戇花前首自搔

初夜

嶺頭日已落初夜尚薰蒸無雨電飛火有風星烱燈浮沈同陋俗離合憶良朋塵世毫芒裏看書且曲肱

小兒

小兒嬉嬉始兩歲捉得蚱蜢作牛戲雞來啄去瞪欲啼鶩以穀拋糞吐棄在旁小婢笑郎癡謂若幼小偏能知得失由來本齊物奪其所好誠非怡感我四句方見汝膝前宛轉學鸎語家貧惟有舊藏書知否清芬能繼緒

八月十七夜步月

山河伏息此荒陬回首前蹤感舊游燈火樓臺天不夜二分何

處說揚州
星河疏淡迴空天兀立閒階意杳然但使浮雲無障礙未妨缺
處有時圓

林塘夕興

弦月下嶺西倒影落池水疑是天公玉盤破半墜雲頭半波底
却笑比擬終無情眼前萬物紛變更不見青山挺孤立林梢忽
被長烟橫望中何必非非想綿邈乾坤自曠蕩悲哉秋氣多感
人來雁一聲渡空響
木落

木落聞清籟山遥淡暮秋月明如此夜何處照高樓

歲序

歲序經秋忽已殘井梧風葉染霜乾鷹盤空碧日初短雁入遠雲天欲寒何處琴樽容我傲無端書畫強人難世情機變誰能測閒把陰符倚枕看

九日書懷

涼風蕭槭動幽林又是重陽感我心菊未見花開晚徑雁先飛影渡瑶岑碧天邈邈成終古滄海悠悠變勁令便欲登高何霦望九洲瀛島日浮沈

晚景

日落天初暝中庭晚景幽坐看花寂寞閒與月句留茄響仍今夜碪聲尚古秋家山同小隱難再少年游

憶壽星洞舊游有序

洞在坡址村去城北八里許前五月間邑侯梁次典邀爲消夏之行余以他事不果旋奉七律四首屬和久而不答用賦五古二十二韻聊述舊游以酬逸興云爾

仲夏天鬱蒸無地謀避暑邑侯好山者攏簡趣儔侶閒道城之北林巒八里許有洞闢山麓是爲清淨所憶昔我曾游廿載堪

逆距歲事忽已遥煙霞胸尚貯平疇繞石徑欹簌走松鼠洞門敞陰森黝窟應束炬鍾乳成蓮臺岭岈當鐘虡羅漢互隱見靜對各爾汝在昔避盜亂鄉人於焉處往迹認依稀便作武陵阻諸公今此游談笑自相與岩泉清且冽拾薪茗可煮坐久方移時石氣浸絺紵俗隔心愈遠撫景觸吟緒惟此窮巖深尋幽情足抒寂然入靈境天籟振蒙楚而我戀鉼峰久欲營别墅花竹閑荆扉采芝聊足茹攜笛弄其巔涼月時延佇倘有跨鶴迎乘雲共軒舉

送某教員之龍州時官立高初小學校落成余奉委爲臨時校長而某教員爲同事今辭去

驪歌一曲意飄然南望龍山又各天四海隱憂多難日九重新命中興年衡峰雪霽隨陽雁瘴嶺雲深颭水鳶迫遞關河應努力不須樽酒悵離筵

擬烏生八九子

惟烏惟烏亦哺爾雛爾雛孔碩于飛飲啄爾雛生子實爲爾孫爾孫爾子各有弟昆爰居爰止于林于沚啞啞其呼胡然樂只嗟爾烏兮惟克有羣爾之羣兮其心殷殷胡今之人甘利靡義獨不如禽于家是戾匪本曷支匪源曷流慨爾是忘終焉永休

缾山詩集 丁未

嶺西缾山曾此愚稿

為人作山水小幅

塵寰微逐幾勞生放浪聊為策杖行只覺林泉好風日安排詩
酒待流鸎

漫天烟雨暗溪山眼裏林巒杳靄間惟有漁人都不管撑篙閒
渡隔洲還

夕陽紅葉半林疏山水清蒼雁過初回首西風滿天地有誰歸
棹為鱸魚

危樓兀坐四山遮，便是西湖處士家。爲遣奚童掃殘雪，携壺待我賦梅花。

詠古

地圜聞道轉如毬，稗海曾談又九州。六合漫云存不論，舟車今已徧環游。

老子去關來佛祖，童男入海出神仙。從今天地多塵事，造化終難守自然。

九萬里程蝸角鬭，五千年事貉邱悲。自從黃帝至今亂政，三變滄桑此一時。

管子富强周禮意冬官格致繫辭精百家道術雖紛裂奥妙終能闡物情

入穴已臨西地海即今裏海乘槎曾到北天山五胡一自爭華夏終見蒙元混宇寰

煉汞燒丹原化學飛鳶流馬亦機心不知七竅將何鑿地老天荒恐竟沈

西風吹後又東風到眼浮雲變態中只恐扶桑初日出更將激盪海濤紅

得歐文符同年書賦此寄懷

一函書遠至懷舊轉傷神君已燕都宦余長粤嶺人雲浮今世
事花放過時春寂寞荒山裏蒙頭滿俗塵
又見更新政年來壯志消已難爭竹帛何敢怨簞瓢毛義雖求
祿陶潛奈折腰勉旃須努力相契在雲霄
重到天涯路能無感舊情風塵空相馬花柳醉聽鶯燕市悲歌
在淞濱落魄行從今難再得回憶似前生
感子猶相憶幽居當足音隔非千里遠別竟十年深天地各爲
世雲山長比心不才甘隱遯何必問升沈
今我

清明偏覺不清明雲暗郊原雨未晴芳草無情塵世變碧天如夢歲華更庭前花鳥同醒醉壚下山河各死生千載去來今我在安排知可附何名

種花

小砌土猶潤遠雲遮薄陰趁他三月雨養此百花心好色登徒賦尋春杜牧吟韶年將老去好待晚香深

讀高士嚴光傳

貧賤之交信有情江湖物色幾千旌總緣須杖扶鴻業翻欲披裘釣隱名道故奈何乎陛下歸休亦甚矣先生固應帝座星原

客難向雲臺競效明

爲友人作山水小幅

窮居漸無賴自往隔水峯灌木翳幽徑轉折三兩重忽覺入雲深不辨前後蹤更無人與語惟有樵者逢問答各已去萬壑風鳴松山鳥時一聲遠隨僧寺鐘

卉木爭春榮惠風醉人意策杖過石橋清流映娟媚曲徑達高曠山河起遐思憶昔萬里游今落荒嶠地滄海一以變浮雲日以異四顧碧天迥江亭送遥睇

長歌行寫山水屏幅

鉼峰野客墮百蠻襲江來往隨所安西嶺之麓古松下忽遇我
友攜琴還藉草跏趺各俯仰眼前景物獲心賞曠懷宇宙生於
茲陵谷滄桑慨遐想今世之世何世哉舟車水火驅風雷泝自
祖龍至今日事勢之變誰能推西人之子闡奇秘東人之子逐
新異萬里梯航山海深遠來區夏肆分據嗚呼五帝中古時聖
神制作垂鴻規降及三王迭損益文明郁郁何禕而此時海外
漸孳乳歐美獠狉半荒土希臘盛強羅馬興侵畧諸夷始稱武
君不見張騫鑿空北山巔馬援立柱南越間徐芾殖地東瀛島
班超開邊西海灣帝王政治道儒教秦漢以還無不到豈知蒙

古起朔方竊主中華統元號迺來存滅數百秋列國稱雄五大洲競恃富強互呑噬機械角逐紛金球我友聽言長太息仰視蒼穹迴默默軒轅開化數千年何圖貧弱遭蠶食眼看變遷胡有窮為譜朱絃松入風我亦高歌白雲曲碧山相對斜陽紅

哭兒宗亮

一聲兒去矣腸斷月三更時六月四日三更命也早當死天乎何必生眼看遺塊肉懷抱畢恩情變禁口痢卒後目終不瞑哥姐呼猶昨以艱於子息故令其呼父為哥呼母為姐而從今沒汝行四旬方見育五載竟長殂地下兒孤子人間我獨夫豈關才與

命空顧惷兼愚親故休相慰東門只有吳東門吳云有子而死亦猶前之無子時也

同歲隣兒在嬉游共昔時出門看不見伏枕夢長離問卜猶疑

鬼求方總誤醫苦貧真負汝清白待傳誰

撒手音容杳回思實永傷書聲時學姊體育尚娛娘余時教習女小學兒偕其二姊同往教科體操亦相倣傚惟星睒電爆不敢仰視

遺物都空幻憑棺豈下殤可憐

星電夜誰伴野茫茫

鉼山詩集 戊申

嶺西鉼山曾此愚稿

為人寫墨竹

幾拂春風長翠叢虛心生小自圓通出塵已是凌煙上何必移栽峻嶺中

中通外直似蓮花風節蕭疏影半斜一任園亭誇水石此君不到不清華

滿林風露半窗幽翻遣騷人易感秋遥憶輞川明月夜攜琴時向谷中游

空山疏矗挺高寒每向風前雪後看鍊得蒼筠吏何用只宜清渭作漁竿

習靜

習靜山中萬念輕物情翻爲不平鳴已甘呼作馬牛應其奈食同雞鶩爭香送木樨何隱爾風吹池水豈干卿此心相對渾無著閒看孤雲自在行

李夫人

門楣花落映餘暉轉眼春光見面稀所望君恩長念舊帳前今已是耶非

瓶山詩集己酉

嶺西瓶山曾比愚稿

幽谷

白雲無意緒幽谷自閑閑何事風吹樹爭傳雨出山牛耕應未暇鳥倦可知還野色秋將近蒼然牖戶間

風雨

風雨連宵睡不成滿天沈黑一燈明銅盤瓦缶承檐滴并作窗前鼓樂聲

六月

六月北風冷瀟瀟寒雨聲如何幽夢裏日上竹窗明

應選諮議局議員重到桂林感賦

一棹重來灕水邊靖江城郭又桑田前明桂王分藩於此本朝改爲秋闈試院今又改爲省議會矣棘闈已罷扃門日桂院猶看放榜天是年停罷科舉凡從前舉貢准考保送生員則考拔考優考職以完舊制霞舉只今非選佛雲登自昔感游仙秋風落木青山晚白雁聲中十五年余自癸巳鄉薦後不復到矣

在桂林遇覙農廣雅書院同學

粵秀燈窗夢影分名場從此各風雲滄桑十五年間事叢桂花中一見君

如君風雅迥飄然許我瓊章誦一篇聞道三山舟早泊那堪徐芾已華巔

扶桑日出海雲東萬道金光射眼紅納得滿懷波浪闊固應琴籟譜天風

相看猶是桂林山蒼秀雄奇各逞顔憶否湖舸舊英石毫芒同此落人間湖舸在廣雅書院東園池中兩岸疊英石假山

遊月牙巖

羣山走粤西瘦削多石骨嶙峋而中空峭然闢洞窟我尋月牙山東洲渡津筏曲徑趨橫斜幽巖隱林樾僧出花樹深佛枯鐘

磬欹層樓迴飛閣蓬萊想宫闕遠眺隔江城塵事何悠忽雲水
涵遠天峯巒列攢岸娟娟秋風吹不覺清籟發使作廣寒游仙
樂奏明月

缾山詩集 庚戌

嶺西缾山曾此愚稿

旅邑江樓聞吴歌琵琶聲 赴桂林諮議員

久别江南載酒行今宵旅館一燈清邕州我豈青衫客却聽吴娘夜雨聲

昭州即目

江樓遠對碧山横隔岸人家秋日清青布裹頭浣衣女雙褰玉筍插波明

老去蕭郎客裏身江花惆悵舊尋春秋波照眼情何屬感我天

涯是路人

中秋夜泊金蘭洲有懷士威彦先生

金蘭洲畔泊江潯別後蒼梧泝桂林昔日青山今日路他鄉明月故鄉心隣舟燈火夜初靜烟樹人家秋漸深威彦不歸華表鶴岸上石刻云漢末士燮先生故里碧天搔首白雲沈

九日偕議局同事諸君登叠綵山俗名風洞山雅集觀音閣賦此紀興

又見遥天渡雁羣香山勝會共諸君時在座為覃少武等九人詩豪便向空中放仙樂時從靜處聞峯影入杯胸有嶽水光摇檻足生雲蕭

蕭木葉秋風裏閒對斜陽酒尚醺

為友人作山水横幅

四山雨初霽新翠淨如沐與子躡危崖遠縱千里目天雲渺遐曠世事等蠻觸悵望此山川萬古一棋局悠悠我與爾蟻居共巖谷西風颯然來泉籟震林麓

勝日尋芳春邀侶共游衍四者倘可并俯仰隨鶯燕柑酒情足娱觴詠恣歡宴萬物自欣欣歲序暗更變謝傅不復作鄰侯再難見何當遁泉石卧讀高士傳

畫墨竹

望中羣卉孰能齊矗矗清標久照西生性秖緣多勁直縱教冰
雪壓難低
白日方長暑氣薰自饒蒼翠倚高雲人間塵俗憑誰滌好待尋
幽訪此君
閒庭兀坐近黄昏涼意侵人静不喧澄得滿懷清淑氣半階明
月寫秋痕
報道春風昨夜回幾竿新籜挺林隈湖州莫漫供饞口留取干
霄用世材
曉來微雨霽春林粉籜和烟緑漸陰莫笑横斜時拂檻花前低

首本無心

萬緣叢中溽暑天有誰消夏到林邊亭亭孤直終何用只合深山伴七賢

月上疎林露作團晩來相對倚欄看滿庭秋氣清如許只恐佳人翠袖寒

望中百卉各蕭條錯節盤根尚未凋畢竟北風猶不動年來依舊聳清標

哭南皮張相國之洞五十二韻 謚文襄

渤澥朔風高吹隕台星落台星今者誰南皮老東閣嶽嶽我張

公立朝何謇諤才裕秋帆高學藴曉嵐博自昔督嶺嶠棫樸將
人作廣雅聚羣英教育得三樂附錄廣雅書院記畧見後越臺西北隅精舍
迴負郭石門帶村樹白雲矗嵬崿樓閣俯池亭花柳翳溪彴兩
粵萃學子共礪他山錯四部鬱琳瑯精英咀糟粕勿事競浮豔
要在儆實穫廬山白鹿洞風規誠矩矱賁哉胡安定媲美俱炳
爍鴻也出幽谷幸覩雲中鶴遠集翰墨林飛翔逐燕雀屢荷深
獎勵玉尺許裁度應課各卷多蒙批示刪改菊坡侍講筵垂訓在博約菊坡精舍
在學海堂嘗召院中考列高等諸生面加訓誨一自移吳楚江漢著偉畧結構衡嶽麓
湖湘復振鐸公移節武昌復建兩湖書院於長沙勸學雖維世生計尤先著督兩湖時

著勸學內外兩篇言中西政教當須會通周道馳南都夾纈被西鄂公在翰林時曾首建鐵路之議格不果行至移節江寧乃修馬路由鳳儀門達於下關在武昌又創織布機器局以挽洋貨利權其時四夷侵
東西肆淩躒妖孽生肘腋釀此風波惡滄海倏揚塵鼓浪湧鯨
鰐戎馬紛畿甸市朝半焚掠乘輿西入秦蒙塵走驚愕三年悲
出狩逶迤返自洛雖云隱消弭烟氛逼寇虐堪恥城下盟賕賂
日朘削天子奮然起變法挽貧弱大權握朝廷輿論求民瘼時
勢既相逼立憲方欽若乾坤重整頓諸臣共商榷九重惟公賢
綸扉贊畫諾維新早遠識敷布務宏綽存古先國粹海邦互參
酌學校分文實將以普磅礴公在學部以新政既頒恐新學太盛復創存古學堂冀以保存國粹

厥後學務又分為文實兩科龍飛遽遐廾六尺重付託冀惟柱石姿更望矢勤恪何圖醫國手起衰難救藥傅說忽騎箕攀髯入冥漠吁嗟公已矣山斗仰寥廓政績耀南州文采尚如昨賤子本山野潛藏久邱壑子由謁歐陽奚敢自菲薄愧非干將器未能延平躍差幸小奚鼠飲水盈一勺所憶冠冕樓在廣雅書院學海同恢拓學海堂在粵秀山為阮文達公所建成連琴籟遠風濤天已各暮雲海東月夢繞燈窗幕池館舊栽花秋風感蕭索

附錄廣雅書院記畧　南皮張公督粵時建廣雅書院於羊城西北隅由西門至彩虹橋北轉松隄里許有左右兩石橋為書院頭門之照壁頭門之內左右兩廂為東西監院管理院中開支膏獎並稽察諸生事務東監院之左為

四分校閲卷處所謂分校者每課四卷則先分某科送其校分閲然後呈之院長如科場之薦卷然至二門左右為院科居住仕院中收發課卷點名書榜並日記假單之事由二門左右直上兩長廊石刊聖諭十八則分嵌於東西兩壁間入兩長廊東西齋門則兩廣學子二百人肄業之所東省在東西省在西而分為中邊名兩直廂中隔兩長廊齋房均南向横過每廂五齋每齋十房每房貯書十種器具俱備齋額以唐詩分派東中廂為東壁圖書府五字西中廂為西園翰墨林五字東邊廂為誦詩聞國政五字西邊廂為講易見天心五字凡派為齋長者則住其齋一號每齋尾均有廚房廁所井各一齋夫一名備治炊爨之事出東西齋之首則為講堂堂之中間正設講棠左右兩旁對列高於板几為學子侍坐之位如有問難劉書之曰記呈於先生或起立請賢答畢乃退堂之中屏楷書聖諭一大幅漆底金字屏後篆刻四大雲石為中丞吳大澂學使汪嗚鑾並其等所書皆法語格言多不記憶有大楹聯云不以富貴易其心不以貧賤移其行以通今博古為高以救時行道為賢又屏聯云導其所聞行其所知合頌南

東道嶺南西道人材互相師友博我以文約我以禮綜漢儒經學宋儒理學宗旨同遝聖賢此皆張公手筆也講堂之後左右有兩小廳稍上正中為經正無邪堂雕窗綺屏陳設華麗為一院之最以考官課時為督撫所憩息之處其曰經正無邪者蓋取蘇東坡在惠州有無邪堂匾額以為景仰之意云由無邪堂至冠冕樓中開方池跨以石橋樓架一層梯分左右購藏圖書數萬卷縹緗琳琅四庫畢備並懸掛歷代賢哲石搨畫像想見其人每當登樓借書東望歌舞閣西眺石門北負白雲山南俯珠海輪舶帆檣烟樹萬家華然在目樓下兩廂房為管書生往所其曰冠冕者亦取杜詩冠冕通南極之句所以自寓也樓前兩廊為入東西園之路入東園門建濂溪祠專供周茂叔先生出祠之左沿英石山坡盡處為清佳堂紫藤垂架盆景當門瓊窗玲瓏迴廊繚繞特饒幽勝有楹聯寫朱子白鹿洞詩云故作軒窗倚蒼翠要將絃誦答潺湲亦張公所書前面蓮池中漾湖舠渡板橋而過漁檻周望宛在水中由清佳堂折而東嘉樹深茂半藏曲室迴望窗外山亭笠然由曲室西南又有假山巑岏昂於竹梢下有釣臺繫以小艇

可以游蕩此東園之大致也入西園門建嶺學祠則供歷
代之兩粵鄉賢名官者如士咸彥陳白沙海忠介陳榕門
韓昌黎柳子厚蘇東坡王陽明等二十餘人大半多已忘
記此與濂溪祠每月朔望由院長率諸學子詣祠行香禮
畢然後到講堂講授也由嶺學祠右行一路梅坡經一膏
亭而至蓮韜館前據蓮池三面臨水花竹垂提清暉可挹
此區額與清佳堂張公俱有解說惜并忘之又折而西為
蔚藍天樓院中所有窗牖多鑲空明雜色玻璃惟此樓獨
用藍色正如雨過天青樓之前入月門小院則為院長寓
室焉此西園之大致也自頭門以及各處聯額多係張公
手書院外圍以垣墻桃港環之潮水漲時則灌入東園通
於各地院中四處長廊曲折不畏暑雨壁燈宵明來往均
便凡院內外所有隙地無不栽植花柳梅竹松蕉桃桂之
屬舊畜有二灰鶴時見飛舞後為有力者取去殊可惜也
至於院中學規不作八股試帖而分為經學史學理學文
學四科每月初二為官課十六為齋課出題不論多寡均
以四科為範圍諸生應課必以兩藝為完卷列榜則兩省
各分東西超等定額十二名特等兩倍之其餘則為平等凡

列超等每名獎銀三兩特等每名二兩平等每名一兩官齋均同膏火每月三兩盤費則視各府之遠近為衡最多五兩以次遞減至三兩而止仍每月支給其有事故告假者准四個月過此則須續假假中仍支膏費培植英才至為優渥此院規之大概情形也當落成之始都人士女來游觀者絡繹不絕又調派安勇多名日間守衛夜間梭巡惟建造未久所有花木已覺蔥蔚可觀二十年來歐風東漸新政紛更未知今日又改為何學堂矣余自戊子七月家公考取選調肄業至癸巳舉於鄉後不復入院中間旋里應試往返數次而凡院中考列超等者公復召至學海堂面加訓誨時同學十餘人余幸廁末坐焉回憶書樓登眺花徑追游風雨燈宵誦歌互答只今思之杳然如夢此可為感念也宣統二年冬月鉼山追記

畫竹

蒼天吹到舊東風留得湘筠倚暮空遥憶荒山殘雪裏歲寒蕭

瑟與誰同

幾竿拂檻半籠煙翠影離披過雨天莫謂孤高終傲物有時折

節向風前

碧欄干外送新凉勁節凌秋半老蒼惟有月明來寫照淡描清

影上西墻

春痕幾日到幽林籜解新篁長綠陰從此曲成隨世用通材休

謂不多心

悼議局同事黄甲山孝廉

神交燕北十年前鄉榜君先我二年再到桂宫秋試罷同歸邕

管世情遷初冬同舟返里抵邑時付紙索我山水明年而君病卒 卧游空寫山河感風議終懟郡國編此日繐帷千古夢相隨妻女共幽泉

題墨竹

墨胎遺裔幾千年拂罷清風節尚堅莫道孤高混塵俗西山猶自入遥天

畫古石中有竹蘭

莫怨芬芳衆草間余情端合住空山 如何霜節蕭疏外相伴偶同此石頑

題所購得山水小幅并記

庚戌秋余再赴桂林議局偶步西華門購得此幅觀其着墨無多而用筆疏落頗有淡遠之致署款爲歐陽默仙亦知其里居何許人暇日展玩聊誌數語亦猶隨園之於篁村而已因系以詩曰

一曲溪山水雲遠幾間茅屋傍林晚小橋扶杖者誰子莫是餐霞嵇中散

後閱廣西雜誌始知默仙乃清道咸時蒼梧縣人隱於醫其畫法頗得癡黄筆意而知之者少

嶺西餅山曾此愚稿

瓶山詩集辛亥

畫蘭

桃李園中競豔陽紛紛紅紫鬬羣芳却教一瓣心香在長此孤琴伴素王

幽窗簾捲自蕭閒惟有尋花蝶往還誦到循陔滋晩句尚留悱惻在人間

不須摘取插銀瓶浥露紛披石氣青夜半睡醒燕姞夢已同玉樹長階庭

可笑當年荀令君，一生香癖把衣薰。豈知入到高人室，欲挹清芬久不聞。

議局同事植培初邀集於桂嶺一樓，招妓侑觴，感賦（赴桂第三次）

落魄歸來十五年，那堪重夢杜樊川。尋春老我秋將晚，回首前蹤一惘然。

相逢萍水是天涯，安得雙雙各有家。却恨彼蒼轉多事，生他偏遣貌如花。

臨風玉樹可憐生，誰把蓮花種火坑。莫笑蘇州腸再斷，人非木石孰無情。

樓頭日夜競徵歌翻對佳人感慨多花柳年年風景在可堪壓
事起山河

黄琴堂以游滇韻語見示賦此寄懷并以還之

過我怱怱剛半日一行作吏又歸田驚心滄海悲亡越過眼雲
山别古滇戎馬幸回荒嶠地鸎花好詠豔陽天寄言魯直休頹
廢迂闊南豐望後賢
越南曾為起天戈苦戰誰知竟議和貢象自歸秦郡縣飛鳶不
復漢山河可憐廢主甘安樂長使游人發浩歌此日故宫成海
市吏無荆棘卧銅駝

一自西人騁氣車滇游不憚嶺重遮玉龍出海騰雙塔金馬嘶風望五華媚外庸臣空食肉窺邊强寇欲分瓜賸他遺蹟吴藩在猶是銅宮矗晚霞

華夷紛亂雜衣冠白黑山河弃未殘大局竟成千古創此身忽判兩人看翻教閣部爭君主又見鄉紳作長官帝制已更臣節泯滿天征雁朔風寒（國變後建立民主時宣統尚未遜位各省反正軍隊陸續進發）

披衣從此入園林三徑淵明足賞心壓夢乍醒窗月迴游蹤回望陣雲深化為猿鶴天應墜起到龍蛇陸恐沈聞道萑苻尚橫梗却來高唱送琴音

桂林三度賦歸來
鄉舉重膺負衆推
爲國豈知遭變故（九月十七日桂林宣布獨立二十夜兵變同事逃散一空）
因人堪愧濫庸才
折磨老我詩懷淡
游歷輸君眼界開
聽罷樵歌山色晚
苦教野客重低徊（琴堂自號憨樵）

舊衫

一領藍衫二十春
幾回厭故幾更新
名場爲我增光耀
世態蒙他飾苦貧
申浦煙花餘粉黛
京華車馬污風塵
好將改造趨時樣
從此衣冠異代身

缾山詩集跋

曾缾山師之詩前編八卷後編一卷外編一卷十年前師曾手手鈔前編八卷寄與師之摯友蘇寓庸先生作序蘇則轉其門人陳柽尊所未發蘇下世而師亦歸道山時民紀廿二年二月也當師在時朝桐屢以剞劂為請師撝謙以為未可旋又謂再有所刪改寄蘇之本當為副本云茲由子翔師叔處取得底稿悉心整理猶憶少時師嘗批示朝桐曰國朝論詩王漁洋則主神韻沈歸愚則主格律袁倉山則主性靈就三家而論性靈為宗神韻為次格律則又次之有性靈然後有神韻有神韻然後

有格律以格律者貌也性靈者神也近時張香帥則謂神韻不如神味具有言盡而意不盡之妙故漁洋之詩雖稱大家而未免於薄則以味少之故也歸愚之主格律仍多襲貌而遺神即倉山詩專以性靈為主今之論者猶以為失之尖巧其他可知矣曾文正之論文曰有氣而後有勢有識而後有度有情而後有韻有趣而後有味愚嘗謂此四者亦可以移而論詩誠以作古體不可無氣勢識度作今體不可無情韻趣味是在學者神而明之故涵泳之功不可少也又云古大名家少有咏物詩者間或有之亦必小中見大或別有寄託乃為可誦若專從體物

上雕琢不惟不能佳亦難出色又云作詩須於題外另尋蹊徑
不必於典故中塡寔又云作文不可用道學語作詩更不可用
道學語云云今觀師之遺詩洵得神味之旨有目共覩鵠桐安
敢阿其所好哉民廿四跋於邑城之隆安公所

廣西鄉賢遺著編印委員會贈
鉼山全集
第五冊
詩

詩集後編

缾山詩集後編目録

潘朗軒以所編游白鶴岩徵詩寄閲勉步原韻并以奉還

朗軒復用前韻贈詩爲贄因反而叠之以答高情

讀黄雲生和白鶴岩詩仍次前韻賦此爲懷

讀陶文山同年和白鶴岩詩再叠前韻并以見懷

讀許介侯和白鶴岩詩第二首有感昔游回叠其韻和之

又讀介侯時事有感六叠前韻再和一首

五月菊

論古絶的四十五首

九日登鉼山觀音岩偶作

為人畫扇面

追悼歐文符同年歿於桂林鎮守使署

畫仙山樓閣圖

感事六首

敗士卒

擄婦女

假官軍

拉伕役

圍股匪

剩園紳

財政廳顧問蘇尚義同學贈畫并詩賦此奉答即以寄懷

爲友人畫山水屏幅

作山水扇面四首

爲陸達源畫山水横幅

馬子勤以丁卯元旦行年七十寄七律六章索和次韻奉答作四首

爲黎耦齋作山水四小幅

烟波釣叟圖

黄山雲海圖

曲江觀濤圖

踏雪尋梅圖

為友人作桃源山水畫

畫陶淵明眠醉石上觀瀑圖

畫雪景圖

為人畫竹石

同學蘇寓庸廳長以詩索畫次韻奉答即題其上

蘇寓庸同學贈詩酬畫依韻奉答并寄拙稿請正

追悼楊伯騶同學

得蘇寓庸書賦此寄懷

爲人畫便面

追悼蘇寓庸同學

鷓鴣

詠菊花三首

黄菊

白菊

紅菊

題所畫扇面與外孫陸士傑

又畫山水扇面三首

種梅

爲人畫山水扇面二首

昨宵

焯石蕭萵樹

爲人畫山水小幅四首

夢中偶成

爲人畫竹

為琴堂寫竹壽母并題頌辭

又一首

為人畫山水小幅

煙波釣徒

踏雪尋梅

為人畫扇面

時事書憤

三月菊

為人畫山水中堂

自題獨立小影

中秋夜對月書事

閱香港中興報不匱室主次韻大厂九月十八日作感步原韻

缾山詩集後編

嶺西缾山曾此愚稿

讀倉山詩集仿杜少陵戲作論詩十六首并序

清代詩人自梅村漁洋之後乾隆間有袁蔣趙三家並稱而袁集最行於世倉山之詩王述庵謂其清微雋妙筆舌互用能達人之所不能達其感人尤爲得力自是確論蓋其吐棄渣滓咀吸精液不事雕琢自然綿遠或者謂其頗近香山要非類似也嘗讀少陵戲爲六絶句作論詩十六首引前人詩話敘詩學之大旨並畧述之

見附於每首之下要亦不違今人愛古人之意云

我讀倉山詩集罷此生緣起學謳吟等身著作成家數各有千秋一片心憶少時學詩從唐詩三百首始繼讀之選讀有心得及借閱倉山詩集乃悟得其妙諦矣

廣被糟粕吸精英力挽才思入性情金石宮商容雜奏元音終取律和聲嚴滄浪詩話云孟浩然之詩諷詠之久有金石宮商之聲　姜白石詩說云一家之言自有一家風味如樂之二十四調各有韻聲乃是歸宿處無俗者語雖似之韻則亡矣　袁隨園詩話云千古善言詩者莫如虞舜教夔典樂曰詩言志言詩之必本乎性情也曰歌永言言歌之不離乎本旨也曰聲依永言聲韻之貴悠長也曰律和聲言音之貴均調也知是四者於詩之道盡之矣又云詩有音節清脆如雪竹冰絲非人間凡響皆由天性使然非關學問

解識風流無一字可知遺韻在三歎冥心我欲追高妙悟到空
靈化境難

王阮亭香祖筆記云表聖論詩有二十四品余最喜不著一字盡得風流八字四庫書目謂其亦深有味外之味所論實妙契精微姜白石詩說云詩有四種高妙一曰理高妙二曰意高妙三曰想高妙四曰自然高妙一篇全在結句如截犇馬詞意俱盡如臨水送將歸詞盡意不盡又云若夫意盡詞不盡劍溪歸棹是也詞意俱不盡溫伯雪子是也袁隨園詩話云嚴冬友曰凡詩文妙處全在於空譬如一室之內人之所遊焉息焉者皆空處也若窒而塞之雖金玉滿堂而無所安放此身處又安見富貴之樂耶鐘不空則啞矣耳不空則聾矣又云孔子與子夏論詩曰窺其門未入其室安見其奧藏之所在乎前高岸後深谷泠泠然不見其裏所謂深微者也此數言即是嚴滄浪羚羊挂角香象渡河之說愚按樂記一倡而三歎有遺音者矣鄭康成云三歎三人從歎之耳孔穎達從之朱熹則謂蓋一人倡而三人和也諸說皆以三歎為三人未免太鑿愚以為三歎

猶三思三復云爾非確數也遺音猶餘音也一倡三歎有遺音者乃人聲與樂聲相唱和猶詠歎長言反復不已故希聲鏗爾而有餘音也

文本天然筆有神一時摹寫在清真體裁固要開生面寧有衣冠類效顰袁隨園詩話云或問詩不貴典何以少陵有讀破萬卷之說不知破字與有神三字全是教人讀書作文之法蓋破其卷取其神非囫圇用其糟粕也蠶食桑而所吐者絲非桑也蜂采花而所釀者蜜非花也讀書如喫飯善食者長精神不善食者生痰瘤又云高青邱笑古人作詩今人描詩描詩者像生花之類所謂優孟衣冠詩中之鄉愿也又云王菎繩曰詩有真者有偽者有不及偽者真者尚矣偽者觀前輩論詩如王漁洋主神韻沈歸愚主格律袁倉山主性靈三者固不可少近張南皮則又於三家之外別取神味

同茲景物舊山川想像終知別有天盤礴寫來雙絕處箇中意

匠情誰傳

蘇東坡謂讀王維之詩詩中有畫讀王維之畫畫中有詩王阮亭詩話引莊子云宋元君將畫衆史皆至受揖而立舐筆和墨有一史後至儃儃然不趨受揖不立之舍使視之則解衣盤礴臝君曰可矣此真畫者也詩文須情此旨意隨園詩話云自古文章所以流傳至今者皆即情即景如化工肖物著手成春故能取不盡而用不竭不然一切語古人都已說盡何以唐宋元明才子輩出能各自成家而光景常新耶又云方亨咸論畫云神品如孫吳能品是刁斗森嚴之程不識逸品則解鞍縱卧之李將軍又云厚不因多薄不因少余愛其言可通於詩故錄之愚按杜詩意匠慘澹經營中雖是題畫然煅詩未就實亦有此工夫

青天木葉傳空籟秋水芙蓉見化工一寫希微一清逸同應積

絕盛唐中

王世禎曰太白詩以氣為主以自然為宗以俊逸高暢為貴子美詩以意為主以獨造為宗以奇拔沈雄為貴愚按杜詩之天清木葉聞此天籟也李詩之清水出芙蓉此化工也是即嚴滄浪所謂空中之音鏡中之

象

少陵自是多情種，玉局終推慧業僧。卻愛滄浪禪作喻，漫將法相衍傳燈。

王漁洋筆記云：捨筏登岸，禪家以爲悟境，詩家以爲化境，詩禪一致，等無差別。又云：朱少章詩話云：黃魯直獨用崑體工夫而造老杜渾成之地，禪家所謂更高一著也。此語入微，可與知者道，難爲俗人言。又云：余偶論唐宋大家七言歌行，譬之宗門，李杜如來禪，蘇黃祖師禪也。袁隨園詩話云：嚴滄浪借禪喻詩，所謂羚羊挂角，香象渡河，有神韻可味，無迹象可尋，此說甚是。然不過詩中一格耳。阮亭奉爲至論，馮鈍吟笑爲謬談，皆非知詩者。詩不必首首如是，亦不可不知此種境界。如作近體短章，不是半吞半吐，超超元箸，斷不能得弦外之音、甘餘之味。滄浪之言，如何可詆？若作七古長篇、五言百韻，即以禪喻，自當天魔獻舞，花雨彌空，雖造八萬四千寶塔不爲多也，又何能一羊一象，顯渡河挂角之小神通哉？總在相題行事，能放能收，方稱作手。

王孟高岑俱並世自標格調勝唐初江山登眺園林樂風景京都歸感興餘王阮亭筆記云汪鈍翁嘗問予云王孟齊名何以孟不及王予曰正以襄陽未能脫俗耳汪深然之且曰他人從來見不到此愚按王孟之五言律高岑之七言古俱為盛唐高調五律如王之輞川閒居終南別業酬張少府孟之登峴山宿桐廬別王維諸作寫景寫情一片化境芳郊游思遠山青禪院靜聞誦佛經絕似東籬微雨內蕭然物外已忘形袁隨園詩話云凡作詩寫景易言情難愚按韋應物之東郊柳宗元之道院讀經與陶淵明之采菊東籬下悠然望南山微雨從東來好風與之俱等句得其清妙西崑體與江西派山谷樊南各造微醇也感懷白諷諭別饒風雅任交識四庫書目云義山詩於綺靡之中多所寄託學杜甫而得其藩籬庭堅詩工於用事雖穿穴鎔鑄而無痕

學杜而能脫穎而出唐宋詩醇云昌黎論詩專主李杜而風骨崚嶒腕力矯變得李杜之神而不襲其貌則又拔奇於二子之外而自成一家香山詩亦出於杜而變杜甫之雄渾蒼勁而為流麗安詳不襲其面貌而得其神味者也愚按韓詩如八月十五夜及謁衡嶽廟等作多感慨身世固近乎雅白詩如秦中吟新樂府等作多諷諭時事則近乎風此所謂詩言志者也

天階織女託微辭碧海嫦娥寄所思最是言情小李杜義山何異牧之詩

袁隨園詩話云楊誠齋曰從來天分低拙之人好談格調而不解風趣何也格調是空架子有腔口易描風趣專寫性靈非天才不辦余深愛其言須知有性情便有格律格律不在性情外三百篇半是勞人思婦率意言情之事誰為之格誰為之律而今之談格調者能出其範圍否愚按七言絕句如杜樊川之赤壁泊秦淮寄揚州金谷園李玉溪之夜雨寄北寄令狐郎中瑤池賈生等詩遙吟俯唱情韻橫生而杜之秋夕與李之嫦娥

姊二首尤為
同其寄興也

何須摩斥判英華千古春風萬樹花佳麗由來稱絕代環肥燕
瘦總名家

袁隨園詩話云詩分唐宋至今人猶皆守不知詩者人之性情唐宋者帝王之國號人之性情豈因國號而轉移哉又云徐朝齋嵩曰有數人論詩爭唐宋為優劣者幾至攘臂乃援嵩以定其說嵩乃仰天而歎良久不言衆問何故曰吾恨李氏不及姬家耳倘唐朝亦如周家八百年則宋元明三朝詩俱號稱唐詩諸公何自爭哉須知論詩只論工拙不論朝代譬如金玉出於今之土中不可謂非寶也碔砆瓦礫傳自洪荒不可謂之寶也衆人還之乃閒口散又云人或問余以本朝詩誰為第一余轉問其人三百篇以何首為第一其人不能答余曉之曰詩如天生花卉春蘭秋菊各有一時之秀不容人為軒輊音律風趣能動人心目者即為佳詩有總其全局而論者如唐以李杜韓白為大家宋以歐蘇陸范為大家是也又云詩有大家有名家大家不嫌龐

雜名家必選字酌句余逼作者自命當作名家而使後人置我於大家之中不可自命爲大家而轉使後人屏我於名家之外又云余嘗謂美人之光可以養目詩人之詩可以養心自格律嚴而境界狹矣議論多而性情漓矣愚按古今有人卽古今有詩固非朝代所能畢限大抵風會所趨生當其時者事勢變遷漸感觸不因之而異蓋彼此一時要難以前人律後人耳

葩經垂教在溫柔情思纏綿韻最悠十五國中想風化南豳首獨神遊

王香祖筆記云李白云興寄深微五言不如四言七言又其靡也此獨謂三百篇耳若後來韋孟等作有何興寄但如嚼蠟耳風雅中如燕燕于飛差池其羽我來自東零雨其濛鸛鳴于垤婦歎于室昔我往矣楊柳依依今我來思雨雪霏霏蕭蕭馬鳴悠悠旆旌等句後千萬世縱有能言涉何處着筆耶又漁洋詩話云余因思詩三百篇真如化工之肖物如籊籊竹竿之思蒹葭蒼蒼之懷人小戎之典制碩人之章寫美人之姚冶

七月次章寫春陽之明麗而終以女心傷悲殆及公子同歸東山四章之其新孔嘉其舊如之何寫閨閣之致遠歸之情遂爲六朝唐人之祖無羊之或降于阿或飲于池或寢或訛爾牧來思何蓑何笠或負其餱麾之以肱畢來既升字字寫生恐史道碩戴嵩畫手未能如此極姸盡態也愚按周南之采采卷耳四句及豳風之春日載陽九句其懷思感悵實有委婉纏綿之致想見當時春和景明踟躕郊野情態

蘇李而還十九章遙從漢魏近齊梁漫云蕭選多浮藻樂府歌行此濫觴

袁隨園詩話云唐以前未有不熟精文選理者不獨杜少陵也韓柳兩家文字其濃厚處俱從此出宋人以八代爲衰遂一筆抹殺而詩文從此平弱矣又云無題之詩天籟也有題之詩人籟也天籟易工人籟難工三百篇古詩十九首皆無題之作後人取其詩中首面之一二字爲題遂獨絕千古四庫書目云文選爲文章淵藪古人總集以是書爲弁冕良無忝焉愚按蘇李等詩其氣息頗與古詩近似蓋古詩爲兩漢人作故自後

六代諸詩皆不能出其範圍亦趨勢使然也

一自鍾嶸分派別歷朝著作論高低豈知情境隨身世何必源流定品題

四庫書目云鍾嶸詩品取漢魏至梁能詩者一百三人分爲三品各冠以小序每人又系以論斷惟所稱某人詩源出某人頗爲武斷至其妙解文理不減劉勰王士禎嘗病其次第高下多所違失愚按詩之爲道實緣乎境境之所遇感而爲詩歷代詩人各有性情亦各有才氣各有獨到亦各有專長在諸子中既自分其派別遂以成其家數故不論歸於何品要其所至無非思與境之所醞釀而出蓋思爲人籟而境爲天籟其微妙有難以言詮者此自關乎才調之名殊與夫天性之所近而所處時地則又不同固毋庸分其流派而定其品評也

鉼山有鳥唱朝昏啁唧堪嗤瓦雀喧獨慨古人今不作更將工

拙向誰論

爲韋浩摹畫山水四小幅

拂面東風意渺然落花流水自年年人間果有桃源路好覓紅塵世外天

舟車紛逐滿塵寰誰復尋幽到此間讀罷南華蠷不語卧聽泉水坐看山

秋來風景淡山家蕭槭疏林夕照斜望斷九州塵海暗數聲雲雁入天涯

當年未得訪西湖遥憶高人一岫孤溪畔梅花幾開落更無踏

雪此騎驢

越王臺懷古用柱雅雲女士韻二首

阿房一炬判興亡，雄峙高臺起粵王。城郭俯看秦故郡，山河遥據漢邊疆。猶聞左纛飄楊越（史記南越列傳著定楊越），終見樓船下桂陽。今日春風依舊至（楊誠齋詩越王歌舞春風地今日春風獨自來），林花何處認長廊。

鹿逐中原二世亡，虎爭南徼尉佗王。遥陵五嶺分閩界，睥睨三川控楚疆。珠海入窗猶夜月，石門當檻幾斜陽。遥知使節重開宴，歌舞岡頭對畫廊。（越王臺即朝漢臺當在越秀山鎮海樓左右越秀山即歌舞岡也漢高使陸賈入粵文帝時再至）

題山居圖

柴門斜倚樹陰齊山色連空一望迷雲外僧樓孤塔外溪西漁棹短橋西花藏幽谷香彌衣松入青霄意未低俗慮已忘詩思遠流鶯來聽隔林啼

寄贈廣州中原報館某女士五首

坤輿漠漠黯微塵說法憑誰此現身林下風高才曠代窗前雪皎的吟春空談未羨雄文士大夢堪嗟濁世人翹首嶺東平社集平社爲中原報諸君所組合有平社集雜詠天教廿紀競維新

蓬門不作嫁衣裳雲錦偏來織報章中原報錦綉一欄爲女士所編輯學比大

家修史闕吟同漆室爲民傷九州瀛海歸懷抱千載山河放眼光閨秀從今生異彩綺羅何事賦清揚

鬘雲除却玉搔頭（女子剪髮爲無礙）休云類比丘（女士所發起）貧淚眼中唐格調（中原報說海一欄有貧女淚長篇爲女士所着）冷言否底晉陽秋（中原報冷言一欄女士時有評論）要歸般若依平等（金剛經云我法平等無有高下）豈效羅蘭誤自由（羅蘭夫人言自由自由不知幾人爲你所誤也）知否寰區諸姐妹珠江今正湧潮流

紹袁家學泝芳徽（明葉紹袁有三女皆能詩）秀起英姿世所稀漫說序圖誇錦鑑（盤鑑圖爲南海女子所製係四言迴文體唐王勃爲之序）從聞入道棄羅幃（晉楊苕華東莞人因未婚夫王晞棄俗出家苕華以書勸之不返亦從入道）黃花弔後慈鵑泣秋草吟殘感蝶

飛（女士有吊黃花岡秋草等詩）東望童男氣正兇同儕盍聽不如歸（新不如歸見中原報爲女士譯本）曼紅樓聳海天晴（係女士所居別號）萬里西風送雁聲玩物愧他甘貯屋媚人從古説傾城好脩允瑞參邦政（元鄭允端著有肅雍詩集謂萬國女子參政會代表鄭毓秀女士）應與蘭香寫世情（漢仙女杜蘭香謂杜雅雲女士）老我荒山空感悵書堂泥爪似前生（余卅年前曾在廣雅書院肄業此館園林思之如夢）

題坤伶碧雲霞飾昭君出塞影子五絶句并序

薩壓客佗城以碧伶半身小照見寄嗣閲中原日報復見纂輯碧雲霞集出版編次照有昭君出塞豔影胡裝

毳服幽怨婉俏如覩二十載以前情事余寓居西嶺於聲色藝三者未獲當場領略而環誦吟贈諸雅什大都海內之文人墨客為之贊揚而表彰之於以見世界潮流所謂天演之優級大舞臺固不獨男伶之擅為專美也往者清季之末有提倡改良戲劇為社會教育之鼓吹誠以學校事業既難為廣眾觀感而女樂之聲容歌哭其入於人也尤深特近時排演每好為猥鄙淫褻之作未免影響於風化耳竊謂古來外交之失策自和親始和親之請行自昭君始因感於漢元之故輒聊託韻

語以見意並以懷想碧伶無端悵觸亦欲賞音者知山野荒僻中尚有此人之同調也其歷史見遽郎小傳茲不贅云

雪梅聞道共爭春（粵中李雪芳林綺梅二女伶為近時之特色）何似青霞現化人絃管聲中明月夜乘鸞仙子是前身

古來豔史說如花幾見蛾眉為國家慷慨請纓歸絕塞（洪北江詩話謂昭君本自請行與西京雜誌異）至今青塚殉胡沙

琵琶一曲餞春風馬上何須怨畫工麟閣英姿空戰績烏孫公主已和戎（自漢高遣劉敬與匈奴和親嗣後數帝皆沿以為例惟烏孫公主來歸）

翹翹胡服嫋躍瑜想見鷺喉一串珠唱到李倫秋草句閼氏從此沒單于

孫娘劍器誰能舞韓女梁音只善歌越客周頭入海噪謂歌舞周紧臺回首漢山河

畫山水二首

山水含清音希微入天半危崖翳幽木舟行轉石岸蕭瑟泉籟鳴風吹響忽斷恍若和篙歌一唱而三歎

幽棲遠俗囂山林日蒼翠瀑布自奔流去作農田利出雲同我懶飛揚吏無意撫檻正閒吟隔溪故人至

又三首

我來坐江亭天光映雲水孤帆過前洲白鷺忽飛起

風景故不殊舉目山河變何處隔紅塵林泉事游衍

朝煙浮作雲前峯揭幽瀑塵事入微茫蕭然靜心目

爲人作山水題的

誦到乾坤一草亭聊將詩句寫丹青浣花勝蹟今應在留得雲

山入畫屏

隔溪村遠白雲隈策杖閒行倦眼開前犬不知去何處回頭還

望過橋來

連峰過雨洗青蒼來向晴江泛野航昨夜故人曾約我山樓儒酒看秋光

滄江來去一漁翁北雁聲高入暮空秋水長天斜照晚半林霜葉落江紅

一肩樵罷返村家流水寒林石徑斜忘卻山中殘雪後數株香雪點梅花

潘君朗軒以所編游白鶴巖織詩寄閱勉步原韻并以奉還并序

隆安城外有白鶴巖者為邑人士宴游之所其名勝古

迹具見志書僕未之到也潘子朗軒曾作游詩七古一篇徵諸里人及當世之詞客名媛之能此道者步和唱酬得若干首編為一卷此誠足為山川生色亦且以誌因緣而託黄子琴堂介紹於僕為之點定僕也愚何足以言詩哉半生來南北出處發為謳詠不過抒其感觸豈足以廁於古作者之林乃者辱承雅什謬加虛譽僅勉綴俚句以報盛情其他諸作繹其旨趣固各達其所言惟黄雲生與陶文山此兩君者為僕曩時舊識覽斯餘韻如覩其人故復遥藉和章以寄懷想莊子所謂聞

人足音跫然而喜者其殆是耶他日幸附驥尾傳之於世鶴也有知倘不以鉼山爲鄙俗得相與輝映而益彰焉是則窮荒烟雨中當不至沈淪於培塿也已

鴻冥鳳舉鉼山約（山在城南三里許）中年絲竹寫哀樂他山乃有千歲鶴卻向靈巖棲棲託雪月梅花幾開落丹頂玄裳仍躊躇遮莫神游夢運遥追逐仙真共翔躍華表滄桑任奚若飲來鍾乳甘可酌混沌不知竅幾鑿峪岈聊當雲垂幕爲閉鶴兮翮豈弱局不軒昂奮盤礴天關今已無鍵鑰三島十洲迥宏綽豈爲鳴皋響震鏄倦飛且自隱林壑鶴也聞言諾不諾遠音應笑我拙作

遐想仙姿以臆度迹象依稀了無着

朗軒復用前韻贈詩爲贄因反而疊之以答高情

年來身世兩無着出處何心更籌度惟讀游山諸和作登高一呼衆峯諾清風入松水鳴聲雜奏琴箏與錞鐏想見烟雲卷輕綃洞天奧妙探祕鑰氤氲華嵩欝磅礴崛起青冥振靡弱有如皓月照帷幕圓渾修成泯斧鑿或如行潦屡洞酌挹注無窮藻紛若噬我龍津妄騰躍聽此嚶鳴只蠶噩敢云春雪麗且嚼老去吟懷久荒落疏樹明爲衆鳥託仙巖自有馭空鶴寄語新知樂莫樂文字因緣始今約

讀黃雲生和白鶴巖詩仍次前韻賦此為懷雲生名誠沅

憶昔珠江我曾約歸棹與君詩酒樂他日寄書閬苑鶴雲樹相望各有託鳳兮北翔羨砳落雲生家近處有山名超鳳見其尊人所著丹崖詩鈔琴鳴滇海雪花瞬雁則亭飛窮灝噩桂水秋風出門躍壬辰歲余在廣雅書院肄業雲生以在滇補用縣丞次燕都回至廣州與余同舟抵邕明年余赴桂林秋試忝列賢書卅年世事今奚若感時應把金罍酌曷不天山孔連鑿而乃閱牆起戎幕鷸蚌相競強弱彼蒼戾氣何滂礴誰見雲岩啟雲鑰胎仙屹自竦寬綽風吹萬籟送鐘鎛别有山川與邱壑呼君不聞不我諾聊寓風懷和高作聞雲生前數年返里為隆邑人士聘修縣志今復往滇天意蒼茫那可度一

局危棋看人著

讀陶文山同年和白鶴巖詩再疊前韻並以見懷（文山名天德，與雲生均武緣人）

自有盧祾論民約，所好所惡同憂樂。惟君昭邑舊琴鶴（即平縣治），百里蒼黎得所託。胡意中傷職竟落，終覺此心雪同曠。世既文明易渾噩，臺舞共和辛一躍。法治不能又奚若，淵明只把菊杯酬（文山著有愛菊堂詩文一卷）。懷抱豈甘老耕鑿，花縣情然入蓮幕（戊午夏為隆邑司法）。科我聽鳴皋愧荏弱，遵渚仰看廻盤礴。憶忝秋闈出扃鑰，一榜同年盡綽綽。韶奏鳳儀聲與鏄，鸞翮既鎩歸巖壑。尼父中途可

復諸鄭侯衡麓應再作莫將玉尺更裁度祖鞭幾輩已先著

讀許介侯和白鶴巖詩第二首有感昔游因疊其韻和之

介侯名晉祁臨桂人前清翰林

桂山游屐幾回著何峰特峻未量度絕頂曾攜鶯人作搔首問天天不諾但覺滿胸塞邱壑更聞群籟酣笙鏄驂鸞一覽諾宏綽楚湘粵灘此爲鏞我學右丞寫盤礴腕底揮來筆力弱猶憶名場未闢幕雲梯苦費巨靈鑿月宮桂酒幸偕酌恍惚霓裳真夢君龍門既登不復躍棘院重來轉驚噩余自癸巳舉於鄉後至己酉頒行新政被選爲諮議局議員重到桂林從前之秋闈試院已改爲議會矣秋色入棲雲影嶙屹與秀峰矗

碧落塵海滄桑感誰託城郭人民付遼鶴西方世界豈極樂蝸角觸蠻已協約

又讀介侯時事有感六疊前韻再和一首

我聞民國始立約居業從今得安樂胡化蟲沙又猿鶴更被災荒靡所託自從袁賊未殂落臭遺神器澤不𤓰破壞共和滅渾噩鎮鄉之兵競踴躍南海因攉北海若（因若均海神名，南見山海經，北見莊子）爭裂金甌各分酌坐使洪流莫疏鑿安能天地為席幕又況食強侮肉弱鰐浪鯨濤湧澎礴海禁洞開失鎖鑰起陸龍蛇肆闔綽警衆徒聞撞鐘鎛終恐夜盜藏舟壑問天不言呼不諾斧誅何

益春秋作爲將時勢更審度今日黄袍那能著

五月菊

記言鞠有華每在季秋月此花質雖柔原是傲霜雪我昔種數叢殘枝半未折今春茁嫩蕊含英各攢列入夏漸已開清晨淡香發却憐憔悴色未免杲日烈所性久耐寒胡爲轉附熱世情既趨時物理或改節靈均資夕餐淵明和露掇紅榴自光耀白荷共芳潔炎涼故無常榮枯那堪説端陽作重陽吟罷蟬鳴樾

論古絶句四十五首（本非一時之作合寫於此）

四維已壞孰重恢遺烈泱泱憶霸才此日海山仍故國扶桑潮

汐漢城來 管夷吾

龍已歸淵蛇在野，入山既不自論功。介推未免傷於介，忍並慈闈一炬紅。 介子推

故交何苦哭秦師，爲劇惛權豈逆施。縱使青蠅飛一劍，怒濤猶自擁鴟夷。 伍員

既沼吳宮報會稽，攻心應讓越溪西。遺書此去江湖棹，分付興亡又入齊。 范蠡

養生齊物人間世，天地逍遥知北游。已覺此身吾喪我，夢中胡蝶共悠悠。 莊周

傷春心復悲秋氣濁世憂思總不堪雲雨巫陽空寄夢美人香草沒江南 宋玉

六國紛紛果帝秦便投東海肯爲民漫因排解酬圭爵一片高雲世外身 魯仲連

築城只爲拱皇都那識宮中自有胡逐客枉教裁帝業秋霜莫護殞扶蘇 李斯 史記李斯列傳有秋霜降者草花落此是趙高語

漫道風迴采藥舟童男今已出瀛洲居夷空闢殖民地不及乘槎入海浮 徐芾

篝燈莫笑學狐鳴輩命先看出隴耕鴻鵠影高秦時起風雲從

此暗咸京陳勝

商山去後更誰從圯上當年想赤松看到狗功烹已畢便應辟穀訪仙蹤張良

可歎王孫説報金坐竿猶念餓淮陰本非魚水情相得推食同歸一餌沈韓信

三年漢相説規隨百姓謳歌清淨詩畢竟朝中酣醉日可能天下太平時曹參

故人贈別轉悽然歸國回思十九年落盡節旄猶不亂翻留胤子泣胡天蘇武

良媒何處託情衷，戀愛翻從綠綺中。自古風流傳韻事，佳人才子屬臨邛。司馬相如

孤軍援絕竟降胡，太史推稱致見辜。千古名山傳述在，是非一任了殘軀。司馬遷

王母蟠桃瑤島邊，三偷一萬八千年。歲星游戲人間後，承露盤高自入天。東方朔

披裘依舊富春江，御榻何如此釣矼。肯爲故人天子貴，便抛狂態起蓬窗。嚴光

越裳藩服古南交，誰限雄關扼嶺坳。銅柱已埋亡國恨，飛鳶猶

自颱分茅　馬援

曾聞鑿空北天山，又見臨邊西海灣。征服枉教探虎穴，漢威仍漸玉門還。　班超

漢賊終知不兩存，如何脣齒欲吳吞。半江八陣聲嗚咽，白帝城中杜宇魂。　諸葛亮

宴游幾度漢江皐，今古登臨感逝滔。一自玄思碑有淚，流風長此峴山高。　羊祜

蒼生屬望且敲枰，兒輩長驅正用兵。爲問運籌拚賭墅，山河一局幾輸贏。　謝安

筆陣傳來魏晉初時人偏重换鵝書悠然高世形骸外序罷蘭亭感慨餘王羲之

老去應難學向禽回思山水寄遐心卧游只好圖來看聊寫清音入素琴宗炳

松菊歸來尚未凋自標高逸暮山遥怪他垂柳門前立何事攢眉又折腰陶潛

平章歸去曲江濱早識胡兒是亂臣不爲千秋忘古鑑九重何至竟蒙塵張九齡

謁來水竹陟崇岡閒撫孤琴野興長絶妙一枝詩畫筆乾坤都

入輞川莊王維

酒仙何獨羨劉伶月下花前幾醉醒謫到人間仍被逐夜郎迴首倚欄亭李白

浣花溪畔隱茅檐流落風塵此暫淹不謂憂時希稷契苦吟空負老夫潛杜甫

羅殘雀鼠圍城急一箭浮圖返磨雲妾肉已烹臣力竭笙歌遥聽進明軍張巡

赴召山人是白衣東宮苦爲誦瓜稀塵緣未了三生石遮莫衡雲出翠微李泌

才命由來兩析磨泛舟池上且絃歌楊枝駱馬休惆悵盡世英雄喚奈何 白居易

何須習靜遁雲岩生意窗前草不芟獨愛蓮花誰與識滿懷風月迴塵凡 周敦頤

家在西湖是小孤繞廬梅鶴占西湖水光山色西湖裏一幅西湖隱士圖 林逋

朝雲已杳落珠崖宦海飄零孰與偕堪感談禪湖上妓琵琶吟罷斷風懷 蘇軾

詠到熙寧政失中青苗新法起磬鴻直言苦上流民畫翻覆天

感為相公鄭俠

園名獨樂退閒身資治編成十五春守舊任教魁黨籍看他新法愧安民 司馬光

將軍在外無君命何遽班師奉詔還涅背已成三字獄騎驢爭得老湖山 岳飛

慟哭崖門事已休南來臣主入滄洲燕元枉自戕忠烈燕獄高歌正氣留 文天祥

豈惟十族忍殘民御極周公已滅親抵死為爭家國事孫忠何罪及他人 方孝孺

良知學說豈參禪，哲理翻流海外天。鄒魯只今多厭故，幾人國粹闡前賢。王守仁

霞飛北軍書慷慨，自雖不屈力難勝。梅花山上揚州夜，明月魂歸哭孝陵。史可法

隨園風景羨清華，拋却西湖到此家。行樂一生佳麗地，金陵山水六朝花。袁枚

湖州佳矣寂無聞，洒落空教憶此君。惟有板橋堪繼作，胸中逸氣已凌雲。鄭燮

九日登缾山觀音岩偶作

重九登高沿故事秋光依舊世情新如何佛法都平等偏唤山僧作上人

為人畫扇面

山環紅樹隔橋西秋水涵虛夕照低誰向畫中來策杖半空斜雁一行題

追悼歐文符同年歿於桂林鎮守使署民國七年林鎮軍出發援湘君隨營參謀軍次衡州病返桂林歿於使署

衡岳營中返桂林積勞何遽訃傳音自從磨盾籌方畧無復來函達素忱戎馬書生旗日暗斗牛劍氣帳雲深回思十載京城

別前清己酉頒行新政詔各省建設諮議局選舉代表議員時君與余初選當選到府郡覆選得再把晤迄至今永訣矣

望斷蒼峯隔遠岑

塵海滄桑國步更茫茫身世感前情一同秋榜儕陳重三試春官罷董生申浦煙花餘舊夢燕山雪月誤浮名而今萬念成空幻愁憶離亭晚笛聲戊戌會試報罷與君南下繞道北海至桂台爐方路而別

畫仙山樓閣圖

隨意等閒游攜筇石徑幽萬峯雲外插相對坐山樓

感事六首有序

民十以來所謂軍閥官僚土豪劣紳權利之爭混亂已

極以致兵禍盜患四境騷然嘗讀少陵之三吏三別雖時勢異殊而詩特沈痛爰將所聞見傚為六首固未能敘述詳盡然民生慘酷亦可見其大畧矣

敗士卒（桂軍由梧州退敗）

戰艦突上衝蒼梧忽敗退沿江不能守滔滔如崩潰大將督前鋒候已失所在軍士各犇散指揮不成隊直趨龍州路更向越南界落伍經僻處強橫猶故態開口缺川資空言事請貸否則諸同袍恐作無情對急議糴倉穀酒肉先犒賚餓鬼既索餐紙錢付一酹（時用紙幣）時有異鄉客疑為探敵愾煏煿飲以彈流血禍

田内嗚呼等螻蟻豈別具腸肺主帥失地盤幸免埋荒叢

擄婦女（東軍屠武鳴）

粵軍本鄰封征服侵嶺西麗江已血刃名山（謂大名山）又鐵蹄維時四野黄蹂躪傜榣畦屠戮更焚燒擄掠及中閨女將爲人婢婦再爲人妻前途隨所驅不殊犬與雞父母逃且散淚眼垂悲啼夫兒死或生肝腸割慘悽去去日已遠鄉里杳乖睽落花逐狂飈焉能廻故蹊亦知天壤間何處不可棲骨肉久則忘身世理亦齊哀哉以武鳴遺禍流長溪至今嗚咽聲黯淡愁雲迷

假官軍（股匪來城外駐紮）

兵既逃爲匪匪又冒爲兵白黑相反覆招撫非投誠渠魁號司
令託往大軍營假道云借宿詭謀思踞城是夜索餉糈恫喝出
惡聲未知我虛實圖變幸不成人心幾惶惶柝巡到天明忽見
鄉團集是夜飛函徵集鄉團狼狽乃自驚狂犇竄鄰境糾黨更合并遽里
大焚殺奪命判死生慘哉羅浩劫灰燼血肉横冤氣結遥山時
作憖鴟鳴上訴卒捕獲駢首填郊坑鄉人被禍者戮尸剖獰獰

拉伕役團部過往龍州

軍所以衛民我聞心轉怖雄筋動地來強入人家住其或閉拒
者兇悍竟遭怒舉石撞於扉洞開横卧具翌晨罷朝餐盤叢待

征路聲言輜重隊吏番運前赴力役尚有酬勞工亦云雇詎知
畏不應荷槍四捉捕僻巷倘被獲乞免索賕賂入室若闐其搜
篋攫錢布洶洶豺虎暴所過令人懼盜賊復何異安望為保護
似此無賴徒烏合由召募只好添新鬼游魂依草樹

團股匪 旅部劉匪於羅陽縣地

頻年患盜亂紛如下田蝗任其所囓食不旱成私荒山深復菁
密出沒故無常人畜與財帛搶掠資潛藏適來一旅兵游擊清
城鄉刑戮鄰團紳時由潭治捕來團紳槍斃於此罪狀通跳梁忽報小股匪竄
竄匿崇岡急炊且傳令拔隊紛啟行縱林正沈沈影頗伏貪狼

四面遂合圍困獸胥被戕聚殲百餘骸縱横、堆莽蒼烏鴉飽啄良草木滋脂肪柰何不畏死餘孽仍披猖村落又聞劫尾追已遠颺

刺團紳因往鄰村被害

士而稱團紳是爲民之特上以佐長官下以戢土賊無如處窮僻少淑而多慝倘非隱包容生命或不測獨有惡劣輩趨承奉貪墨鄉愚受魚肉奸譎類鬼蜮始則虎作倀擇肥供强食繼乃狐假威藉端用恐嚇致使恨刺骨無從訴冤抑利亡即害孝安樂豈能得孰意往鄰村路入碧山側突然飛白刃委壑無人識

可知里黨中相友在公德樹怨殺其軀誰能逞勢力

財政廳顧問蘇尚義同學贈畫并詩賦此奉答即以寄懷

有序

尚義同學自癸巳在廣雅書院別後三十餘年於兹矣今秋來邑忽以詩畫寄贈且索我山水因作孤山梅鶴圖并詩奉答以誌交情

遥天雁過菊花初忽接懷人一紙書千里溯洄方作客卅年契闊轉愁余梧江畫舫游蹤遠粵海燈窗夢影疏好助華宗（廳長蘇寓庸亦係同學）展經濟凋殘堪慨徧窮閭

書樓謂廣雅書院冠冕樓五載昔同犀折桂無端把袂分畫餅科名天北月奕棋世事海南雲葭濛秋水多朝露君詩有寥落晨星易感秋之句同懷同門已多化為異物楓艷春花已夕曛君畫楓林霜葉小幅見贈并題云時年七十有六矣咫尺邕州緣可證官廳剪燭待論文

為友人畫山水屏幅

與君策杖石橋西百丈山泉下碧溪好是此中滌塵俗白雲深處築幽棲

作山水扇面四首

秋景日萋萋寒林遠嶂低扁舟自垂釣山翠落前溪

世路風塵裏，雲山日又斜。有誰林下卧，樽酒對寒花。

拄杖立江頭，村林風景幽。雲山正撩亂，征雁一天秋。

村落日蕭條，清秋極萬里。征帆何處去，半沒晚煙裡。

為陸達源畫山水橫幅

我畫本無法，游心出虛造。乾坤入方寸，揮筆落素縞。此境何處仿，意象窮四墺。水闊滙平遠，山迴聳深奧。草堂三兩間，塵囂迴不到。岩泉滿清聽，松筠足嘯傲。所性耽幽逸，藉以寫夙好。棲隱即為仙，却署野人號。每憶輞川莊，林邱送琴操。策杖時往還，何必更高蹈。

馬子勤以丁卯元旦行年七十寄七律六章索和次韻奉

答作四首

春回西嶺雪霜稀過眼流光昨已非無分功名容我傲不才身世任人譏烟花好待携罇詠山水閒來信筆揮忽接佳章傳款曲頻教浣誦挹芬菲

卓犖如君蓄豹韜豈徒詩酒並稱豪自從麗水參帷幄復到澄江建旐旄老子甲兵今矍鑠書生戎馬昔賢勞斲輪莫道甘林下大用無期合善刀

吳南燕北我曾游歷海滄桑變未休猾夏已侵洲島國攘夷無

復帝王州總緣作孽牆相鬩不向爲公路共由老我景行空有志大同惟望衆擎甌

伏處年來久索居芳鄰偶步當東車每懷追逐文場後猶記談諧酒盞餘充隱且栽園叟菊食貧堪摘野人蔬固知自得君自號爲自得堂春俱暢俯仰乾坤獨感余

爲黎耦齋作山水四小幅

烟波釣叟圖

志和隱於漁自號元真子來往西塞山浮家共洲沚細雨荷蓑笠溟濛水烟裏移舟向葦岸白鷺時飛起江湖本散人何處不

可止流水泛桃花莫將武陵擬

黄山雲海圖

子才游黄山奇境呈大觀古松與怪石虬龍互屈蟠俯視見雲海尖峰羣簇攢有如列碧筍矗立盛脂盤須臾倏變滅依舊出林巒此境空想像聊寫圖中看

曲江觀濤圖

枚叔作七發曲江來觀濤水折是爲浙奮赫山阻撓當其所激湧駭浪天欲滔陰陽相噏吸中秋乃獨高豈真子胥神射之亦徒勞安得一往游更放詩之豪

踏雪尋梅圖

浩然獨愛梅騎驢時踏雪此翁何迷花以耐歲寒節惟其氷霜姿相與競皎潔天地皓一色聞香始自別朗若玉山行巳覺歷境絶想見灞橋人詩思共清澈

爲友人作桃源山水畫

淵明辭彭澤託寓桃源記此中有田園村居怡老穉無論今何代是想羲皇治自後莫問津不任劉宋意疏樹半繞屋南山挹遥翠撫松時嘯傲采菊聊吟醉世間空雲山洞裏別天地一篇歸去來斯爲賢者避

畫陶淵明眠醉石上觀瀑圖

大暑正蒸鬱無處滌塵容却憶陶淵明尋幽匡廬峰山徑轉林麓曲折兩三重高卧醉石上遠觀瀑布舂如傾萬斛雪揭成烟漾溶嵐氣蒼然來清涼透心胸想像寫茲境惜未經游蹤忽若聞濤聲蕭颯風入松

畫雪景圖

嶺外邑州西地帶臨赤道隆冬無氷雪盛夏尤炎燠暑徂火復流浹背汗如瀑解衣且盤礴聊想滌懷抱憶昔津門路荒郊白浩浩天地混無分萬物俱素皓我今寫寒光能否釋煩燥梅花

明月夜清絶孤山老

爲人畫竹石

紅紫終知遜世情高風何似此君清湘娥以外誰堪伴惟有元章所拜兄

見説湖州復板橋傳神均爲寫清標我今潑墨來塗抹洒落終難筆底描

東坡寫竹石自謂學與可此君本清高頑質共磊砢山野被樹横園亭有花彈倘挂北窗下便作佳士坐

同學蘇寓庸廳長以詩索畫次韻奉答即題其上

嶺南游息湖前塵白鹿門中厠此身別後桂林重一面雲山十有七年春（己酉秋君赴桂考保送余亦應選赴諮議局議會得一把晤距今又十六年矣）

亭畔紅梅放艷香（尚義同學謂我詠西園一贊亭紅梅為朱院長所稱賞惜稿已無存）池邊灰鶴臥陰涼（院中曾畜雙灰鶴後為當道所取去）就中水木清佳處一曲湖山共此堂（書院東園水木明瑟假山迴環湖舠宛在有堂名清佳張文襄書朱子白鹿洞詩一聯云政作軒窗挹蒼翠要將絃誦答潺湲是為一院之勝）

義君東閣正觀梅（君云廳後園亭有梅竹環列）凍雀枝頭靜不猜怪底歲寒都有伴湖州墨竹挾秋來（君云購得文湖州墨竹真跡並前在院時所索余畫頗得其遺意）

還山他日樂無厭野興翻教畫意添萬壑松聲何處聽（君以東坡詩半

嶺松聲萬壑傳的白雲幽瀑数峯尖
寫畫山水中堂

蘇寓廬贈詩酬畫依韻奉答并寄拙稿請正 并序

寓廬以東坡詩半嶺松聲萬壑傳句囑畫山水想像無端只得率筆寄去乃復以詩來具道聲音之不離乎迹象婉曲深至情見乎辭且謂素好李華故詩中多用莊語爰本斯旨依韻作答并附拙稿已為點定固知過時陳腐不適新派之思潮惟泰同聲氣當不鄙夷置之也

慶劫古調敢冀賞音

解衣而盤礴此謂真畫史不為形骸拘乃通造物理所貴窺化

工匪徒取神似野人涵鄙俗窮獨生是使陸沈於窗壤塵指淪骨髓雙魚忽遺素謬稱進乎技屬寫坡仙的附以玉版紙但要繪松聲聽之不以耳并書懷舊吟寓言託意旨虛空聞謦欬不覺莞然喜塗就寄將去描摹屢懸揣何圖貽以詩天籟吹不已使若觸神尻坐馳疾如駛直欲鑿渾沌刻意胡乃爾少陵題李師興發不自止誦罷洪濤風噫氣同嘯吻憶別莫逆交歲月幾移晷老我今蒼生東山君再起君前年就財政廳長職因滇軍入邑避去上年秋間復回本任蒿目蝸角爭噍殺編閭里每想游方外桎梏苦牽掎他日三層閣句容邱壑美動操響清音笑詠時啓齒平嶺蒼髯龍噴瀑白

雲裏愧非右丞筆一覽不盈咫惟此蟪蛄鳴當作夏蟲視河伯囿崖岸詎知大海水陳迹拾糟粕爲薪傚傳指悲夫道術裂豈獨在於是

追悼楊伯騶同學

木落園林見雁飛傳聞北塞（借用百色）故人非燕都別後長相憶鉼麓歸來憶久違萬里客途游跡共十年宦海寄書稀（君署理雲南富州[illegible]縣勸等記）從弱歲文場逐秋試追隨到禮闈（君舉於乙丑余舉於癸巳俱是恩科至乙未戊戌均同試禮闈而君得大挑知縣籤分雲南）與子分襟三十年（君於乙亥曾返里一次）他鄉猶是嶺西天（君本籍石正其尊人僑居）

百色逸風濤琴籟成飄忽（謂廣雅書院）花柳車塵付渺綿（謂北京春闈）自家焉昔生離空遠夢只今死別剩前緣情覩到此交終畢兀對斜陽歎逝川

得蘇萬庸書賦此寄懷

詩稿曾將乞序辭書來具道病難支假年倘獲償斯願報命終當慰所期（君來書云倘天假之年必有以報命也）只愧立言非不朽那能傳世定無疑于今付託歸門下（君言拙詩自是風雅必傳無疑茲已寄上海門人陳柱尊處）值此新潮恐見嗤

爲人畫便面

歷世自更變林泉冬復春此中好風景端合住山人

此地已幽僻水迴山復重柴門棲隱處還被白雲封

追悼蘇寓庸同學

同門憶自廣南州別後書樓（謂冠冕樓在廣雅書院）卅五秋（乙未夏余由京南下曾到院中小住的日）灕水一行重握晤記（酉秋余應選諮議局議員君容山赴考保送相遇於桂林旅寓）再起又歸休（民十四君再任財政廳長書來邀游出邑未獲把晤而君忽已辭職去矣）曾將桂嶺詩相和（和余在桂相遇詩）為寫松風畫與遊（屬我畫半嶺松聲萬壑傳句）知已倏驚凋謝盡晨星惟我獨林邱

已賦淵明歸去來遂初方謂興悠哉言懷詎意音函報卧病惟

將藥物陪正望春天渠月落（辛時二月）忽傳宿草野雲堆返真應效

蒙弟達（君素好解南華）却為哀歌首重迴

鷓鴣

分野叫鉤輈稱雄各未休可憐爭割據終被獵人謀

詠菊花三首 有序

嘗讀離騷有落英之句余以為凡花皆落而菊花獨無落者豈枯槁亦謂之落耶亦未知屈子所謂秋菊即今之菊花否月令鞠有黄華則似乎菊只有黄而無他雜色今之菊花種類殊多固未獲盡見惟前在梧州見有

黄菊花瓣重疊平貼下垂如簑衣者在桂林見有白菊花瓣尖細圓如絨球者在叻文見有紫菊花瓣屈曲狀若蟹爪色若牽牛者與平常所種之菊形色較為特異兹只以黄白紅三色為主而凡丹黄色屬之黄淡黄白色屬之白淡紅色及紫絳色屬之紅此為中土之種洋菊不與焉洋菊用子本菊用苗近時研究園藝頗有專書故畧述所見如此大抵花卉固由於植法要亦關乎地道也

黄菊

此花入世獨秋芳節令開時正肅霜露氣凝成金上品月光寒

照土中央井梧葉落增佳色園橘枝垂拖淡香閒向西風簾卷後堪憐瘦影立斜陽

白菊

不偕梅李鬥芳長却倚秋光自寫真傲性固應顏比玉逸情偏遣色如銀冰壺對處幽懷淡雪鬢簪來老態新三徑就荒頻悵望東籬送酒又何人

紅菊

楓林誰復更停車老圃還看九月花不謂秋容稀絢爛翻教晚節競繁華絳帷豈合騷人宅紫綬偏來隱士家如可餐英能益

壽撫松相與醉流霞

題所畫扇面與外孫陸士傑有序

戊辰春劍洲壻來并攜扇索畫余漸衰倦久未下筆不意冬初忽已逝世逾年己巳春而女之母又卒相繼喪亡不無悲感茲偶爲檢出聊爲作此交士傑外孫存之以爲紀念因系以詩云

山水依然在茫茫歲月更那堪人换世回首一傷情

又畫山水扇面三首

雲山到眼又清秋一棹相將共白鷗料得消閒諸友待安排樂

事在江樓

人世惟山農一生事躬稼日夕荷鋤歸炊烟出茅舍

入山訪高人扣扉不相遇策杖過橋西白雲迷幽樹

種梅

杈枒折得一枝梅來向窗前手自栽休道先春獨香韻孱花幾見雪中開

爲人畫山水扇面二首

此境不知何處有冥心獨造寫溪山樓高竹樹峯迴護安得幽居共往還

避暑宜何處迴環石徑幽四山青不斷都入水亭秋

昨宵

昨宵頻入夢面貌尚平時醒後人何在窗花月一枝

悼石蒲萄樹有序

余於戊子秋奉張制府選調廣雅書院肄業功課之暇栽得黄竹一枝又拾得梧桐子十數粒復於市上購得石蒲萄依廣州名稱其花實均類番石榴啖之清脆可口亦留其核並此兩種攜還以種茲黄竹到處皆有梧桐則高初小枝僅有兩株又枯其一石蒲萄與梧桐均種小園中亦各

一株此三種果木為此地從前所無梧桐於前數年已
先砍去今石葡萄又復被伐無遺孽矣以此傷懷作詩
悼之云爾

昔余往嶺南求學學海堂用借藏修而游息卉木蔚青蒼桐既覆
幽蔭竹亦送清涼惟有石葡萄花實俱芬芳千里攜還家植之
小園旁生長四十載扶疏幾星霜茲土故所無佳果冀分嘗胡
為因建築遽爾遭斧斨憶昔田氏荊和氣不復傷既枯忽回榮
花葉仍揚揚嗟哉我德薄紀念從此忘綠影歸劫塵悵望空斜
陽

為人畫山水小幅四首

每愛雲山好攜節到野亭小橋春水漫低漾遠林青

長夏日無事閒步山樓往深樹自幽寂但聞雲瀑響

疏林漸摇落微雨曉初霽兀立向江岸秋光澹無際

小築湖山隈呼童掃殘雪相與歲寒友清吟對晚節

夢中偶成

世情多好古博物在求知不見山中石猶存渾沌時

為人畫竹

歲寒誰與伴清標惟有孤松挺後凋待得園林春意好依然

灑立晴霄晴竹

数竿過雨拂疏籬，洗淨琅玕亞欲欹。消夏何人此中坐，四圍翠幄半低垂。雨竹

閒階種得小篔簹，此夕清秋露氣涼。可是佳人來倚袖，渾疑翠羽綴明璫。露竹

蒼崖石氣曉寒凝，林外瑽琤響墜冰。生就虛心還勁節，未妨風雪任欺凌。風竹

爲琴堂寫竹壽母并題頌辭有序

黄君琴堂以禹曆臘月念開爲其繼慈梁氏母六帙又

五生辰擬得慈竹冬青四字屬余作畫以爲壽因系以

詩云

淩霜慈竹歲寒天依舊冬青節自堅盼到子孫環玉立春暉堂

北永餘年

又一首

瞻彼慈竹其節冬青淩此冰霜終不凋零維子若孫玉立亭亭

春酒稱觥永祝遐齡

爲人畫山水小幅

故人曾有約策杖青林隈曲磴達孤亭其下臨高崖松濤雜山

瀑清響相和諧彷彿無絃琴萬籟交縈迴六法是氣韻繪事應堪推毫顛寓神妙都從意匠來爲君寫幽境聊以抒襟懷可能當卧游逸興俱悠哉

煙波釣徒

一棹叱蓑笠煙波是散人桃花逐流水莫誤武陵春

踏雪尋梅

石橋尋山梅水寒風亦冽忽覺暗香來尚疑花是雪

爲人畫扇面

尋幽到山寺扶杖間獨往松竹翳蕭森似聞鐘磬響

時事書憤有序

倭奴以盜賊手段乘夜寇我東省，被其占奪，復分兵焚殺淞滬，大肆兇暴，以牽制國軍，使不能出師赴援。不料十九路軍奮勇決鬬，竟將倭寇力為摧掃，死傷遍野，是役也，西人且為之贊歎，亦可以雪病夫之恥矣。

好謀致果終能勝，輕敵驕兵必敗之。倘使直衝山海去，滿蒙何至沒倭夷。

三月菊

生成兀傲慣淩霜，何事秋容競豔陽。莫是東籬嫌冷落，改來春

晚會摩芳

為友人畫山水中堂

憶昔宗少文每好佳山水及其年已暮難再著屐齒因思舊所歷追寫卧壁美澄懷而觀道卧游圖畫裏我今拂絹素想像將為擬東坡曾題詠煙江疊嶂起若問何處境造化在筆底是别有天地人間應無此

自題獨立小影

黄帝以來四千四百有餘載倏爾降生嶺表鉼麓之野人自號曰冥凡子無用於世之間身惟登臨山水而愛惜花月或感懷

今古而抒寫心神寄蜉蝣於萬化任淪落夫宇宙之微塵堪笑與蟲鳥爲伍共争鳴此秋復春忽不知老之將至便宛末季時代之遺民

中秋夜對月書事

一輪明月又中秋天上經過小九州爲問榆關東北地可曾照見陣雲愁

去年今夕對瓊杯此夕經年暗劫灰東海塵揚飛瀆瀆龍蛇起陸殺機來

人間那管幾滄桑今古盈虧自彼蒼知否朝鮮亡國後又看傀

偏出遼陽
興山興嶺安慘淡横天北嫩水江嫩奔忙入海東望望西斜雲外落
扶桑日湧碧濤紅

閲香港中興報不覆室主次韻大厂九月十八日作感步
原韻

三秋白露歲將寒萬里愁雲慘不歡遼鶴唳天淒草木溟鯤跋
浪湧岡巒滬瀆抵禦終遭劫歷下摧殘已肇端羊豕觸藩紛濟
食国人熟視坐持竿

贈
廣西鄉賢遺著編印委員會贈
鉼山全集
第六册
詩

詩集外編

序

自三百篇後漢魏以來詩格之變頗有新創之作嚴滄浪詩話所述有如令人聯句者漢武帝作柏梁臺成與羣臣共賦七言詩每人一句每句用韻君臣共二十六人謂之柏梁體是也其辭曰日月星辰和四時（帝）驂駕駟馬從梁來（梁孝王）郡國士馬羽林材（大司馬）總領天下誠難治（丞相石慶）和撫四夷不易哉（大將軍衛青）刀筆之吏臣執之（御史大夫倪寬）撞鐘伐鼓聲中詩（太常周建德）宗室廣大日益滋（宗正劉安國）周衛交戟禁不時（衛尉路博德）總領從官柏梁臺（光祿勳徐自為）平理清讞決嫌疑（廷尉杜周）修飾輿馬待駕來（太僕公孫賀）郡國吏功差次之（大鴻臚壺充國）乘輿御物主治之（少府王溫舒）陳粟萬石揚以箕（大司農張成）徼道宮下隨討治（執金吾中尉豹）三輔盜賊天下危（左馮翊盛宣）盜阻南山為民災（右扶風李成信）外家公主不可治（京兆尹）椒房率更領其材（詹事陳掌）蠻夷朝貢常舍其

與屬國柱折欂櫨相扶持（天匠）枇杷橘栗桃李梅（天官）走狗逐兔張罘罳（上林）齧妃女脣甘如飴（郭舍人）迫窘詰屈幾窮哉（東方朔）

有以里居名字折合部首者孔融之離合體是也辭云漁父屈節水潛匿方與時進止出寺弛張呂公磯釣闔口謂旁九域謂聖無土不王好是正直女固子藏海外有截隼逝鷹揚六翮不奮羽儀未彰龍蛇之蟄比他可忘玟璇隱曜美玉韜光無名無譽放言深藏按轡安行誰謂路長按此詩即暗藏魯國孔融文舉六字

有以十二日名嵌於每韻之上者鮑照之建除體是也辭云建旗出燉煌西討屬國羌除去徒與騎戰車羅萬箱滿山又填谷投鞍合營牆平原迥千里旗鼓轉相望定舍後未休候騎敕前裝執戈無暫頓彎弧不解張破滅西零國生虜郅支王危亂悉平蕩萬里置關梁成功入五門士女獻壺漿收功在一時歷世荷餘光開壤襲朱紱左右佩金章閉帷草太元茲事殆愚狂按此詩即鑲建除滿平定執破危成收開閉十二字

有全篇字皆平聲或一句全平一句全仄者陸魯望之夏日閒居詩是

也辭云荒池菰蒲深閒階莓苔平江邊松篁多人家簾櫳清爲書凌遺編調絃誇新聲求歡雖殊途探幽聊怡情（平聲）朝烟涵樓臺晚雨染島嶼漁童驚狂歌艇子喜野語山容堪停杯柳影好隱暑年華如飛鴻斗酒幸且舉（平上聲）新閑窗猶偏自種蕙未編書籤風搖聞釣榭霧破見耕耘閒之資嘯詠性最便希夷全天真詎要問貴賤（平去聲）端居愁無涯一夕髮欲白因爲鸞章吟忽憶鶴骨格手披丹臺文脚著赤玉舄如蒙清音酬若渴吸月液（平入聲）有全篇字皆仄聲者梅聖俞之舟中夜與家人飲詩是也辭云月出斷岸口照影別舸背且獨與婦飲頗勝俗客對月漸上我席暝色亦稍退豈必在東燭此景已可愛有上下句各用韻者唐章碣之畔天詩是也辭云東南路盡吳江畔正是窮愁暮雨天鷗鷺不嫌斜雨岸波濤欺得逆風船偶逢島寺停帆看深羨漁翁下釣眠今古若論英達算鴟夷高興固無邊有全篇用雙聲者宋蘇東坡之扃經詩是也辭云江干高居堅關扃犍耕躬稼角挂經篙竿繫舸菰茭隔笳鼓過軍雞狗驚解襟顧影各箕踞擊劍賡歌幾舉觴

荆筓供膾愧攬聒乾鍋吏叟甘瓜羹此外如藏頭歇脚蜂腰鶴膝諸體不足為法不具述又有迴文與集句兩體亦出於漢晉之間隨園詩話云余按迴文詩相傳始於蘇若蘭其實非也文心雕龍云迴文所興道原為始傅咸有迴文反覆詩溫太真亦有迴文詩俱在竇滔之前又云集句始於傅咸作七經詩其毛詩一篇皆集經語是集句所由始矣惟其詩若何均未之見但以兩體而觀迴文則漢之蘇伯玉妻作盤中詩為三七言句法從中間起左旋右轉環為七輪雖未能由尾倒讀當為織錦之先聲若蘇蕙之璇璣圖凡八百四十一字往覆縱橫皆成韻語歷代紬繹有讀至

四千二百餘首者以方寸之圖愈衍愈出洵奇製哉集句則宗之王荆公集前人詩擬為胡笳十八拍亦自渾然無迹惟所引詩於一首中用至數句未免蹈同題之嫌至清黄唐堂之香屑集將全唐詩託為香奩古律絶句約有千首其長序一篇亦集唐文為之尤為湊泊天成觀止矣余是編所作迴文止有數首順逆可讀只可備為一格集句則用昭明文選自謂前所未有集唐人詩亦屬寥寥國風特擬為七律因拘於體韻不得不裁剪經文石鼓文殘缺無多未能盡識惟據其所解釋者以為寫籀文之用至於聯句則姑付闕如凡此諸體本非出於自然不

過偶爲仿效姑錄存之聊以詠覽自娛守舊之誚不足爲今人道也

中華民國十八年八月中旬此愚敘於鉼山小樓

鉼山詩集外編目錄

題所畫山水四幅

詠酒仙

冬至書感

評聯絕句一百首 附序

缾山詩集外編

嶺西缾山曾屺愚稿

古意五首 集石鼓文

我驂我馬載導其逝隮彼阜原以寫我憂獸走于陸魚泛于流

罟庶孔多各寧其攸

淒雨既零彤日始旭彼樹其滋是爲棫樸阪有飛雉隰有麀鹿

即事多嘉及昔來復

惟彼深淵流水既盈中有漁舟于泛其清楊柳之陰有禽則鳴

朝日載陽樂茲時平

道左有圃循于田里逶兮散遊不涉于水如華而秀達彼屋宇
永以爲好同我歸止
出遊西時止于大樹既漁鰋鯉載射雉兔觴之胜之治作享具
庶鮮既用夕歸所寓
郊行即目 集石鼓文
我來原隰柳之陰泛彼漁舟淵水深車馬遊人多樂事夕陽嘉
樹有鳴禽
道旁有樹自華滋是處遊遨求所之流水既深何以涉漁遂一
舫雨來時

擬阮嗣宗詠懷詩三十首 集文選并集序

詩者詠其所志也夫志動於中感物而作故孔子采萬國之風刪詩為三百篇所從來遠矣是以前後二漢魏晉以來風人之作辭各美麗文采委曲情見乎辭述作之茂英華靡絕僕野人也廓然獨居託情風什俯仰吟嘯聊以娛情感生平於疇日猶彷彿其若夢昔者東西南北光陰往來婆娑乎藝術之場逍遥乎文雅之囿浮滄海以遊志眄山川以懷古感往增愴誠不可忘追思昔遊難可再遇是用綴緝遺文望古遥集展詩發志慨

然有懷採千載之遺韻窮六義於懷抱唯意所擬匪唯
攄華吝之藻之縱心條暢風雅之所詠成一家之言雖
深照其情莫不相襲若成誦在心坦然可觀至於斟酌
損益非取製於一狐豈特妥瑣遲齪假足於六駁哉故
復撰序所懷著之于篇以為吟頌十有餘年行止屈申
咸在於此豈古人所謂立言於世亦以攄其所抱而已
固未足以揄揚大義流聲將來區區之意或有賞音而
識道也其辭云爾

詩者 卜子夏毛詩序 詠其 左太沖三都賦序 夫志 沈休文宋書謝靈運傳論 感物 王文

考魯靈光殿賦序故孔皇甫士安三都賦序刪詩孔安國尚書序所從司馬子長報任少卿
書是以庾元規讓中書令表魏晉沈休文恩倖傳論風人應休璉與侍郎曹長思書辭
各曹子建七啟文采曹子建與吳季重書情見杜預春秋左氏傳序述作任彥昇為范始
興作求立太宰碑表英華劉孝標重答劉秣陵沼書僕野潘安仁秋興賦序廓然東方曼倩
答客難託情任彥昇奏答敕示七夕詩啟俯仰趙景真與嵇茂齊書聊以張平子歸田賦
感生丘希範與陳伯之書猶彷揚子雲甘泉賦昔者左太沖吳都賦東西司馬長卿上林
賦光陰江文通別賦婆娑班孟堅答賓戲逍遙王仲寶褚淵碑文浮沈成公子安
嘯賦眄山潘安仁西征賦感往謝靈運擬太子鄴中集詩序誠不魏文帝與朝歌令吳質書
追思魏文帝與吳質書難可吳季重答魏太子牋是用任昉王文憲集序望古延頸

年陶徵士誄展詩顏延年三月三日曲水詩序慨然夏侯孝若東方朔畫贊採千陸士
衡文賦窮六沈休文齊故安陸昭王碑文唯意嵇叔夜琴賦匪唯蔡伯喈郭有道碑文
斧之張茂先女史箴縱心潘安仁夏侯常侍誄風稚曹子建求通親親表成一班孟堅典
引序雖深劉子駿移太常博士書莫不嵇叔夜琴賦序若成楊德祖荅臨緇侯牋坦然
阮元瑜為曹公與孫權書至於諸葛孔明出師表非取任昉為蕭揚州作薦士書豈特司馬
長卿難蜀父老假足陳孔璋為曹洪與魏文帝書故復袁彥伯三國名臣贊序著之漢武
帝賢良詔以為陳孔璋荅東阿王牋千有司馬長卿子虛賦行止班叔皮北征賦咸在
張平子東京賦豈古任昉南徐州蕭公行狀亦以盧子諒贈劉琨詩序同未曹植與楊德祖
書流聲魏文帝與鍾大理書區區李陵荅蘇武書或有曹子建求自試表其辭王元

長三月三日曲水詩序

余既集詠懷詩三十首悉意旨有所未明爰逐章而序於其後

弱齡寄事外志尚好詩書閒居玩萬物抱影守空廬常慕先達槩愧靡所如感彼孔聖歎儷俛見榮枯丈夫志四海嗟此務遠圖靡靡忽至今壯齒不恆居一其

自少時庭訓讀秦漢唐宋詩文諸選本頗有抗心希古之志

弱齡陶淵明始作鎮軍參軍經曲阿作志尚阮嗣宗詠懷詩閒居張景陽雜詩抱影左太

沖詠史詩常慕江文通雜體詩盧中郎諶慙愧應休璉百一詩感彼司馬紹統贈山濤儷倪顏延年秋胡詩丈夫曹子建贈白馬王彪嗟此袁陽源擬曹子建樂府白馬篇靡靡王正長雜詩壯齒左太沖雜詩

十載學無就文學少所經辭家遠行游遊當羅浮行南州實交
徳佳麗殊百城廣廈構衆材柗納廁羣英邃宇列綺窗迴軒啟
曲阿溥帷鑑明月華館寄流波秋日懸清光春風扇微和阜華
觀羣書橋藻豔春華淇

追粤督張公建造廣雅書院於羊城在粤秀山之西池館樓榭結構壯麗花木森秀圖籍宏富是爲游學之始

十載鮑明遠數詩文學張茂先答何劭辭家陸士衡為顧彥先贈婦游當謝靈運初發石
首城南州謝靈運入華子崗是麻源第三谷佳麗曹子建又贈丁儀王粲廣廈潘正叔贈侍御
史王元貺怡納謝靈運擬太子鄴中集詩劉楨遂宇陸士衡樂府子有所思行君迴軒陸士衡樂
府吳趨行薄帷阮嗣宗詠懷詩華館劉公幹公讌詩秋日江文通望荊山春風陶淵明擬古詩
卓犖左太沖詠史摛藻潘正叔贈河陽
政余旅東館忽忽遊景侵感物懷殷憂幽獨賴鳴琴流觀山海
圖寄辭翰墨林窈窕究天人懷抱觀古今珍簟清夏室修帳含
秋陰花叢亂數蝶園柳變鳴禽顧此難久耽辛苦誰為心其三
時戊子秋初奉調到院肄業閱五寒暑而出院平生學殖

多賴於此

跂予（顔延年直東宮荅鄭尚書）忽忘（王僧達荅延年）感物（阮嗣宗詠懷詩）幽獨（謝靈運晚出西射堂）流觀（陶淵明讀山海經）寄辭（張景陽雜詩）窮寵（謝靈運擬魏太子鄴中集詩）懷抱（謝靈運齋中讀書）珍賞（謝元暉在郡卧病呈沈尚書）脩幨（范蔚宗樂遊應詔詩）花叢（謝方暉和王主簿怨情）園柳（謝靈運登池上樓）顧此（張季鷹雜詩）辛苦（陸士衡赴洛詩）

文軫薄桂海且泛桂水潮雲去蒼梧野白日麗江皋岧峭巖嵎疊嶄絶峯殊狀傾壁忽斜豎崚嶒起青嶂放情陵霄外懷抱既眙曠獨鶴方朝唳雲天亦遼亮鵁鶄激巖阿悲風撓重林雲日相輝映山水有清音（其四）

每遇鄉試場期則由粤晉派小輪船送至梧州轉泝灕江

覩山水之奇秀使人蕭然意遠

文軫（江文通雜體詩袁太尉淑）且泛（江文通雜體詩謝臨川靈運）雲去（謝玄暉新亭別范零陵詩）

白日（謝靈運從游京口北固應詔）岩峭（謝靈運過始寧墅）嶄絕（丘希範旦發漁浦潭）傾壁

沈休文早發定山）峻嶒（沈休文鍾山詩應西陽王教）放情（郭景純遊仙詩）懷抱（謝靈運泊富春）

渚獨鶴（謝玄暉敬亭山詩）雲天（江文通雜體詩殷東陽仲文）驚湍（潘安仁河陽縣作）悲

風（江文通望荊山）雲日（謝靈運登江中孤嶼）山水（左太沖招隱）

水宿淹晨暮清川帶華薄鹿鳴思野草還望青山郭平明登雲

峯清風飄我衣邈若升雲煙蕭瑟入南闈皓月鑒丹宮秋風生

桂枝攀條折其榮共登青雲梯 其五

桂林皇城為前明靖江王分藩故郡今之試院即其遺址四城皆山惟獨秀峯卓立其背時一登眺則全城在望離水自左而南遥控嶺嶠之形勝是年為癸巳恩科余於秋闈後復偕友人同院

水宿謝靈運游赤石進帆海清川陸士衡樂府君子有所思行鹿鳴蘇武古詩還望謝玄暉游東田平明江文通雜體詩謝臨川靈運清風曹子建情詩遊若謝靈運入華子崗是麻源第三谷蕭瑟沈休文學省愁臥皓月顏延年直東宮答鄭尚書秋風沈休文鍾山詩應西陽王教攀條古詩共登謝靈運登石門最高頂

登高臨四野江路西南永風雲有鳥路襟懷擁靈景被褐出閶闔玉宇來清風高志局四海託慕九霄中願爲雙黄鵠翩翩厲羽翼長風萬里峰高高上無極奮翅凌紫氛遠想出宏域冠霞登綵閣朝游窮曛黑仰看明月光團圓霜露色靈妃顧我笑纓綿胸與臆無爲守窮賤徘徊蹊路側其六

南至梧州爲灕鬱合流之處東下則爲珠江亦粵西之咽喉水筏鈎連商船雲集酒船歌舫徵逐徹夜其女樂不及淞濵而較珠江爲雅淡蓋山環水抱實得風月清味

登高阮嗣宗詠懷詩 江路謝元暉之宣城出新林浦向版橋 風雲謝元暉暫使下都夜發新林至

京邑贈西府同僚襟懷張茂先情詩被褐左太沖詠史玉宇劉休元擬古詩明月何皎皎
高志左太沖雜詩託慕沈休文遊沈道士館願為蘇武古詩翩翩曹子建贈白馬王彪長
風陸士衡樂府前緩聲歌高高曹子建雜詩奮翅劉公幹贈從弟遠想江文通雜體詩嵇中
散康冠霞鮑明遠樂府詩升天行朝游謝靈運擬太子鄴中集詩陳琳仰看魏文帝雜詩團
團江文通雜體詩劉文學楨靈妃郭景純游仙詩纏綿陸士衡赴洛詩無為古詩徘徊李陵
與蘇武詩

山中有桂樹桂樹凌寒山馨香盈懷袖猶霑餘露團圞睠言旋舊
鄉所悲道里寒頓足託幽深置顏白雲間仰瞻凌霄鳥飛鳥相
與還入門各自媚羞取路傍觀歲華春有酒置酒宴所歡感時

歌蟋蟀敘意於濡翰桑梓有餘暉日落游子顏其七

到院後接秋榜喜報余自乙酉戊子己丑辛卯等科均赴御試至是始列御薦乃復買舟西上他處有用儀仗迎接者余則步行七十里日夕而抵里門焉

山中沈休文學省愁臥桂樹謝靈運入華子崗是麻源第三谷馨香古詩猶霑謝玄暉京路夜發願言潘安仁在懷縣作所悲江文通雜體詩古別離頓足張季鷹雜詩置嶺沈休文早發定山仰瞻陸士衡赴洛詩飛鳥陶淵明雜詩入門古辭樂府飲馬長城窟行羞取徐敬業古意酬到長史溉登琅邪城詩歲華謝玄暉休沐重還道中置酒陸士衡擬古詩青青陵上柏感時曹顏遠思友人詩敘意劉公幹贈五官中郎將桑梓王仲宣從軍詩日落

顔延年秋胡詩

發軔西江隩山川邈離異勞此山川路辛勤風波事茲言翔鳳池懷役不遑寐美人愆歲月歲月一何易坐惜紅粧變常恐秋風至豔陽桃李節繁華及春媚歲寒霜雪嚴繁華有憔悴 其八

既已擁擋行囊爲禮部會試之資仍於臘月東下回首畧鄉族謁祖自己卯夏辛巳冬壬午春乙酉夏已足侍家君曾到三次自念爲浮名所累既少而壯爲波於鬱江者屢矣而桃李公明竟未能如願也

發軔謝宣遠王撫軍庾西陽集别時爲豫章太守庾被徵還東 山川潘安仁在懷縣作 勞此顔延

（年秋胡詩）辛勤（謝靈運酬從弟惠連）茲言（謝元暉直中書省）懷役（陶淵明辛丑歲七月赴假還江陵夜行塗口）美人（謝叔源游西池）歲月（陸士衡赴洛詩）坐惜（謝元暉和王主簿怨情）常恐（班婕妤怨歌行）豔陽（鮑明遠學劉公幹體）繁華（鮑明遠詠史詩）歲寒（謝宣遠於安城荅靈運）繁華（阮嗣宗詠懷詩）

伐鼓五嶺表日暮山河清願言屢經過深茲春言情感念桑梓

邑此郭非吾城表裏窮形勝衿帶繞神垧黄屋示崇高已見高

臺傾戈船榮既薄況乃曲池平寒風振山岡白雲上杳冥舞館

識餘基謳聞歌吹聲悽愴哀今古恍惚似朝榮萬古陳往還寒

蟬在樹鳴落落卉木疏天高秋月明（其九）

粤海為南中一大都會，歐風所被，開通最早。自先漢趙佗、南漢劉隱均割據此地，北眺歌舞岡，西訪荔支灣，猶想見當時之樂事。今則雄圖無復，人世滄桑，蓋二千餘年矣。

伐鼓（陸士衡贈顧交趾公真）日暮（江文通雜體詩王侍中粲）顧言（謝叔源游西池）深蕊（謝宣遠荅靈運）感念（陸士衡荅張士然）此郭（張景陽雜詩）表裏（徐敬業古意酬到長史溉登琅邪城詩）衿帶（沈休文鍾山詩應西陽王教）黄屋（謝靈運游京口北固應詔）已見（虞子陽詠霍將軍北伐）戈船（鮑明遠樂府苦熱行）況乃（沈休文冬節後至丞相第詣庶子車中作）寒風（阮嗣宗詠懷詩）白雲（江文通從冠軍建平王登香爐峯）舞館（謝元暉和伏武昌登孫權故城）詎聞（謝元暉同謝諮議銅雀臺詩）悽愴（張孟陽七哀詩）怳惚（鮑明遠樂府升天行）萬古（顏延年宿）安郡還都

西北有高樓吳張湘洲登巴陵城樓作虛館清陰滿寒蟬王仲宣從軍詩珪璋既文府落落曹顏遠思友人詩景氣多明遠天高謝靈運初去郡昔與二三子並坐侍丹帷嚶鳴悅同響來棲桐樹枝側覩君子論顏閔相與期各勉日新志憂委子衿詩自從食萍來聚散成分離月出照園中追情棲息時顧循良菲薄露沐仰清徽徒懷越鳥志寧知鴻雁飛　十其

甲午正月乃由珠江北上迴憶在院時師友追隨燈窗絃誦藏修游息水木清華此景此情何可再得耶

西北古詩　虛館沈休文學省愁卧　珪璋王僧達答顏延年　景氣殷仲文南州桓公九井作

昔與陸士衡贈馮文熊並坐傅長虞贈何劭王濟嚶鳴謝宣遠於城答靈運安來樓范彥
能古意王中書贈側觀鮑明遠擬古顏閔阮嗣宗詠懷詩各勉謝靈運鄰里相送方山詩憂
委劉休玄擬古行行重行行詩自從謝靈運擬太子鄴中集詩阮瑀聚散謝靈運酬從弟惠連月
出劉公幹公讌詩追情謝靈運道路憶山中顧循沈休文謝宣城和霑沐謝玄暉休沐重還道
中徒懷潘安仁在懷縣作亭知謝玄暉酬王晉安

戎州昔亂華，邊城屢翻覆。水國周地險，結架山之足。苕苕萬里帆，逶迤傍隈隩。牽木既羅戶，生煙紛漠漠。平衢脩且直，洞房結阿閣。阿閣三重階，密葉成翠幄。游客疎軒巒，忽如鳥過目。其十

由廣州道出香港余於壬午春間已到一次係英人所據地樓居三層

欄樹垂蔭負山面海風景絕佳與由江相傚而商務次之

為虎門出入孔道

戎州謝元暉和王著作八公山詩邊城鮑明遠擬古水國顏延年始安郡還都與張湘州登巴陵城樓作結架沈休文鍾山詩應西陽王教若若謝靈運初發石首城逶迤謝靈運從斤竹澗越嶺溪行摩木謝靈運田南樹園激流植援樹生煙謝元暉游東田平疇謝靈運擬太子鄴中集詩平原侯植洞房陸士衡樂府君子有所思行阿閣古詩密葉陸士衡招隱游客鮑明遠詠史忽如張景陽雜詩

汎舟越洪濤浮海難為水天地無終極黃雲蔽千里翻浪揚白鷗潛波湧鱗起溟漲無端倪餘霞散成綺百川東到海滔江路

窮此洲島驟迴合扶光迫西汜其十

乘輪舟出口為鯉魚門越汕頭潮州屬地戊戌春閒曾泊一次廈門福建屬地寧波浙江屬地係通商口岸等洋面其福州海中則為臺灣一望無際惟見天與水而已

汎舟曹子建贈白馬王彪浮海陸士龍為顧彥先贈婦顧天地曹子建送應氏黃雲江文通雜體詩古別離翻浪鮑明遠還都道中潛波郭景純遊仙詩溟漲謝靈運游赤石進帆海餘霞謝元暉晚登三山還望京邑百川古辭樂府長歌行滄江任彥昇贈郭桐廬出溪口見候余既未至郭仍進村維舟久之郭生方至洲島謝靈運入彭蠡湖口扶光謝宣遠九日從宋公戲馬臺集送孔令詩

江南佳麗地，靈景耀神州。歡樂殊未央，士女滿莊馗。青樓臨大路，車馬若川流。華燈散炎輝，明月照高樓。廛里一何盛，高樓一何峻。華容一何冶，鮮膚一何潤。皎皎彼姝女，灼灼懷春衆。達曙酣且歌，遺響入雲漢。象筵鳴寶瑟，夜聽極星爛。連榻設華茵，日昃不知晏。人生忽如寄，乘此得肅散。遊遨快心意，無貽白首歎。

其十三

閱四晝夜而抵滬。戰國時爲春申君舊壤。自西人入中國，租上海縣城之北闢爲通商巨鎮。凡戲園、酒館、烟閣、茶樓、電燈燭天，馬車殷地，華夷雜處，號爲樂國。其紛華靡麗，實為中邦之最就中妓院尤為烟花豔藪有住家長三么二野雞烟館等名目而統稱之為先生酒席琴歌不知幾人落魄杜牧謂天下三分明月二分在揚州恐不是過故客遊滬者不墮色界中大抵亦寥寥耳

江南謝玄暉鼓吹曲靈景左太沖詠史歡樂蘇武古詩士女王仲宣從軍詩青樓曹子建樂府美女篇車馬鮑明遠樂府結客少年場行華燈劉公幹贈五官中郎將明月曹子建七哀詩廛里陸士衡樂府君子有所思行高樓陸士衡擬古詩西北有高樓華容陸士衡擬古詩迢迢牽牛星鮮膚陸士衡樂府日出東南隅行皎皎陸士衡擬古詩青青河畔草灼灼陸士龍為顧彥先贈婦達曙陶淵明擬古詩遺響陸士衡擬古詩今日良宴會象筵沈休文三月三

日幸爾成幕夜聽（謝靈運擬鄴中集詩陳琳）子闌（李善作爛）連楊（謝靈運擬鄴中集詩魏太子）
子日是（劉公幹雜詩）人生（古詩）來此（謝元暉出尚書省）得本（五）日遊遨（魏文帝芙
蓉池作）無貽（謝惠連秋懷詩）
嶜卽負海曲曾曲鬱崔嵬黃鶴游四海千里顧徘徊越海陵三
山高浪駕蓬萊飄颻隨長風撫翼希天階濯足湯谷波扶桑升
朝暉去家日已遠各在天一涯西北有浮雲將起黃金臺（其十四）
小住的日仍由海道北行經長江黃河等口岸（甲午冬曾泊烟台一次係山東屬地永爲通商口岸）東望高麗（即朝鮮）周時日本（旅順與登州相對爲入天津門戶）
坳渺然在風濤雲水間

營丘（陸士衡樂府齊謳行）曾曲（陸士衡擬古詩東城一何高）黃鵠（阮嗣宗詠懷詩）千里（蘇武古詩）越海（謝靈運初發石首城）高浪（郭景純遊仙詩）飄颻（曹子建雜詩）撫翼（潘正叔贈侍御史王元貺）濯足（陸士衡樂府前緩聲歌）扶桑（陸士衡樂府日出東南隅行）去家（劉越石扶風歌）各在（古詩）西北（魏文帝雜詩）將起（鮑明遠樂府放歌行）遥裔起長津將随渤澥去念昔渤澥時復協滄洲趣秦皇御宇宙想與神人遇銜思至海濱睨爲不得度自顧非金石多爲藥所誤誰能得神仙忽忽歲云暮僕夫早嚴駕悠悠涉荒路朔風吹朔雪騰沙鬱黃霧中野何蕭條荒阡亦迴互白日無精景迴飈卷高樹（其十五）

由滬至津亦閱四晝夜而入大沽口天津漢屬渤海郡地秦始皇東巡泰岱曾遣徐福入海求仙於此舍水而陸乘騾車二百餘里而至都門（京津鐵路至戊戌始成往返曾坐火車二次）時當仲春風雪猶閒作也

遥裔（謝靈運擬魏太子鄴中集詩）將隨（沈休文和謝宣城）念昔（謝靈運擬太子鄴中集詩）既（瑯琊）復協（謝宣城新林浦向版橋）出秦皇（沈休文遊沈道士館）想與（何敬祖雜詩）衍思（江文通雜體詩謝法曹惠連）睠焉（陸士衡擬古詩迢迢牽牛星）自顧（曹子建贈白馬王彪）多為（古詩）誰能（魏文帝芙蓉池作）忽忽（盧子諒時興）僕夫（曹子建雜詩）悠悠（王仲宣從軍詩）胡風（鮑明遠學劉公幹體）騰沙（鮑明遠還都道中）還中野（曹子建送應氏）荒阡（沈休文宿

東園白日王僧達和琅邪王依古迴飈顔延年秋胡詩

引領見京室，春色滿皇州。兩宮遥相望，雙闕似雲浮。冠蓋縱横至，藹藹皆王侯。列漢構仙宮，垂楊蔭御溝。八方湊才賢，千里來相求。壯哉帝王居，川嶽徧懷哉。其十六

二月念間抵燕京，蘇子由所謂得覩宮闕之壯麗，蒼蒼鬱鬱，誠為帝王之居。凡鄉試新科到京，須至貢院覆試，余因遲到，得與順天同年入保和殿補試。燕城自元明迄本朝，俱為相沿舊都。秦漢以上，天氣之鍾於西北者，今轉而趨於東北矣。世界遷流，形勢亦隨之而變焉。

引領（謝元暉蹔使下都夜發新林至京邑贈西府同僚）春色（謝元暉和徐都曹）雨宮（古詩）雙闕（鮑明遠樂府結客少年場行）冠蓋（鮑明遠樂府放歌行）藹藹（左太沖詠史）列漢（江文通雜體詩顏特進延之）垂楊（謝元暉鼓吹曲）八方（袁陽源效曹子建樂府白馬篇）千里（劉越石重贈盧諶）壯哉（曹子建又贈丁儀王粲）川嶽（顏延年車駕幸京口三月三日侍遊曲河後湖作）

車騎四方來山川修且廣方駕振飛轡務協華京想明明闢皇闈形庭赫宏敞文昌鬱雲興披雲對清朗微薄攀多士朝祖術思往哉冀希驤首悲歌吐清響知音苟不存泠然空中賞（其十七）

三月初六日入禮闈試各省新同年及老科前輩約三四千人蹌濟咸集余則荆璞不售浮名之難倖如此

車騎（鮑明遠樂府放歌行）山川（謝玄暉京路夜發）方駕（陸士衡擬古詩青青陵上柏）務協（謝靈運酬從弟惠連）明明（傅長虞贈何劭王濟）彤庭（謝玄暉直中書省）文昌（曹子建贈徐幹）披雲（謝靈運擬太子鄴中集詩王粲）微薄（謝靈運擬太子鄴中集詩阮瑀）朝徂（陸士衡赴洛道中）戢翼（謝玄暉觀朝雨）悲歌（陸士衡樂府出東南隅行日）知音（陶淵明詠貧士）泠然（江文通雜體詩）

（許真君詣）

暇日聊游豫延矚歷城闉遙望西苑園清輝溢天門日中市朝

滿歧路交朱輪翩翩游宦子能不懷苦辛荊軻飲燕市悲嘯入

青雲燕昭無靈氣奄忽若飈塵古來共如此吁嗟孟嘗君白楊

亦蕭蕭慷慨懷古人（其十八）

春闈既畢諸友邀我留京明年再試因游城南之陶然亭（至十月往蘇）水木幽僻頗稱名勝遥視景山（即明煤山在皇城之後）三海（即今西苑在皇城之西）縹緲雲際亦懷古者所當憑眺也暇日（盧子諒贈崔溫）延眺（鮑明遠行藥至城東橋）遥望（劉公幹贈徐幹）清輝（陸士衡樂府前緩聲歌）日中（鮑明遠樂府結客少年場行）歧路（陸士衡樂府長安有俠邪行）翩翩（陸士衡贈從兄車騎）能不（曹子建贈白馬王彪）荊軻（左太沖詠史）悲嘯（曹子建雜詩）燕昭（郭景純游仙詩）奄忽（古詩）古來（鮑明遠樂府白頭吟）吁嗟（顏延年還至梁城作）白楊（陶淵明挽詩）懷慨（陸士衡從吳王郎中時從梁陳作）

京室多妖冶皎皎明秋月麗服鮮芳春蜀琴抽白雪流眄發姿

媚清商隨風發懷慨有餘哀長歌趣促節曾臺冒雲冠傾城在一彈清歌拂梁塵雅舞擂幽蘭觀者咸稱善休者以忘餐佳人美清夜時俗薄朱顏但說新少年悠悠懷所歡洛陽繁華子胡蝶飛南園好惡有屈伸感慨以長歎 其十九

都中戲劇其聲容節奏殊有燕趙懷慨悲歌之概令人歎為觀止惟班中諸伶多有美好少年 都下名之為像姑 最為王公貴人所狎暱其流品雖下於勾欄而視胭脂坡乃無過問

北壯麗黃子都是妓殆即古所稱為孌童者歟

京室 陸士龍為顧彥先贈婦 皎皎 謝靈運鄰里相送方山詩 麗服 陸士衡樂府長安有狹邪行

蜀琴鮑明遠翫月城西門廨中流眄阮嗣宗詠懷詩清商古詩慷慨蘇武詩長歌陸士
衡擬古詩東城一何高曾臺陸士衡擬古詩今日良宴會傾城陸士衡擬古詩西北有高樓清
歌謝靈運擬太子鄴中集詩王粲雅舞陸士衡樂府日出東南隅行觀者曹子建樂府名都篇休
者曹子建樂府美女篇佳人陶淵明擬古時俗曹子建雜詩但覩曹子建應氏詩送悠
悠陸士衡擬古詩涉江采芙蓉洛陽沈休文三月三日率爾成篇胡蝶張景陽雜詩好惡
左太沖招隱感慨劉公幹贈五官中郎將

詰旦閶闔開游山聚靈族蒙被風雲會鮮車騖華轂彈冠去埃
塵鳴珮多清響朝霞開宿霧不覺陵虛上連翩御飛鶴靈鳳振
羽儀雲螭非我駕潛虬始幽姿黃金百溢盡素衣化爲緇長嘯

歸東山共陶暮春時十其二

四月初聞春闈揭曉劉蕡下第依然故我自以不才其之

奚怨

詰旦（郎希範侍宴樂游園送張徐州應詔）游仙（陸士衡樂府前緩聲歌）蒙被（陸士衡樂府塘上行）

鮮車（徐敬業古意酬到長史溉登琅邪城詩）彈冠（左太沖）鳴珮（謝之暉直中書省）朝

霞（陶淵明詠貧士）不覺（江文通雜體詩許真君詢）連翩（何敬祖游仙詩）靈鳳（江文通雜體詩補中

散康）雲螭（郭景純游仙詩）潛虬（謝靈運登池上樓）黃金（阮嗣宗詠懷詩）素衣（陸士衡為顧彥

先贈婦）長嘯（潘安仁河陽縣作）共陶（謝靈運酬從弟惠連）

落葉隨風摧望雲慙高鳥安能久留滯周南悲昔老登高望九

州綿綿思遠道仰視浮雲馳東風摇百草安得凌風翰卓然凌風矯迴首望長安惆悵盈懷抱其十二

亦既衣錦無期知音罕遇則米珠薪桂馬足車塵安能久居於此乎

落葉傅休奕雜詩望雲陶淵明始作鎮軍參軍經曲阿作安能魏文帝雜詩周雨顔延年車駕幸京口侍游蒜山作登高阮嗣宗詠懷詩綿綿古辭樂府飲馬長城窟行仰視李陵與蘇武詩東風古詩安得謝元暉直中書省卓然江文通雜體詩張廷尉綽迴首王仲宣七哀詩惆悵孫子荆征西官屬送於陟陽侯作

遠游入長安游彼雙闕閭雙闕百餘尺昌為久游客客游厭苦

辛飄飄冒風塵鬱鬱澗底松青青河邊草卑高亦何常萬物一
何小寒暑在一時豈無一時好榮樂壯俱去沈憂令人老不爲
歲寒歎然後君子道去矣從所欲被褐懷珠玉其二
出都時取道通州是北通州都門東七十里順潞河而抵津門感時物
之變既寒而暑覺㡬衰已敝遠爾浩然同涯
遠游陸士衡擬古詩青青陵上柏游彼曹子建贈徐幹雙闕古詩居爲顔延年還至梁城作
客游鮑明遠翫月城西門廨中飄飄陸士衡苦
行長歌卑高潘安仁河陽縣作萬物孫子荆征西官屬送於陟陽侯作寒暑鮑明遠詠史詩
豈無陶淵明擬古詩榮樂張季鷹雜詩沈憂曹子建雜詩不爲謝靈運初發石首城然

後（江文通雜體詩張廷尉綽）去兵（江文通雜體詩許真君詢）被褐（阮嗣宗詠懷詩）
南行至吳會登城望郊甸大江流日夜俯仰流英晒林表吳岫
微烟滅淮海見孤嶼娟娟中川澄江静如練北阜何其峻閶門何
峩峩金陵帝王州蟻壤漏山河市朝互遷易持此感人多懷古
信悠哉白日忽蹉跎（其二十三）

先是甲午年留京至十月間姻丈陸漢臣知盱文縣事寄書至京囑余抵其署所旋於是月南下渡嵗後乙未二月道過閶門（蘇州城門）仍赴春官之試已而報罷南旋淹滯滬上乃往金陵謁張南皮節帥稍贈川資始得束裝而南覲六

代之雲山已成陳迹不勝感慨係之

南行魏文帝登城潘安仁在懷縣作大江謝玄暉暫使下都夜發新林至京邑贈西府同僚俯仰謝玄暉和伏武昌登孫權故城林表謝玄暉休沐重還道中烟滅江文通雜體詩顏特進延之孤嶼謝靈運登江中孤嶼澄江謝玄暉晚登三山還望京邑北阜沈休文鍾山詩應西陽王教昌門陸士衡樂府吳趨行金陵謝玄暉鼓吹曲蟻壤鮑明遠代君子有所思市朝持此陸士衡樂府門有車馬客行陶淵明擬古懷古謝玄暉觀朝雨白日阮嗣宗詠懷詩

悲發江南調佳麗良可美懷哉罷歡宴我若西流水昔在太平時名都一何綺豺虎方遘患季世喪亂起生在華屋處堂上生荆杞會吟自有初吳趨自有始存沒竟何人惠心奮千祀遂存

往古務聖賢良已矣采藥白雲隈拂衣五湖裏其二十四

在昔文時曾上虞山謁遜民仲雍言夫子偃墓自歲同亂後邑里猶多荒墟想吴越繼起時采藥高風泛湖遊致其視富貴不啻敝屣也

悲發劉休之擬古詩行行重行行佳麗陸士龍爲顧彦先贈婦懷哉謝元暉曉發三山還望京邑我若陸士衡贈弟士龍昔在王康琚反招隱詩名都陸士衡擬古詩青青陵上柏斛虎王仲宣七哀詩李世張孟陽七哀詩生在曹子建樂府箜篌引堂上阮嗣宗詠懷詩會吟謝靈運樂府會吟行吳趨陸士衡樂府吳趨行存沒顏延年始安郡還都與張湘州登巴陵城樓作惠心謝宣遠張子房詩遠存盧子諒贈崔溫聖賢王僧達和琅邪王依古采藥江文通雜體詩

許真君詢拂衣謝靈運述祖德詩湛湛長江水水還江漢流歸客遂海嵎天際識歸舟思乘扶搖翰鸛鵲摩天游何意迴飈舉去乎若雲浮引領望天末山海隔中州風波一失所坳壈懷百憂感此還期渚縈纜臨江樓迢遙越城肆顧望但懷慈孤雁獨南翔臨此歲方秋行行入幽荒崩波不可留其二十五

六月閒抵粵仍復流落珠江至九月始行返里

湛湛阮嗣宗詠懷詩水還謝玄暉新亭渚別范零陵詩歸客謝靈運九日從宋公戲馬臺集送孔令詩天際謝玄暉之宣城出新林浦向板橋思乘江文通雜體詩張廷尉綽鸛鵲王仲宣從軍詩

何意曹子建雜詩去乎劉越石重贈盧諶引領陸士衡擬古詩山海蘇武古詩風波李陵與蘇武詩墟壤鮑明遠樂府詩結客少年場行感此潘安仁在懷縣作繫纜謝靈運登臨海嶠初發疆中作與從弟惠連見羊何共和之逍遙謝叔源游西池顧望曹子建贈王粲孤雁魏文帝雜詩臨此陸韓卿奉答內兄希叔行行張景陽雜詩崩波鮑明遠還都道中

嘉會難再遇天命與我違去國還故都歸來安所期靜嘯撫清絃華月照芳池佇立吐高吟好鳥鳴高枝攜手共行樂賞逐四時移委懷在琴書山水含清暉其二十六

丙申丁酉兩年家居均主康山書院講席春秋佳日時與

諸子爲孔子之行樂圖授課餘暇吟詠自娛曠覽溪山聊寄幽賞

嘉會（李陵與蘇武詩）天命（曹子建贈白馬王彪）去國（顏延年和謝靈運）歸來（王康琚反招隱詩）靜嘯（郭景純遊仙詩）華月（江文通雜體詩劉文學楨）佇立（古辭樂府傷歌行）好鳥（曹子建公讌詩）攜手（謝元暉遊東田）賞逐（沈休文鍾山詩應西陽王教）妥懷（陶淵明始作鎮軍參軍經曲阿作）山水（謝靈運石壁精舍還湖中作）

佳人撫琴瑟沈憂結心曲再唱梁塵飛牙曠不我録扎扎弄機杼綺縞何繽紛棄捐篋笥中視之若埃塵佳期悵何許令爲參與辰跂彼無良媒棄置勿重陳臨風默含情誰可與歡者惋景

自愁怨散髮重陰下 其二十七

余於是已兩赴禮闈矣容華將落而名心未已老女待嫁殊堪自悼

佳人陸士衡擬古詩西北有高樓沈憂張景陽雜詩再唱陸士衡擬古詩東城一何高牙曠贈司馬紹統山濤札札古詩綺縞曹子建雜詩棄捐班婕妤怨歌行視之左太沖詠史詩佳期謝玄暉晚登三山還望京邑合為蘇武古詩跂彼陸士衡擬古詩迢迢牽牛星棄置劉越石扶風歌臨風江文通從冠軍建平王登廬山香爐峯誰可阮嗣宗詠懷詩抱景王景元詩雜散髮張茂先答何劭

昔余游京華潛龍躍洪波北眺沙漠垂帝功興四遐跂予閶闔

嶠鸛鵒在幽草南陟五嶺巔王猷卅八表昔往鶬鶊鳴游宦會無成今來白露歸客子多傷悲遠游越山川緬邈區由緣仕子影華纓都人驂玉軒咄此蟬冕客劍騎何翩翩顧念蓬室士蓬蒿滿中國 其二十八

戊戌春初復北上赴會連不得志於有司是科踰邐遙而回嶺表荒陽視繁華場中迴如天上

昔余中讀書謝靈運齋潛龍潘正叔贈河陽北眺盧子諒贈崔溫帝功陸士衡吳趨行陸士衡樂跂予顏延年和謝監靈運鸛鵒江文通雜體詩王侍中粲南陟陸士衡從軍行王猷顏延年北昔往王正長雜詩游宦陸士衡擬古詩今來曹子建情詩客子使洛明月何皎皎

王仲宣從軍詩遠遊陸士衡赴洛道中作緬邈謝靈運登江中孤嶼任子鮑明遠詠史詩都人陸士衡擬古詩青青陵上柏咄此張景陽詠史劍騎袁陽源效曹子建樂府白馬篇顧念曹子建贈徐幹蓬蒿江文通雜體詩左記室思

逸翮淩北海將窮山海迹毛羽日摧頹感戚何所迫北渚有帝子轉蓬離本根捐軀赴國難尊貴誰獨閒白日入虞淵風潮難具論行雲思故山日倦修塗異我心何怫鬱祇覺懷歸志富貴久難圖商歌非吾事終隱南山霧身世兩相棄其二十九

既抵香港乃繞道澳門港外香山屬地當明季時葡萄芽人游歷中國退居於此遂據有其地過合浦康州屬地在瓊州之北為合浦縣有市鎮曰北海亦海濱一小商埠由陸路還家

望新會之崖山昔之將張宏範兵逼崖門宋相陸秀夫負帝昺投海於此趙宋君臣殉
國於海可勝浩歎
逸翮范彥龍古意贈王中書將窮謝靈運永初三年七月十六日之郡初發都毛羽摧應德璉侍
五官中郎將建章臺集詩感感古詩北渚江文通雜體詩王徵君微轉蓬曹子建雜詩捐軀
曹子建樂府白馬篇尊貴顏延年還至梁城作白日繆熙伯挽歌詩風潮謝靈運入彭蠡湖口行
雲張景陽雜詩目倦陶淵明始作鎮軍參軍經曲阿作我心魏武帝樂府苦寒行祗費潘安
仁在懷縣作富貴陸士衡招隱詩高歌陶淵明辛丑歲七月赴假還江陵夜行塗口終隱謝
暉之宣城出新林浦向版橋身世鮑明遠詠史詩
江海事多違客心悲未央風飈揚塵起四顧何茫茫疇昔同宴

友相復與翱翔翻飛各異概豈不愧中腸高晒遨四海佇立望故鄉眇然萬里游塊然守空堂默默以苟生徘徊以徬徨且還讀我書漫漫秋夜長努力崇明德隨時處景光百年信荏苒內感實難忘懷慨惟平生詠言著斯章其十三

憶在京時與釋褐諸友別後還山又十餘年矣迴溯前蹤海屢幾變甲午乙未年間日本寇于遼東庚子秋七月八國聯軍入京荒山煙月空付嘯歌是為詠懷之作

此上所敘或地已屢經或事非同時半生游蹟畧具於是其中先後則細注可得其詳也缾山又記

江海 沈休文學省愁卧 客心 謝玄暉暫使下都夜發新林至京邑贈西府同僚 風飈 王仲宣雜
詩 四顧 古詩 疇昔 陸士衡擬古詩明月皎夜光 相與 劉公幹公讌詩 翻飛 謝宣遠於安城荅霊
運 豈不 曹子建送應氏 高眄 左太沖詠史 佇立 陸士衡赴洛道中作 眇然 江文通雜
體詩郭宏農璞 愧然 左太沖雜詩 默默 石季倫王明君辭 徘徊 古辭樂府傷歌行 旦還 江文通雜
體詩陶淵明讀山海經詩 漫漫 魏文帝雜詩 努力 李陵與蘇武詩 遊時 蘇武古詩 百年 江文通雜
體詩左記室思 內感 棗道彥雜詩 懷慨 陸士衡樂府門有車馬客行 詠言 阮嗣宗詠懷詩
余嘗閱黃唐堂之香屑集將全唐詩集尋章摘句綴爲
豔詩得古今雜體約有千首託美人香草之思代織女
天衣之縫使讀者如出一手不復餖飣之可辨昭所謂

聚之則別開生面散之則各還本體靡靡乎誠剪葉裁花之妙辭也茲余竊取其意亦於昭明詩選集得五言三十首爰擬之曰詠懷并集文選爲前序至如何採取意有未盡故復序之如此惟唐堂所謂通首無複題適卷無複句尚能庶幾若每一首中人無疊見則實未有能以茲所集如古辭古詩曹子建張景陽之雜詩左太沖之詠史郭景純之游仙阮嗣宗之詠懷王仲宣之從軍自二首以至十餘首同一題者每首所集止用一句不復再用至曹子建陸士衡鮑明遠之樂府擬古詩謝

靈運之擬太子鄴中集詩江文通之雜體詩此則於總題之外或另標擬作或別敘人名不能不集一首中間爲采用蓋昭明所選詩與人均爲無多固難遂句異名而通韻轉韻亦時所不免其係某人詩今注於每首之後以爲摭拾之考證若夫斷章取義世異事殊固有難於切合者是在閱者觀其大意可也鉼山又序

春日即事迴文體

危傾且罷聽鶯嬌坐對山亭柳外橋池長草侵經雨漬塢飛花處逐風飄詩懷有託深情寫畫意隨將好景描遲日麗天遥極

目嬉游樂事擬來朝

晚興迴文體

山中雨暗樹連村石畔溪流水繞門閒步小亭空色暮還看倦鳥宿黃昏

秋夜迴文體

門關自坐小庭中逕露涼生淨碧空喧籟遠聞方過雁淡懷閒覺只吟蟲痕描夜影花籠月氣作秋聲竹弄風罇酒罷時眠欲醉軒侵墜葉落階桐

遣懷迴文體

斜日晚山秋望中間縱目華年感逝川故物嗟沈陸花照眼看
花竹生胸寫竹蝸藏此嶺西溷世隨流俗

擬玉谿生無題詩七律十二首集國風并序

無題之作始於義山自來注家多無的解何義門謂無題數詩不過自傷不逢無聊怨題紀曉嵐亦謂大抵祖述美人香草之遺以曲傳不遇之感而未長讀則引其梓州吟云楚雨含情俱有託早已自下箋解矣是數說者固皆於豔詩各體殆有以見其寄興而諒其隱衷然頌詩讀書尤在知人論世唐書謂商隱放利偷合詭薄

無行亦以才鋒稍露見諸微詞又以黨派句連故不免於排擠耳究之義山之詩有實爲寄託而借物寓意者有實爲感遇而追事眷懷者不論其有題無題亦不必曲爲之説往者余嘗讀國風有小序以爲思賢君子而集傳以爲淫奔相悦棄者其每篇之中皆摘首句爲題未嘗有他題也而漢宋説詩各有不同誠以國風諸篇其言之往復纏綿多有類乎男女之私苟非確有證明何不可作玉臺香奩之祖余閒居無事乃獨效其體於列國風詩剪裁字句綴爲綺語得七律十有二首固知

塵劫相因必將爲大雅所唾棄然詩本言情其邪蕩無恥者孔子且未忍刪之余是作固猶是空中樓閣殆所謂無病而呻耳閱者其以爲寄託亦可即以爲感遇亦無不可也詩如下

榛山苓隰我誰思搔首西方彼澤陂贈勺般盈觀士謔歸荑美異說人貽清揚雲髮甘同夢倩盼脂膚可樂飢角枕錦衾其有所永懷偕老以爲期

一（邶）山有榛隰有苓我思古人（鄘）云誰之思 二（邶）搔首踟蹰西方美人（陳）彼澤之陂 三（鄭）贈之以勺藥般其盈矣女曰觀乎士曰既且伊其相謔 四（邶）自牧歸荑洵美且異說懌女美美人之貽 五（鄘）子之清揚顥其髮如

雲(齊)甘與 六(衛)巧笑倩兮美目盼兮 七(唐)角枕粲兮錦衾
予同夢 膚如凝脂(陳)可以樂飢 爛兮曷其有所
八(周)維以不永懷(邶)與
子偕老(衛)秋以為期

彼美溫其淑慎身舜英灼灼葉蓁蓁委佗蝤領思之子婉孌娥
眉見此人如可乂皃與視夜胡為束鹿誘懷春往來邂逅于林
下綠竹清漣白石粼

一(陳)彼美淑姬(秦)溫其 二(鄭)顏如舜英(周)灼 三(鄘)委委佗
如玉(邶)淑慎其身 灼其華其葉蓁蓁 佗(衛)領如
蝤蠐(邶)頎言思 四(齊)婉兮孌兮(衛)螓首蛾眉 五(秦)如可贖
子(曹)彼其之子 (唐)見此良人(王)此何人哉 兮(鄭)乂皃
與雅子 六(陳)胡為乎株林(召)野有死鹿白 七(邶)莫往莫來
興視夜 茅純束有女懷春吉士誘之 (鄭)邂逅相遇
(邶)于林 八(衛)綠竹猗猗(魏)河水清
之下 且漣漪(唐)白石粼粼

月出城隅永嘅歎抱衾誰謂碩人寬門楊皙皙明星爛野草瀼瀼白露溥俟巷雞鳴思不遠乘垣尨吠遏之難我聞首疾心如噎何夕昏期且往觀

一（陳）月出皎兮（邶）俟我於城隅（鄘）思之永歎（王）嘅其歎矣　二（召）抱衾與裯（衛）誰謂河廣碩人之寬　三（陳）東門之楊明星皙皙（鄭）明星有爛　四（鄭）野有蔓草零露瀼瀼零露溥兮（秦）白露未晞　五（鄭）俟我乎巷兮（齊）雞既鳴矣思不（衛）我遠　六（衛）乘彼垝垣（召）無使尨也吠（王）遏人之艱難矣　七（王）亦莫我聞（衛）甘心首疾（王）中心如噎　八（唐）今夕何夕（陳）昏以為期（鄭）且往觀乎

漚紵知來南澗中與耽言念子之手樹諼莫慰其濛雨采菲維傷且暴風美玉云胡心匪石穠華曾不首如蓬我行適野休喬

永孌彼伊人靡所同

一(陳)可以漚紵(鄭)知子之來二(衛)勿與士耽(秦)言念三(衛)
之(召)南澗之濱于澗之中君子(鄭)子之丰兮焉
得諼草言樹之背(邶)莫四(邶)采葑采菲(周)雖以五(魏)美如
慰母心(豳)零雨其濛不永傷(邶)終風且暴三(唐)云
胡不樂(邶)(召)何彼襛矣唐棣之華七(鄭)我行其野(鄭)叔
我心匪石(邶)六(衛)曾不容刀首如飛蓬適野(周)南有喬木
不可八(邶)孌彼諸姬(秦)所謂
休息一伊人(邶)靡所與同

扶蘇山下我歌謠不見綦巾彼采蕭亦既德音貽佩玖豈無信

誓報瓊瑤褰裳瞻望何多日伏枕傷悲靡有朝桃李載陽如此

緊北風無使所漂搖

一(鄭)山有扶蘇(召)在南二(鄭)不見子都縞衣三(召)亦既見
山之下(魏)我歌且謠綦巾(王)彼采蕭兮止(秦)秩秩

德音(王)貽 四(鄭)豈無飲酒(蕭)信誓 五(鄭)褰裳涉溱(邶)瞻 六
我佩玖 旦旦敎之以瓊瑤 望弗及何多日也
(陳)輾轉伏枕(鄭)我心 (谷)華如桃李(函)春日 八(邶)北風其
傷悲兮(蕭)靡有朝矣 七 載陽(蕭)如此絜者何 涼(蕭)無使
君勞(函)風
雨所漂搖

縞衣象揥尚瓊華居處如何未有家輾轉河洲流荇菜(邶)洄水
沚在蒹葭苟無覯止濡鵜咮豈敢求思遠巫方窈窕其儀殽獨
宿好逑寧不女于嗟

一(鄭)縞衣綦巾(蕭)象之揥 二(邶)爰居爰處(秦)如何 如 三(邶)輾
也(齊)尚之以瓊華乎而 何(函)曰予未有室家
轉反側在河之洲左 四(秦)溯洄從之宛在 五(王)苟無飢渴
右流之參差荇菜 水中沚蒹葭蒼蒼 (谷)亦既覯止
(曹)維鵜在梁 六(鄭)豈敢愛之(周)不可求思(谷) 七 女(周)窈窕
不濡其咮 誰謂鼠無牙何以速我訟 (曹)其儀淑

一兮(豳)敦八(周)君子好逑(邶)寧不
彼獨宿我顧(衛)予嗟女兮

日夕遊敖汎柏舟爾思莫致我悠悠誰其挑達來城闕維是婁
娑逝宛丘蒲澤釣絲求黽勉松山薪斧束綢繆宵征既不行多
露姑酌金罍以寫憂

一(王)日之夕矣(齊)齊子　二(曹)豈不爾思(衛)遠莫　三(召)誰其
遊敖(邶)汎彼柏舟　致之(邶)悠悠我思　尸之(鄭)
挑兮達兮子寧(魏)維是褊心(陳)婁娑其下　(陳)彼澤之
不來在城闕兮　四　穀旦于逝宛丘之上兮　五　陂有蒲與
荷(召)其釣維何維絲　六(鄭)山有橋松(齊)析薪如之(召)南
伊緡(邶)黽勉求之　何匪斧不克(唐)綢繆束薪　七　肅宵
征(鄘)既不我嘉　八(周)我姑酌彼金
(召)謂行多露　罍(邶)以寫我憂

阪有柔桑谷有蓷東方朝隮殷雷阿丘雄雉鳴豐葛與圃雖

鳩在標梅風雨懷人言則嚏山河思子曷能來良媒成說甘如薺笑傲狂童尚慎哉

一（秦）阪有桑（豳）爰求柔桑（王）中谷有蓷　二（齊）東方未明（曹）南山朝隮（召）殷其雷（邶）虺虺其雷　三（鄘）陟彼阿丘（邶）雄雉于飛有鷕雉鳴（周）葛之覃兮　四（齊）折柳樊圃（周）關關雎鳩（曹）鳲鳩在桑（召）摽有梅　五（鄭）風雨淒淒（周）嗟我懷人（邶）願言則嚏　六（鄘）如山如河（邶）願言思子曷云能來　七（衛）子無良媒（邶）與子成說其甘如薺　八（邶）謔浪笑傲（鄭）狂童之狂也且（魏）上慎旃哉

顧瞻樛木屋渠渠歲莫踟躕遠踐于燕婉肯來妹履即逍遙聊與女同車入林蟋蟀參昴嘒在戶蠨蛸日月除蔑予舜顏溫且思如荼終不我思且

一(曹)顧瞻周道(周)南有　二(唐)歲聿其莫(邶)搔首踟躕　三(邶)燕
樛木(秦)夏屋渠渠　(衛)誰謂宋遠跂予望之
婉之求惠然肯來(齊)　四(鄶)羔裘逍遙(邶)聊與　五(豳)十月蟋
彼姝者子履我即兮　之謀(鄭)有女同車　蟀入我牀
下(召)嘒彼小　六(豳)蠨蛸在戶　七(衛)手如柔荑(鄭)顏如　八(鄭)
星維參與昴　(唐)日月其除　舜華(邶)終溫且惠　有
女如荼(衛)終不可
諼兮(鄭)匪我思且

蘊結中心永弗諼虛邪聊以出東門其誰迨吉侜予美莫或愆
期迂女言適願友琴偕夙夜甘心朋酒宴新昏有情斁我無踰
里可畏牆茨不敢奔

一(鄶)我心蘊結(曹)中心　二(邶)其虛其邪(魏)聊以　三(魏)其誰
弔兮(衛)永矢弗諼　行國(鄭)出其東門　知之(召)
迨其吉兮(陳)　四(召)莫或遑處(衛)匪我愆期　五(鄭)適我願兮
誰侜予美　(鄭)無信人之言人實迂女　(周)琴瑟友之

(魏)夙夜　六(衞)甘心首疾(豳)朋酒　七(陳)洵有情兮(邶)報我　八
必偕　斯饗(邶)宴爾新昏　不遂(鄭)無踰我里
(鄭)亦可畏也(鄘)牆有茨
(王)畏子不敢畏子不奔

執袪昔者在山陽佇立河干水一方菡萏為容夫猗儺茹藘其
景佩翱翔三秋契闊將無怒百歲昏姻俾可忘永矢靡他如皦
日晤言攜手與偕藏

一(鄭)摻執子之祛兮(邶)不(邶)佇立以泣(魏)寘之河　三(陳)
念昔者(晉)在南山之陽　二之干兮(秦)在水一方　有
蒲菡萏(衞)誰適為容(鄭)　四(鄭)茹藘在阪(邶)汎汎其景　五(王)
夫之泱泱猗儺其枝　(鄭)佩玉將將將翱將翔　如
三秋兮(邶)死生契　六(唐)百歲之後(鄘)懷昏　(衞)永矢弗告
闊(衞)將子無怒　姻也(邶)俾世可忘　七(鄘)之死矢靡
他(王)有　八(陳)可與晤言(邶)攜手
如皦日　同歸(鄭)與子偕藏

丹顏膏沐被祁祁思服云如匪澣衣月皓蒼蠅誰與息日遲遲黃鳥殆同歸願言下體無遐棄永好中心有莫違杖屋寤歌琴在御北林瞻彼燕于飛

一（秦）顏如渥丹（衛）豈無膏沐（召）被之祁祁　二（周）寤寐思服（鄘）云如之何（邶）如匪澣衣　三（陳）月出皓兮（齊）蒼蠅之聲（唐）誰與獨息　四（豳）春日遲遲（周）黃鳥于飛（豳）殆及公子同歸　五（衛）願言思伯（邶）無以下體（魏）猶來無棄（周）不我遐棄　六（衛）永以為好也（陳）中心悄悄（邶）中心有違德音莫違　七（秦）在其板屋（衛）獨寐寤歌（鄭）琴瑟在御　八（秦）鬱彼北林（衛）瞻彼淇澳（邶）燕燕于飛

右律詩十二首止以國風為範圍茲註明於每首之後第詩本近體不得不依用今韻惟所引風詩有從叶韻

或不從汁韻者有不足一字而以他句湊合者有一句數見而隨意采取者因限於體韻故不免割裂破碎之離牽強之誚亦猶註杜詩者謂其無一字無來歷云爾固不計其有乖經旨也以最古之詞協為近今之律亦雕蟲小技之所為游戲文章聊以自遣世有見者得毋以為淫傷乎餅山又記

題所畫山水四幅詩集杜甫句

隱几蕭條帶鶡冠強移棲息一枝安不辭萬里長為客乘興還來看藥欄

石門斜日照林邱長夏江村事事幽雲白山青萬餘里杖藜徐步立芳洲

茅齋寄在少城隈巫峽千秋萬壑哀一卧滄江驚歲晚菊花從此不須開

錦里先生烏角巾柴門空閉鎖松筠旁人錯比揚雄宅便插疏籬却任真

詠酒仙磨集

海外徒聞更九州人間亦自有丹邱勸君更盡一杯酒與爾同消萬古愁

一李商隱 二韓翃 三王維 四李白

冬至書感（集杜甫句）

干戈衰謝兩相催懷抱何時得好開肯與鄰翁相對飲須成一醉習池回

評聯絶句一百首附序

此係民國八年陸安那桐聯英會社主徵聯出句爲欲繼高情求友教吾師平生評聯甚多此次高興評取中額之批語概用七絶揭曉後遠近傳誦兹因整理穎山全集録於詩外編之後查此百首中有前編屬他題所詠者有截取他詩數句以作此一絶者各有依歸閱者當能領悟不獨詩可對題而涵泳且使嗜聯句者並可資以尋味也受業黄朝桐謹識

聯會閬仙品藻凡徵

華陽高隱山中相岳麓辭歸鄴下侯一自子房先假託赤松
黃石兩悠悠
名二 盍生名世覺群迷
天民所志覺斯民任重終知屬有莘群世茫茫如墮霧憑誰
舟楫渡迷津
名三 獨標異彩醒群瞎
亞東華夏古黃炎五色旗飄萬國瞻太息龍蛇今起陸可能
璀璨復莊嚴
名四 暫韜大志伍農耕

篝燈莫笑學狐鳴革命誰知出壟耕推卻虎狼專制毒揭竿

群赴起先聲

紀五暫韜雄略獻漁鉤

堪嘆王孫説報金垂竿當日餓淮陰本非魚水情相得推食

紀六重違雅意聽公漁

終歸一餌沈

貧賤之交信有情江湖物色幾千旌無如帝座星原客不肯

雲臺競比明

紀七特欽桓烈霸群雄

不須為政泥前王此日遂應重富强表海雄風推首霸夷吾

功烈足輝光

其八 能消大事藉誰排

解紛不用甲親裁樽俎惟憑口舌間果使帝秦終混一誓将

東海蹈西山

其九 莫消偶語取仇封

逐鹿歸来汗馬功得為天子賴彦雄可知大地須羅網湯沐

何須獨靳豐

其十 莫懷遺恨失孫吞

漢賊終知不兩存奈何唇齒失姻婚自從涕泣出師表白帝

空啼杜宇魂

十一

允堆壯志送卿歌

馬角歸來太子丹白衣空遣髮衝冠只今惟有秦時月猶照

悲歌易水寒

十二

惜從奸議許戎和

一從嬌詔促班師半壁江山不可為但得小朝奸相在武臣

雖死莫須悲

十三

肯甘屈節作奴降

故人贈別轉凄然歸國回思十九年落盡節旄氈不亂翻留

胤子泣胡天

四十拚殺生命賭兵籌

秦皇空自固金城胡馬依然未寢兵為問英雄終角逐山河

一局幾輸贏

五十力弥邊隙塞胡窺

張騫曾渡北天山定遠終臨西海灣誰謂長城界胡虜丸泥

翻欲塞函關

六十嬀留正氣紀臣歌

痛哭崖門事已休南來臣主入滄洲紫元空自㦖忠烈燕市悲歌萬古留

十七
忍觀危饗斬姬臺羅殘雀亂圍城急一箭浮圖誓霹雲妾向已亭臣力竭笙歌鄰境自將軍

十八
不聞忠魄許嬌鄰名姝不肯生前樂翻向西湖共一邱麗質英魂明月夜往來山水入僧樓

十九
獨憐英魄典摩瞻

松楸月黑夜流螢，風馬雲車尚有靈。好共鬼雄同殺賊，莫辭
飛髮入林青。

十二

竊哀黃種被夷凌，四千年國古軒轅。東亞華風實子孫，堪嘆海氛正猖獗，鯨濤
都欲涌中原。

廿一

寧停功課制倭橫，誰謂風迴海上舟。童男今已出瀛洲，乘桴尚賸居夷說，終恐
尼山失孔邱。

廿二

釀成危局委誰平

賣國偏生此漢奸恨他秦檜欲矛擠竟將華冑同奴隸說到
朝鮮力挽難

廿三
醫除苛法拯民生
掃殘專制本君輕八載共和國體更空說平民數政策只今
南北未同盟

廿四
謹遵蕭法洽民歌
三年漢相說規隨百姓翻来清淨詩直把士夫同醉夢可能
天下治平時

二五
誰憐流狀替民呈

二五 咏到熙寧政失中青苗堪感賦嗷鴻飢荒為上流民畫獨浮
君門詔責躬

二六 忍加重稅剥民膏
由來俸禄出脂膏那管哀鴻徧野號上下交征名為國錙銖
真欲及秋毫

二七 自甘癯態願民肥
我聞天子號尊銜視聽於民當酒監安得盡如韓許直朕當
安枕免聽諛

廿八 自尊良貴賤官榮

富貴原知屬儻來我人甜醉骨心灰豈知天爵生俱賦華膴

叢中宰散材

廿九 忍看飢色飽官餐

同是天生億兆民固須口腹養吾身誰知萬錢不下箸不見

江南人食人

卅 悔污清節附官升

名見繼云因狗監直言原不念牛衣趨炎附勢真堪悼歸去

山林隧式微

卅一 梓持公論抵官横

可嘆政苛哀似虎殘曾死毒業於蛇漢書酷吏今猶在魚肉
堪憐百姓家

三二 別分香界領官司
聞道吏音創女閭自來官妓此權輿何當許共司香尉歌酒
花中列侍書

卅三 回思榮宦當奴差
漢謂臣工淌謂奴祇因族類判稱呼自從帝制歸消滅平等
何曾貴賤殊

卅四 惜楚介節累親友

龍已帰渊蛇在野入山既自不论功介推未免终於介忍使

慈悍一炬红

三五翻缘屐力撻兒哀

昔也笞兒〻不痛今也笞兒〻寔慟吁嗟母兮能幾時他日

空悲蓼莪诵

卅六堪嗤苟得训孥悭

不貪所要廉為寳見利遠思義是所悖而入者悖而出此是

人間造孽钱

三七忍疏尋睦聴嬌唆

連枝兄弟由天屬妯娌終難说孔懷自古鬩墻爭粟布多因
長舌厲之階

三八
敢因貧况薄吾交
貧賤之交不可忘糟糠之妻不下堂但使白頭比金石未妨
知己隔參商

卅九
苦無善狀慰朋吹
捫心自信過人否何必先憂莫己知被褐滿懷緹珠玉先容
終恐受猜疑

卌
堪嗤狂態足免傳

世人皆謂我狂生笑我狂奴故態萌清白何須傳節操但求
進取沭家聲
一四 休貽凉德累兒寒
刻薄成家誰久享陰謀處世豈能興眼看門第從烜赫瞥眼
浮雲已替陵
二卅 喜餞榮福領孫羅
三唐歷史我曾翻第一汾陽習德門數到九疇徵五福滿階
蘭玉繞兒孫
三四 借娱老境課孫吟

日薄桑榆坐晚庭，牽山當戶捲簾青。好將舊句教孫讀，花下琅琅亦可聽。

卌四
長留孔道範儒修，九流七略發紛歧。惟有尼山百世師，終迟天聏宗教入可能。大道永長垂。

四五
難愚黔首枉儒坑，祖龍專制把民愚。萬世終思帝九區，誰料李斯坑不盡，同謀文幼弑扶蘇。

卌六
漫嗤便腹把師嘲

何必吾生计後前但能聞道即為賢狂名漫詆昌黎説弟子
曾聞笑孝先

四七 得親雅乾勝侯封
不願生為萬户侯但求一面識荊州士當未遇何堪説若此
仙才等衆流

四八 莫誇下第算雄救
無端胯下遭奇辱隱忍誰知國士風可知楚漢興亡局都在
蕭何計策中

四九 故藏深智笑他愚

嘗云巧者拙之奴大智偏教處若愚顏子生忘終日語可知

靈臺燭明珠

十五 賢砭愚竅鑿渠通

人生天性本虛靈物欲紛乘半醉醒若養自然休妄鑿源頭

活水有時渟

一五 愈增稜骨銼儒磨

生成風骨自嶙峋一任磨礱未可磷只貴高山登崖岸和光

原不肯同塵

二五 權將硬性練伊柔

此身自笑真如鍊直可為戈曲作鈎仍忌太剛難免折未妨
繞指化為柔

三五
不經苦節識誰貞
春来萬物各欣欣每到嚴冬賴自分開道時窮士節見蒼松
璇迴不同峯

四五
難爭庸福悔吝聰
窮通每不論愚賢賦性悠悠孰向天惟有唐虞推帝德獨能
諸福若襍穉

五五
是何喜氣賀予貧

逐貧賦與送窮文，豈有揶揄可聽聞。堪感德音羊舌氏，也同

市義孟嘗君。

五六 倒屣貧綴向人驕，

自笑頭銜愧寠人。飢寒猶是不貲身，漫云肆志歸何品，白眼

看他不等倫。

五七 幸承舊德夠儒餐，

何須藜藿愧充飢。家有藏書脆亦肥，珍錯任他誇美味，英華

饜饋足清徽。

五八 僅彀朕向倩賔嘗

好將神味共論詩適口嘗來各自知便當卯廚羅品物意調

終是在人為

九五獨鳴孤掌勝羣喧

共道千人之諾諾不如一士之諤諤曾看漢說到淋漓悅若

兒童拍手樂

十六何傷雅謔解人嘲

邈邈子雲作解嘲知白守黑何嘵嘵善戲謔兮不為虐可嘆

鳳凰同鴟梟

一六姑料冷眼看渠橫

此等奸邪實可憎任他跋扈更憑陵匹夫無劍原非勇只合誅爲董卓燈

二六
獨翔孤影任伊羅冥冥高影入雲深風送寒空响遠音便向仙山逐鸞鶴弋人何事覩空林

三六
幸生絶色與誰緣涉江間自采芙蓉照影堪憐比麗容惆悵陳思吟美妾何人消受此情鍾

四六
替弥爾事倩媧縫

人間何事可完全造物殊難滿一天不有神媧彌缺恨雲根
安得盡能圓

六五 替搔奇癢待姑來
蓬萊弱水今清淺東海揚塵事杳茫堪笑蔡經太唐突可能
痛癢及滄桑

六六 別成香眷結仙婚
石梁高諫赤城霞結得仙緣轉憶家流水已將塵世去他年
重到只桃花

六七 慾憐醜態效嬌顰

天生尤物聽清揚却帶愁容益艷粧爲向東施寧鮮得此身
来去判興亡

八六 愧賣艷色締夷婚
紅顏如可靖胡沙自請君王出漢家他日股肱思妻美好添
麟閣畫琵琶

九六 幸憑好誼贖姬歸
十二年中嘆苟生千金重返託鄉情焦桐瀉譜胡家柏腸斷
關山别母聲

十七 不圖弱質替爺征

阿爺生女稱非男莫道我裘我不諳便洗鉛華事弓劍風塵

從此共征驂

一七 抱傷介節敢嬌妝

早知夫子抱清規敢遣登堂奉帚箕亦既倚羅非所悦挽車

好共鹿門期

二七 痴將私語訂他生

来生夫婦此相期未必因緣定可知桃李春風花自好今年

不是去年時

三七 簡編雖詠想妃容

可羨輕狂李謫仙，清平和醉賦君前。太真玉手親承硯，流落

江湖為此篇。

七四 轉因痒態為郎羞，會真一記情堪感。悽怨崔娘斷絕書，他日何須更相訪。此身

空悔不當初。

七五 怎調滋味合姑嘗？生身為女終為婦，我道家姑亦母親。獨慨世情多差謬，問他

中饋又何人？

七六 都緣貧累卿勞

故人作吏嗟貧賤，弱婦兼農愧寵榮。堪嘆下堂竟求去，他年覆水悔平生。

七七 難堪偏謫嗣翁聾

京華冠蓋幾趍炎，仕路何心卦懶占。人海陸沈方痛恨，申申偏聒老夫潛。

七八 互爭專寵作夫難

種浮群花潤後庭，就中献媚各娉婷。固知左右難為副，只好宵征學小星。

七九 翻恐柔舌抑夫橫

不幸遇人偏不淑那堪微淚枕邊啼自來剛性柔能制或者
同心共聽雞
十八快舫歡夢渡儂愁
搴裳一自別春江幾度凝眸倚碧窗盼到花飛斜日晚更無
迎我木蘭艭
一八借媒長醉嫁儂愁
曾約秋期竟不來待憑何物作良媒好將一醉通幽夢聊當
香閨合卺杯
二八忍因新婦禁郎親

也識紫君寵遇深長門應有白頭吟人前何敢增嬌媚爲忌
他銜嫉妬心
三八怎飛香夢貼郎征
征鞍一去幾時還遠道聞君出玉關只恐夢中難認路西風
吹碎落諸山
四八謬稱傾傈望夫歸
一拳兀立迴空色翹首天涯望無極莫道望夫〻不歸縱使
歸來豈相識
五八何殊前態變婆妝

麗人長説貌如花能得紅顔幾歲華詠到尋春牧之句緑陰
結子一堪嗟

六八曾叨香宴聽仙歌
金莖美酒紫瑶觥黄竹高歌白玉笙遥憶鈞天張廣樂仙風
吹下步虚聲

七八重編雅調入伶歌
雅樂淪亡久失傳陽春白雪已如烟誰從節奏尋歌舞一洗
淫哇播管絃

八八忽閲古詞翻子思

落葉哀蟬凄夕照平沙落雁渺秋波江山如舊風塵變子野

聞歌喚奈何

八九 回思往事等優觀

共道共和大舞臺欣看天演幕初開直從古代至今日此是

登場第幾回

九十 概成空幻笑渠忙

每念人生不滿百偏覺常懷千歲憂畢竟有涯同妄蛇悟他

露電只長休

九一 難圓幽夢逼鄰軒

窮居豈有濟時心高卧翻教入夢深莫怪他人鼾鼻息也應

、驚醒振昏沈

二九 一驚大夢起群醒

斯世浮生都夢境便如滄海泛虛舟於今三島風濤惡吹折

帆檣一醒不

三九 翻憎皓魄照人離

隔千里兮共明月望美人兮天一方數聲風笛離亭晚一夜

征人共望鄉

四九 已蕪霸跡悵姑蘇

廿載如何竟沼吳高臺歌舞尚姑蘇自從香徑游麋鹿已逐

扁舟入五湖

九五 容需了願伴翁游

婚嫁怱〻事已完相偕五岳遠游觀笑他宗炳空琴操老病

歸来畫翠峦

九六 不妨偕韵和樵歌

斯人可是朱翁子負薪時出碧山裏伊誰復共和高歌天籟

乍吹白雲起

九七 幾曾飽德念農劳

富歲方能施教育先疇終賴澤詩書豳風七月耕兼織想見田家樂有餘

九八 素安野性愛農談茅閑來去話山家翠竹疎籬络豆花野老相逢時一笑林邊時與話桑麻

九九 恬醒殘夢聽王雎自安拙性守林卯閑把殘扁卧小樓忽覺夢回天地外微風時送數聲鳩

一百 翻欣晚節厥羣芳

閒步東籬徑未荒三秋已盡尚含芳固應宜稱淵明愛不與
群葩競艷陽
駿
亦乘老興與童遊
、又見寰區景物新湧愁滄海更揚塵好將絲竹偕行樂童冠
相將及暮春

贈
廣西鄉賢遺著編印委員會贈
鉼山全集
第七册
文

集

鉼山文集目錄

登西嶺記
讀封禪書書後
西溪詩序
讀莊子書後
蜀漢之亡論
格致説
蜀先帝託孤論
鉼山草堂圖跋
讀老子

私淑諸人考

周公使管叔監殷管叔以殷畔辯

恩貢生陸諱方瀛墓誌銘

先妣述畧

陸甥鍾麟墓誌銘

黄君琴堂選鈔陸甥鍾麟文稿序

議建古陽橋勸捐小引

修整缾山觀音洞碑序

陸司馬念堂公事略

瓶山文集

嶺西瓶山曾此愚稿

談天賦

有無何野人者造未始先生而言曰嘗聞騶衍之談但言形勢之如此屈平之問未及數理之本然今且不妨以蠡測海以管窺天蓋天既動而地亦動天本圓而地亦圓月之一輪實循地而環走地之二極乃繞日而斡旋以五帶分氣候以九重占歲躔有高有卑故斡運之不忒爲遠爲近斯錯行之不愆此吾人日處高厚所當窮究而極研也則且與子窮探奥妙推闡幽微

橢圓之法固為精確晷影之說尚未求遑不考圜容於渾天儀無以窺其經緯不察數理於括地志何以證此璿璣故周髀之算經體義雖足以測驗而西洋之表度律曆要可以因依也原夫穹窿穆穆曠遠悠悠天何象而如卵地何形而似毬涵資生於萬類運行健於四游開闢不知其何始變化不知其所由離地則九萬一千餘里之相去行天則三百六十五度而一周仰觀則疑包硬殼俯察則如懸圓蒂或遠離而近離亦似繫而非繫惟宗動天之發軔能挾右行之七曜而左移而大瀛海之駛船可由西去之重洋而東至故觀天地之為物如蟻之旋磨也

而往來各有循行如蜂之落房也而上下俱為附麗如注水於圜盂也旋轉之而土沙聚於渦心如飀風於曠野也迴環之而木葉團於空際此元氣之所渾淪而時光之所流逝三垣之所壁聯五洲之所位置二道推移由此而編年四方圜轉因之以成歲也然而數以久而多差景似添而小駐是歲實之所乘除為閏餘之所迴互儀器倘莫有研求憲書亦難於推步則授時之始如何存消長之根而紀歲之終安得識盈虛之數不知考永年於冬至自有前消後長之真原求恆氣於月中亦具氣盈朔虛之定數蓋所行之交距纖秒或小有參差而所積之餘分

時節固不能舛誤也故夫灰管之候二十四氣黄鐘之分三十
六宫綜十干循環而配其度以八卦遞嬗而會其通叓徵驗於
地輪一氣感一扇而符節若合倘借觀於秬黍一粒為一分而
毫釐胥同則律呂之書云八百一分量衡固原於堯典而大衍
之議為七十二候增益胥本於元公所以北極為一天之樞紐
恆星主列宿之光華既發化機於黄道胥涵躔度於歲差循生
乎四季而不息高大乎五星而無涯考衆律於歲時合角徵羽
宫商而並奏溯諸天之辰宿統水火金木土而紛拏此所以生
月令之序而因以成天文之家若夫日何為而晝夜永短月何

爲而朔望弦晦本出没之有常胡盈虧之殊態此其南北陸之有異同而東西球之有向背也故光六黑六而天下之晝夜半進三退三而歲中之朔望判或一晝而月已逾三或一日而年將過半夏日長而冬日短寒暑證之六合而非殊近陽暗而遠陽明圓缺歷之千秋而不亂此四時之節候所由成而一年之距交可因而算也是故分野不關星宿紀元亦非甲子古人或亦因事而偶幾今日何必執時而定紀廿八宿本無私照十二州豈能限其躔三五代已不相沿十二宫詎必端其始乃有天開紀異地震爲災或樓臺之聳特或陵阜之崩隤聲似爲之裂

形若為之推豈知火與土之氣相沖故每天鳴而鋑發亦陽受陰之氣相構故或地陷而泉開蓋同孛彗之毫芒向彼蒼而直射亦由雷霆之霹靂奮大塊而掀碰然則重光之何為誌奇吞蝕之何為呈變也澹微雰於碧漢陽光返映而重輝騰薄雺於紫虛土氣上蒸而兩見金烏入坤軸之底月經地影而無光玉兔臨闇虛之衝日照地輿而失炫如鏡當燈火斜而視之鏡空疊蕩夫燈光如錢下水盂遠而望之錢影上浮於水面故多逢朔望而有淺有深亦每值升沈而或隱或現也若乃暈氣圍圜彗星沖射胡為而圍抱成環胡為而隕墜成石或似井欄而圈

入空青或如掃帚而直拖雲白蓋瀰氣騰天以深窈受朦朧而渾現中宵火精挾土以上升得煆鍊而斜飛永夕為黃為白此固旱澇所垂徵曰角曰芒抑亦治亂所由著迹也爾其天漢橫宇虹霓互空或以為河精浮上或以為淫氣交融或南隱而北顯或朝西而暮東實是微小之星光併一帶如白練亦由迷濛之日色描七彩於蒼穹蓋與鬼宿之大陵積尸涵白影於天上亦若蜃樓之空際傑閣倒幻形於海中且夫雨霧之所涵濡風雲之所飄滅霜露之所飛霏雷雹之所迅烈雪霰之所寒沍冰雹之所凝結其形質變化之所由固可得而說也天地本此氣

之與理亦無方之非圓如水滴而火灼如光照而聲傳星辰之所激滚日月之所推遷陰陽之所動静燥溼之所寒暄融貫其氣互為之根陶此萬物歸於一元夫以雲之為氣也地因日炙而沸炎界水受陽噓而薰太清競飛揚而作態紛密布而為形下既蓋其炎氣上亦隔其火晶乃積壓而雲結遂淋漓而雨生焉當其陰重陽鬱陽微陰抑震撼交鬪頓挫無力相敵不勝求出不得自迴旋於重疊遂滂沱而四塞譬沸湯於爨釜蓬作汽而上蒸如釀酒於大甑倒為汁而下減於是雷之為氣春夏既和動静交養熱既烝而觸火乃沖而上被重雲之圍裹受冷雨

之摩盪氣蓄勢以滂礴力破隙而奔往故或如礮之轟而爲聲又似鼓之擂而成響也是以艮坎蓄而爲氣硝炭閉而擊光或激射乎室之奧或煜爍乎山之陽似火山之燒灼如金蛇之奔忙故雷將爲之喧怒而電先爲之發揚則有風之爲氣疏越而鴻鬱積以升或天欲雨而涇水不動或雲壓暑而爍火不勝勢飄揚以飈疾聲奮迅而塵騰其於人也感五中而噫從肺腑其於物也激萬竅而怒吼山陵若太平海之洋潮平天接而大浪山之地濤湧雲興此隨地之所作固測時之可憑也及其風既息晝露乃凝昏既清而地更烘晴暾追夕凝冷及朝乃繁綴若

珠以垂宇甘如醴而流坤若無風烈遂結霜痕是霜之成乃露之結夜既瀼瀼晨斯凜冽入卉則枯棲條則折潤土脈而可為明春播種之資戒天時而知此日休工之節是霜之為用又如此也至於雪之將下地亦先煖温為雲升凍作雨散既寒結而紛墜復凝沍而壞斷飛柳絮於簷端落梅花於江畔飄珠米於淅瀝灑玉屑而歷亂此又雪之變而為霰也雪之既化氷於以凝或塞河而可渡或積山而莫登淩炎威而未解遂大噫而上升既明澈如晶球更匀圓如瓊實煖外感以精光陰內涵而白質聲振宇以填階響排空而灑室此又氷之變而為雹也至若

熱氣焚宵涼意侵旦既由蒸鬱更無飄散斯淪天而布濩乃接地而彌漫當晴旭之消化遂輕飈而續斷此陽之勝陰故霧之不能久於霄漢也彼夫火井溫泉朝潮夕汐或源出於硫黃或底通於焦石或隨月而增旺或因日所激迫故湯之沐於滇海因地燄而上燒濤之觀於浙江每秋中而益溢此宇宙之洪爐而乾坤之翕闢也天地之道可得宣者蓋如此矣子以為然乎否乎未始先生乃仰觀俯察瞿然而言曰人日戴板板之覆冒而不知其何以流形而化成也人日覿蒼蒼之悠遠亦不知其何以措行而廣生也洪荒以前何所肇造而忽有蟠際以外何

所綱維而無傾，鄒衍之無垠，空溯劉安之虛廓，誰明亦惟與子
穴處蛙井，塵樓蟻城，不跨溟鯤而凌綿漠，安知海外之有八瀛
不御天馬以控寥廓，安知塵表之有九京，同粟置於大倉，更何
語而何名

倉頡沮誦廟碑序代作

古之最有大功德於民而為後世所當崇報者蠶嗇而外文字尚矣顧先蠶先嗇並列祀典而造字之祖獨闕然無聞此非所以報本追遠也許叔重之言曰文字者經藝之本王政之始前人所以垂後後人所以識古則文字之報不尤為亟亟乎伊古以來說造字者莫不謂倉頡沮誦而或者謂倉頡為黃帝左史沮誦為右史或又謂倉頡即古倉羲在黃帝以前姑不深考惟文字之作初不過指事象形而已其後轉輾相推乃有諧聲會意轉注段借四者以相益而六書始大備周教國子乃先六書

是六書者學者苟不先爲考究其能明造字之旨也乎三代以來文字之變至今亦難言之矣自古而籀籀而篆篆而隸隸而草以至於真楷其中體例不知幾許更變今之小子但知真楷即以爲聖人所造之字不知秦漢以上諸簡冊要皆科斗文字使之偶見古籀一書即茫然不知所謂且以爲異域之文者比而欲求文字之本原豈不難哉夫文字者孳乳而寖多者也五帝三王之世改易殊體則知文字之變固世運使然稽古者苟能於歷代之體而觀其會通更於六書之中以求其義理庶幾倉沮制造之意可以稍明一二也鄉之人既立爲祀使凡後

之人讀書識字者皆知追本返始以見報其功而食其報者之所由因屬余為之序故並言其略如此則凡爾雅之為訓詁説文之於解字此皆小學之始基者也學者先於此而深求之夫然後古人之書其可以讀矣

管仲論

論人者不考其時勢而徒以功名氣節觀之此非所以能原其心也管夷吾春秋之一大功臣也而論者乃謂偷生防賢實失相國之大義曾子曰是不足以律仲仲非不能死仲實不必死何也子糾兄小白弟也僖公特使鮑叔傅小白管召傅子糾於二子固未有以立也二子既未有以立又何從而定君臣之分晉荀息之傅奚齊也獻公命之也里克殺奚齊卓子而荀息死之以奚齊為獻公所立也既已立為儲則里克為弑而荀息可殉苟非立為儲則子糾雖已死而管仲何不可以生必謂仲不

死難之爲非則召忽之死孔子已貶爲匹夫豈不以徒死之無益而不得謂之殉節哉此事君致身之學惟見危乃致之紓之死非死社稷也而何疑於仲之不殉而或者曰然則仲之不死而更事桓且足以霸齊矣於臨終時何不薦賢自代乃以一人興之而數人亡之賢者之爲人國固如是乎曰夫管仲於鮑叔牙賓胥無甯戚隰朋四子者之爲人固嘗言之於豎刁易牙開方三子者之爲人亦未嘗不言之也四子者雖稱之而或有抑揚三子則固已黜之無遺餘力矣爲桓公者即至昏愚本平日信仲之言於兩者而相較之其賢與否不待智者而後知也仲

以為四子者之才雖偏較之三子之不情而要皆可用故於桓之再詢而舉隰朋以薦之又安知桓之不聽而竟用三子隰朋亦相繼而卒也又何恨於仲之不薦賢嗟乎仲之為人孔子褒之為多而惟於不儉不知禮稍有貶詞要即所謂器小云爾善夫顧亭林之言曰君臣之分所關者在一身華裔之防所繫者在天下是言也知孔子春秋之志則知所以定管仲之案矣

仙巖記

永康西百里之上峙村有仙巖山山不甚高而削如壁由麓至巔約一二十丈中叠筒匣不知其數非木非石有底有蓋長可五尺許無大小之差質類石灰白而微黄其舊者兼蒼緑色狀似今之圓棺山址則溪水環之可望而不可即也俗傳每年七月十九日爲母皇死二十日葬於此山遠近雜鳥羣嘈其處鳥頂毛盡脱若爲之服者又有大鳥羽毛雜色往來叫呼如喪事之用僧道然惟其匣則數十年來一仍其舊堆垛洞中有傾斜者其勢若墜而亦竟不墜聞咸豐年間曾墜其蓋是年其村人

遂遭瘟疫故亦不亂墜也按續漢書郡國志永昌郡楪榆注引
廣志云有弔鳥山衆鳥千百羣共會鳴呼啁噺每歲七八月晦
望至集六日則止雉雀來弔特悲俗言鳳凰死於此山故衆鳥
來弔云然則弔鳥山當與此同惟無匣耳蓋俗所謂毋皇者皇
即鳳凰毋即雌也爾雅鶠鳳其雌皇是雄者爲鳳而皇即其毋
云爾由是以觀則鳳皇之死羣鳥爲之喪服理或有之獨其死
必於每年之是月有如許鳳皇之死之皆同即爲其初祖之忌
日然其匣又如此之多何處製成而誰爲製之何時舁來而誰
爲舁之百思不得其故殊爲可異夫鳳之爲物據諸書所云鳳

鳥也羽蟲三百六十鳳凰為之長飛則羣鳥從之舜時嘗儀於庭周時鳴於岐山當必確有其物者乃自孔子時即已歎其不至今之外國博物院亦與龍而並無之豈如此神物而亦受天演之淘汰耶使其非鳳皇也固勿庸論若真鳳皇何獨於窮荒隱僻中以祕藏其異迹此尤為可怪者也以余所目覩並據其村人所述證之廣志吾知秦漢以上久已無此鳥矣因歷來無聞於世故特記之以俟研究科學而精於物理者

擬中國　大皇帝討日本布告各國君主檄文

大清國　大皇帝以倭奴猖獗寇我東藩侵我邊地爲文布告地球各國君主以聲罪狀而行天討天以皇清克世厥德紹三皇五帝以迄秦漢唐宋元明以及偏安諸主五千餘年於兹我聖祖　神宗乃撫有中夏統一區宇東扼吉林黑龍江奉天三省西跨新疆前後兩藏北負内外蒙古一百三十五旗南面滇粤諸郡縱横一萬餘里凡在屬國依附宇下者莫不怙冒仁育視同藩封内修外攘相爲保衛俾世代子孫繼繼承承億萬年無疆之休於勿替迺者朝鮮與日本同爲亞洲左翊歷代相

繼咸沐聖人之教自以法變西國寖至富强視中國寬宏之量
謂不足以有爲屢出無名之師以要挾計自開闢至今四
閱月矣中國以朝鮮毘連東土思同藩服近日孱弱所不待言
而救災捍患悉中國是賴故一聞失守即臨兵其境以問吞蝕
之罪乃日本竟擄其王子嬪妃去使謂朝鮮已屬彼地與我中
國亦復何干於是彼此相戕遂成仇敵今日本怙惡不悛亦自
以爲得計矣詎知日本得罪於天下不表暴之不見日本之惡
不足以服四海之人心也當朝鮮弛海禁時仁川釜山元山三
口岸日本約與通商亦既許之設埔矣乃復咻其孤立使之攜

貳中國而甲申十月之變洪逆逼脅朝主又復爲之外應而拒
我之援師我中國置之不論亦謂既已誅亂而保藩王則亦已
矣而日本反使伊藤來詰慢詞要索肆意淩欺今且無故舉國
而侵奪之是其包藏禍心外假亦以協和實内以固其鯨吞之
計是棄和約者日本也同治十二三年間日本曾先後遣使入
覲方謂自此以後無相猜也乃數年之中一入臺灣諸般要求
既允給其兵費得意以去矣無何而廢滅琉球夷爲沖繩縣復
以兵船游歷至福建烟臺諸海口隱有耀武之意而顯與中國
爲難稍有爭端便爲藉口彼特以此爲嘗試也而使中國以所

難堪是啟釁端者日本也日本之罪難以枚舉而猶欲稱雄海上以與各國爭衡亦未足以服天下矣夫朝鮮於中國累代朝貢恩同一家固不忍坐視不救而任日本之取攜也朝鮮於日本亦累世和好久同鄰交固非欺侮鄰與而恃中國為之保護也爾萬國公法有曰自主之國雖小弱皆得與諸國並列或大國無禮侵淩諸國當共救之又曰或其國無德恃力侵暴實於小國有礙者則當公議阻阨扶弱抑強令海外諸國既坐觀成敗無相為援而中國行之固非開罪於日本也乃日本自變法以來凡礮火機器法制禁令宗尚西法自謂日臻強大足以雄

長東方豈知日本在唐宋以前固嘗朝貢中國非敢有桀驁也自元世祖至元十八年范文虎阿達海輩平壺之役突遇颶風棄師海外此其或者天意以日本罪惡未盈姑爲存之非其竟能戰勝也至明中葉沿海奸民引倭入寇蹂躪内地東南騷動然劉江未嘗不大破於望海堝張經未嘗不大破於王江涇戚繼光未嘗不屢戰克捷擒斬畧盡也及萬曆平秀吉之亂朝主奔竄遣使告急廷議救之稍有失利然李如松未嘗不襲破之而餘皆焚溺劉綎未嘗不邀擊之而有所斬獲也我朝法前代羈縻之法而悉待以包容不謂示之以謙則易驕我　高宗純

皇帝先已見及此也日本以東海一隅不度德量力聽前巴夏禮之陰謀搆怨於中國以日本三島之地較之中國不過二三省之大中國之糧餉十倍於日本中國之兵勇十倍於日本中國之軍器十倍於日本即中國之臣民被列祖仁恩咸思報効覩此貪狠莫不眥裂髮指奮勇直前思欲食肉寢皮滅此而朝食日本苟有悔心猶可及止不然中國且舉十八省之師並約海外諸國兵船四集風卷電飈如當日米船入浦賀旋入下田則東京可困俄船入大坂旋入唐太則西京可圖英船入函館旋入長崎則五島可據數道紛乘衝突無定日本雖悍首尾不

能相顧其不舉國困窮分崩離析者未之有也倘及時罷退則不惟朝鮮之幸抑亦日本之幸若猶以爲强勁殺人以逞則日本之憂恐不在朝鮮而在蕭牆之内也各國君主亦有發於公憤者孰曲孰直當不出於阿私即凡我軍民有請纓之志則係倭主之頸而致之闕下在斯舉矣其各同心戮力以匡王室功有賞過有罰朝廷之恩威斯在勉之如律令

銅鼓記

永康北五里之舊縣村當道光二十五年耕民於横山之陽獲一銅鼓完好無缺土繡深碧而古氣盎然徑圍約六尺餘高尺五植心隆起棱下稍豐而腰漸束底如其面而空圜面邊踞蟾蜍四其二各負小螺不知其取何義也周身環輪三十九道疏密相間雜以細紋或圓點或斜路不可名狀旁有兩耳形如絞索是用以舁者為之反覆審視惜無年代之可稽但觀其宏壯之模陸離之文翳綠之色殆非漢魏以下物也案省志乾隆八年北流縣農民得一銅鼓是年秋又獲一銅鼓於潯江銅鼓灘

中舊志載明天啟戊午端陽日白石山人於土中掘出一銅鼓同日漁人於潯江銅鼓灘中亦得一銅鼓一水一陸出皆同時是亦奇也而引逸史謂馬伏波征交阯時舟載二銅鼓躍入桂江中據此則二鼓先後俱出於潯江似足以符其數然二者又出於土中抑又何說余以爲兩粵舊屬百蠻遺壤而又與交阯鄰嘗讀馬援傳竊謂銅鼓入水之說之非也傳謂援於交阯得駱越銅鼓乃鑄爲馬式還上之則以鼓鑄馬時尚在交阯安得載至桂江躍入水之理章懷太子注引裴氏廣州記云俚獠之俗鑄銅爲鼓鼓成懸於庭置酒招客豪富女子以金銀爲大釵

擊之擊罷留遺主人然則狸獠故是好尚此樂今銅鼓之不時
出於山崗間或大或小多有發現當即其舊物之埋留自是可
據如謂爲之伏波何無紀以年月且既係軍樂未必棄而不取
可知其非始於後漢也

蟻說

昆蟲中之最義者莫蟻若也其遇有可食者必奔返而告其類然後從而食之或舉舁而歸其穴余有膏壺置於牖其飲於是而溺於是者不知其幾千萬矣余非故設此而陷阱之也猶不解其始之邀為此來其尚能活焉否耳如其尚活焉則或有飲此而溺者既知相告而來何不相率而返也即其不活焉則後此之來者抑何不以之為戒而相率而返也胡因貪而致死之源源若是然則何其不知所以自制若是也子產曰水懦則民玩覌故多死焉吁此其所以為蟻也歟

黄外祖母馬孺人事略

外祖母爲仰村庠生寶三公之女，余先祖母之四姨也。年二十適先協理羅陽土縣廪生雲凝公，繼其室。二十四而孀，無子，惟先妣一人而已。因以叔之子諱淦者爲之後，以守其家。乃未幾而先妣卒，未幾而舅氏以拔貢仕於滇，亦卒。外祖則痛其無子而惟一女，也尚不能長保以終，既無子而以姪爲繼，也亦竟不能倚其望，於是惑於佛教之所謂慈悲大士者，易而爲佞佛之所爲，以邀福庇於來生，如三世因果之說，其志亦可哀也已。然先妣既殁，而又煢煢然遺余姊妹三人，外祖母又憫余姊之漸長也攜之家而飲食之教誨之視余姊如見先妣焉其心又何苦也先是外祖母之屋燬於盜僑居於城東去余家不三百步余少時得嘗朝夕過從也或飯時而偕之飯或夜時而偕之寢嬉嬉然以為常余亦忘余之無先妣也者以此來往甚暱每思其壯歲不可知但見其五六十歲時於家人之作息勞瘁每自道其苦節以為表率其督責子姪之誦讀又以余為之規待人則和溫備至未嘗見其愁苦怨詈之聲即灑掃炊爨諸細故力可為者無不為之代替筋力雖疲未倦也而於余姊之奩具凡蓄積諸衣布則又為之織而染之縫而紉之以至于歸而

後安即余之與妹不至於孤露亦莫非賴其顧恤焉嗟夫外祖母之視余三人者不啻若其子孫而余之視外祖母亦如先妣之猶在而已矣已而余既娶抱女孟瑶者過其家乃戲謂之曰余得見汝爺成人與汝之有弟也雖老死無恨矣余笑而頷之以爲老人常情無何而舅母以寄居非計也遂謀於次年歸羅陽而余亦以游學於東當久別去之日知余之將過也候於門目逆而欲言余覩其神貌衰鑠恐不可久也悲不自勝含淚而辭之哽不能言而外祖母亦若依依不舍者而果於明年而終嗚呼蓋距死至今且六年矣而迴思昔之望余成人者今雖幸

舉於鄉於冥漠之中或可以稍慰獨至孟瑶之弟則尚未之見焉其能無恨矣乎余悲其守志之艱既無爲之表於世又恐其節槪之久而胥沫也故略書所記以抒余哀若疇昔之嘗夢少小時事每見其於舊居處樹影覆階短籬瓜蔓中音容彷彿如平生歡今則人地非舊惟古木蔥蘢而已其可慨也夫其可歎也夫

登西嶺記

昔人謂子長之文得於善游余謂文不以學而以游其論文也亦奇矣然嘗觀宇内之名山大川必有其氣之所甚蓄然後屹而峙者鈌而泛者以能亙天地而常有自余遠游後所謂大川者若長江若大海其汪洋浩瀚固嘗一泛之而不可以一言名矣余又嘗好游山而山之所謂五嶽及此外諸名勝俱未之至焉康山之西南多山嶺余嘗聞其最高者目可數百里未知其與五嶽諸名勝奚若但觀其雄峻之氣橫亙天半未嘗不欲一登之登之又必欲陟其顛而後快而每見其突兀在眼又以其

近而忽之也丙申重九日與同人登西嶺循登高故事俗所謂藏狗嶺者嶺殊不甚高取足以供縱眺而已遂乃相與披蒙茸至其巔憩於松樹陰則見田野村屋遠水近木人物之所點綴排列於眼下較常日所覩固已高人一等矣然高而未遠其勝境猶未得也於是努力登其巔流覽而極之則見萬山之奔赴於前或迤邐者或起而伏者或排奡而奇詭者或如連波怒濤囷輪而下注者或如千萬軍馬沈沈然屯其營壘甚嚴肅者而其外最遠處則縹緲綿邈似山非山淡然一痕隱隱約約於寥廓之表奔趨遠去莫知所竟其上則頹雲重疊蔥鬱於半空之

際或輕或重時或作雨天風吹之須臾變化不可思議望之既久不知此心出於無何有之域曠兮合而無涯涘倏然與造物者游俯視塵境又覺前之所見愈巍愈小地無高下皆坦然一平土矣余乃顧二子而言曰向者所憩處豈不以為美耶倘不更至是又安知此處之美今乃知子長之文以游為妙信不誣也然以今日之游論之甚近處所列固各有獨造之處余則謂其高遠處尤為文境之上乘焉而此特得其半者耳其猶有最高而最美者又當於何日始能游而觀之同游者為黄某湯某及余而三子儀記

讀封禪書書後

人心之貪莫貪於爲帝王而求神仙嗟夫以天子之貴四海之富宗廟享而子孫保豈猶不足於天下後世之榮耀而必爲去無蹤來無迹荒渺悠謬仙登于天以爲與天地而比壽與日月合長終而不知神仙何嘗不死果其不死則必有形迹之可見如其死也則仍與鬼魅怪物者何異乃李少君病死而以爲化去不死欒大恐效文成之誅死而乃能爲食馬肝死然則少君文成固所謂仙人之徒者也仙人當不死而欒大乃以死爲恐是直不如荊王中射之士也中射之士曰客獻不死之藥臣食

之而王殺臣是一死藥也而愚者卒無所悟嗚呼吾蓋謂為帝王
者既已極人間富貴凡聲色服食無不極其靡飫又恐不能長
享此樂也於是而為此奢望之求以擴其驕奢淫佚之心是亦
景公牛山之歎之類也而後世人主猶未免死於是焉悲夫

西溪詩序

從甕江上溯近於西山有小溪岸有菜畦可數弓木棉列其蹊此即所謂舊縣西區是也其旁則有竹樹蘆葦之屬斜覆其岸蘿蔓交絡時見山岫俯視小魚無數疾徐自樂投以敗葉群趨爭唼既不可食乃各散去水中倒涵樹影空明雲日天若墜於其下靜坐既久但覺牧子叱牛與風吹卉木聲瀟瀟然雜相聞也夫人日徵逐塵海中見所謂富者貴者稍不自持未免羨彼之炫耀而愧夫己之何以獨生貧賤耳及置身夫山嶺荒漠之區則目所見而耳所聞者無非山水禽魚之相為酬接又何知

塵世中有如是之榮辱也哉日既暮遂徐步而歸回視坐處則已蒼煙欲瞑矣因有所觸爰寫之爲詩以述余懷

讀莊子書後

世以莊子書爲發憤而作其信然歟以余觀之既道其所道非儒家之所謂道則又何爲而發憤也余又嘗觀其天下篇所自序其於先聖之教與所謂百家之書其源流宗旨非不甚明然既明之又何爲背而去之吾蓋推其心誠有見夫當世之爲縱横者刑名者法術者籥鼓天下無非徇逐夫富强功利之所爲而儒教之所謂禮義廉恥者又不足以挽回其陷溺遂遁而别求夫道德之學以爲游方之外上與造物者游而下與外生死無終始者爲友舉凡大小强弱長短壽夭之數一切掃而空之

曼衍其荒唐謬悠之説以矯當世之頽風其用意不可謂不隱矣故其言曰以天下為沈濁不可與莊語此其旨也蘇子瞻乃謂陽若侮聖而陰實尊之不知莊子既宗老子又明知孔子之道為天下重不更索之虛且幻者不足以立異於塵垢之表豈知隱怪之迹固孔子所不屑為者哉然則若莊子者固隱居放言之流也亦賢智之過也然而其文固足以詼詭矣

蜀漢之亡論

漢中為蜀之咽喉棄樂城而西漢城而不能守其亡也必矣然形勢之亡也亡於姜維而人心之亡也黃皓亡之而竟使之亡者實由於譙周黃皓之弄權勿論已譙周則舉國而委之者也當鄧艾之入成都也後主固欲入南也吳不可投帝亦知之矣南中之七郡地固有數千里者也為譙周者奉帝之命扈從而還保守江陽以為後圖然後使姜維從廣漢郪道為之應援旬日之間必能返攻而入鍾鄧此時震雷不及掩耳欲進不能欲退不得必能次第肅清以俟興復此猶計之可行者即不幸而

南人背叛北軍追赴事至於此則從容就義未爲晚也乃必欲以帝降讐謂魏不裂土以封周請爭以古義以爲知得喪存亡聖人知命又何其汙辱也哉君子觀於北地王諶與瞻尚之死節未嘗不歎漢之亡而未盡亡也

格致説

格致之説自鄭康成而下不啻數十家惟司馬温公爲得其旨其曰格猶扞也禦也能扞禦外物而後能知至道也格之訓扞雖非出於爾雅説文要之扞禦之義自不可易學記云大學之法禁於未發之謂豫發然後禁則扞格而不勝鄭注云格讀如凍洛之洛扞堅不可入之皃孔疏格謂堅强扞拒扞也是格爲扞禦之可證者而鄭禮記注又以格物兼行善惡説蓋既欲明其明德必有所蔽於其中故余竊以爲物之爲訓當從物欲而説物之爲物欲雖無故訓然孟子蔽於物之物即物欲也樂記

云人生而静天之性也感於物而動性之欲也物至知知然後好惡形焉是其能於善者而知好之其不善者而知惡之所謂致其知也故曰好惡無節於内知誘於外不能反躬天理滅矣此言人為物欲所惑不能自反則物至而人化物也故又曰人化物也者滅天理而窮人欲者也於是有悖逆詐僞之心有淫泆作亂之事此則意不誠心不正身不修也是故强者脅弱衆者暴寡知者詐愚勇者苦怯疾病不養老幼孤獨不得其所此家不齊國不治天下不平也此大亂之道也故上言致知在格物謂欲誠之存必先邪之閑也下言物格而後知至謂邪之閑

而後誠乃存也然則此兩記不已爲格致之注脚也哉吾謂格者扞格也物者物欲也欲致其知先在於扞格物欲而後知乃至也必如此說乃能與明明德之旨相合若王陽明之格階前竹子以至於病此則物理之格致非性理之格致也又奚可比而同之

蜀先帝託孤論

謬哉先帝託孤之詔何其乖垂統之體也哉昔者晉獻公託奚齊於荀叔曰以是藐諸孤辱在大夫其若之何襄公亦託靈公於趙盾曰此子也才吾受子之賜不才吾唯子之怨是二公固明知嗣子之闇弱而强臣之窺伺也故以屬柱石之大臣使之輔翼匡扶而安其社稷今曰嗣子可輔則輔之如其不才君可自取是明明以子託之矣帝託之而亮受之則已定君臣之分矣君臣之分既定又因其不才而取之是以奸雄待孔明也是啟篡奪之端也曾是天位而以之授受若此乎而為孔明耳若

遏桓温之爲人其不代而有之者幾何耶雖然帝知亮之忠諒故爲是言而獨不防後帝之疑亮也乎獨是帝旣不能讓之於生前而乃屬其取之於死後先帝之言於是乎其不可法矣吾故曰謬

瓶山草堂圖跋

環康城西南數里皆山嶺也而其中崛然孤立者則惟瓶山而又最近去城可三里耳余少時曾隨家君讀書於近山之廟未知好也而亦往往與同人游之嗣後世既多少家居矣嘗往還於南海桂林間又見夫山之雄博者奇特者無不各具其勝而如所好之瓶山蓋寡舉於鄉後薄遊於燕吳者殆又數年既無所遇乃退潛於故邱而瓶山於是乎朝夕在目矣余觀而樂之遂定卜築之計以為別墅之游瓶山其許我乎哉吾獨慨是山不生於名勝之區挺其靈秀以得海內之騷人墨客為之顯達

乃置於窮邊荒僻中千萬年來無過問者而始生我於今茲又
復以林谷窮居彼此相望子然於亂峯烟雨之中以結無情之
契是山之於余不可謂非知己者矣然則余將待是山而傳耶
抑是山之待我而名耶皆未可知也余既圖而記之又爲之跋
以見余之眷念若他年而有賀也山靈有知其鑒余之言

讀老子

史遷作老子列傳既言其爲孔子問禮於老聃矣而又言或以爲老萊老儋何也老萊著書十五篇今則上下八十一章非老萊明甚老儋在秦獻公時既不與孔子相接非老儋又明甚以余觀之是書之作專言道德而不言仁義是蓋覩霸者之假襲故爲此自然以矯之欲反紛亂以歸於清淨使人人退然自處然後以柔而制剛以弱而勝强而以無事取天下其術可謂鷙矣究之聖人之道豈若是耶孔子言舜無爲而治不知舜之恭己固仲弓之所謂居敬者也若老子正如子桑伯子之居簡而

行簡者耳何足以言篤恭而天下平然自是好其説者漢之爲治固已見其致矣

私淑諸人考

孟子曰予未得爲孔子徒也予私淑諸人也所謂諸人未知其爲誰而列女傳云孟子旦夕勤學不息師事子思遂成天下之名儒漢書藝文志云孟子十一篇名軻鄒人子思弟子風俗通窮通篇云孟子受業於子思中庸序云子思恐其久而差也故筆之於書以授孟子是四說者皆以孟子子思親相授受者也惟史記孟子列傳云受業於子思之門人王劭又以人爲衍字則仍以孟子親受業於子思之門而非受業於子思之弟子也按孔子卒於周敬王四十一年爲魯哀公之十六年年七十三

孔子二十而生伯魚年五十是伯魚卒於孔子之前四年時孔子年七十也子思之生未知何年即使生於伯魚所卒之年當在敬王之三十八年子思年壽亦未知幾何史記以為年六十二以余考之實不止此何也孟子明言子思為魯繆公所師事第以敬王三十八年為子思之生年至威烈王五年為子思之卒年年六十二矣而是時為魯元公八年耳未至繆公也然則史世家以為六十二者當為八十二之誤若子思年八十二則卒於周安王之元年為魯繆公之七年始能逮事子思使子思而果卒於周安王之元年而孟子實生於周烈王之四年是以

孟子之生年上距子思之卒年計之中間已隔二十九年其不能受業於子思彰彰明矣由是觀之子思之生或在伯魚未卒之前固未可知總之子思之歲數要有七八十乃能以及繆公若孟子亦有魯平公欲見之文而平公元年孟子年六十由繆公七年至癸平公元年則八十九年矣除孟子之年六十仍隔二十九年也蓋自孔子一傳而至曾子曾子二傳而至子思子思三傳而至其門人其門人四傳而至孟子孟子五傳而不得其人焉故曰有私淑艾者艾猶絕也言君子之教澤至於五世而已盡矣所謂無有乎爾則亦無有乎爾者也若沈猶行公明

儀公明高之徒大都與子思親受業於曾子雖子思之門人已
不可考要之私淑諸人之人即子思門人之人無疑也

周公使管叔監殷管叔以殷畔辯

監殷之使乃武王非周公也畔殷之以亦武庚非管叔也何言之史記曰武王已克殷紂封紂子武庚祿父使管叔蔡叔傅之是使監殷者武王豈周公乎竹書曰成王元年秋武庚以殷叛是以殷畔者武庚豈管叔乎然則陳賈之為此言何哉賈蓋欲歸咎於周公而為齊王文過以塞孟子之口耳而不然也當管蔡之監殷也新周肇造殷之遺民未嘗忘也周公為管叔之弟轉得以內輔成王而成王又稚安知不利之言非武庚為之傳播以惑王而挾公其實圖不軌者武庚也武庚相為慫慂以成

此謀而管蔡為其所愚耳何以知其然也武庚既叛奄與徐戎淮夷皆望風而起倘非殷民思亂管蔡雖奸安能號召而煽動之哉吾故謂周有天下殷民固未盡服故武王封二叔於管蔡以為監治謂家人父子兄弟當無意外事也又豈知流言之作所不及料耶彼罪人之得周公亦非殺管叔者逸周書謂管叔經而卒大柢周公興師問罪時武庚伏誅而管叔亦已死矣嗟乎君子讀金縢大誥諸篇史臣之所以直筆而書者周公不忍斥言之雖為親者諱實深憫其罪之原非隸屬也讀鴟鴞常棣諸篇其忠誠之迫切而反覆之不已者明武庚之肇禍於兄弟

之情不啻垂涕泣而道之也陳賈之問而孟子不之辯此正足
以明周公之若裒也已然而若陳賈者亦所謂逢君之惡者也

恩貢生陸諱方瀛墓誌銘

公諱方瀛號季如曾祖諱樹梅祖諱宏林父諱良瑛恩貢生兄弟三人長諱步瀛歲貢生次名冠瀛辛酉拔貢朝考一等以知縣用今候補江蘇公其季也幼孤撫於兄嫂卒能自立成恩貢士常省於次兄任所往還於楚湘吳粵若數年中間或就他幕兄欲其仕非願也里居以教讀為業或游地方事不欲居人先而深沈有智識和光可挹而督子姪必以厲文鴻於公為父執輩而其姪婦為余姊其長子則又余蘭譜弟也以故姻親友誼獲其教益為多今長子自戊戌春偕余北上侍其伯父於蘇未

返里而公以興居如故越晨卒矣時光緒壬寅十月八日也距生於道光庚子四月某日年六十有三配氏涂先公卒子三長曰瑕邑庠生次曰湛曰煦皆業儒妾馬氏無出遺命祔葬於琴呈祖塋之旁其姪孫鍾麟請誌於碣僅抒其畧如此其他頗有吟詠稿多不存銘曰

謂命之窮而稱其容為世所宗而倏爾長終魂有知兮悲遺響於松風覩雲山之蒼蒼其永奠此幽宮

先妣述畧 辛丑

文鴻生六歲而先妣卒卒之年二十七耳當盜賊離亂時歸吾家大人生吾姊妹三女兄適陸選士諱暘生二甥而寡次即文鴻也癸巳恩科舉人娶陸氏育二女女弟適沈太學生名祖福亦三甥自卒至今三十四年矣先妣既早歲其行事固無可見惟所存鍼繡手迹余以示陸氏陸氏曰此妙工也今人蓋少能者居嘗追念其音容杳不可記每問之外先外祖母則曰汝與姊無甚似者惟三妹頗似之而終未得其彷彿也但記始卒時未入殮文鴻倚於床固未知人之何以為生何以為死死而何

以不可復生以指搯先妣之手寂然也既而人哭之亦不知其所以爲哀亦若因人之哭之而亦哭之者嗚呼蓋怱怱至今而吾三人皆老大過於先妣卒之年矣偶覩其遺物因思余之失恃所得述者蓋如此云

陸甥鍾麟墓誌銘

陸甥鍾麟爲余姊子乙酉選士諱暘之長子生九歲而孤十二偕伯叔之吳省其叔祖於昭文任所余以禮闈不第住於燕其叔祖寄書邀余抵署中問余曰諸子姪誰聰穎者余曰鍾麟以此甚愛重之既返里十五而補博士弟子員余教學康山麗江無不從者見余所作詩歌古文辭竊效之其學作詩文以余始也其於丹青篆隸皆可觀亦以余與人論學則折衷於余故嘗語其母曰吾有舅氏幸矣有所問知之未嘗不言吾之學得於舅氏爲多其餘則得於諸友者也余姊以述諸余云甥爲人倜

儻不羈能勤苦食貧而不囿於俗其於母弟諸家人皆處以篤厚無乖戾者不幸早世亦殆所謂命也耶而其未病之前夕與人言生死事甚悉越日而病病將革乃屬其堂兄鍾麟曰吾之詩文稿其付諸甥倘有所傳庶不負一生心血也余過而視之已不能言嗚呼吾方見其生而又已見其死矣悲夫甥生於光緒癸未五月某月卒於光緒壬寅九月廿八日年二十弟曰鍾恆妻林氏無子遺命大葬於定治之原鍾麟以其友恭之篤也請誌於余故畧抒厓末以慰余姊之悲其不可悲耶銘曰

山嶢嶢水潺潺生此人兮不永年畀才命之相折夢香草於黃

黄君琴堂選鈔陸埸鍾麟文稿序

吾友黄君琴堂以選鈔陸埸文稿質於余爲之點定余審而閲之僅數篇而已其中字句閒不甚愜者爲之删改一二其神之所注而可觀者亦爲之識別以見其意趣之所存豈曰能之哉亦以見埸之不囿於俗而獨志乎古者之於今之學子固亦不多覯也憶其未卒之前年罹大病瀕於危矣已而少愈而吾姊方置婢時遣來借書故名其婢曰愈所以自幸也次年而余館於書院則來從余居余課諸生無所應日惟見其窗几中删袾而鈔寫其所以爲文者或自喜爲可而呈於余余亦不甚稱道

以故他有所作余未之或見今黄君獨有以憐其才為之錄而存之可謂盛德矣而觀其所為若秋蟬之飲清露而嘶涼風邈然於塵壒之外推之愈遠又若置身於無何有之域縱孤詣而獨游豈氣機所感召固有不得不然者耶抑天地輕清之氣降於是人故人愛之而亦不能久者耶昔者曾文正謂梅伯言曰舒伯魯奇才也然好作悲語不稱其年恐非福而吳南屏至比之覲賀余於錫之文未知與伯魯奚若而年則惜弱冠耳方喜其病之獲免將有以底於成乃其詩則又多悲感淒咽若不能自聊者余嘗以為戒終恐其年之不永而果然也嗚呼使天假

倩字批
憐惜也
讀

之年培其根而溉其苗不難擷英華而有秋實之一日其至不至於古人不可知要其去古人也亦不遠矣余是以覽其文而悲其命而歎逝者之不可復獨留此吉光片羽之一斑之可見也其可慨也已

議建古陽橋勸捐小引

昔孟子謂子產以乘輿濟人為不知為政因舉夏令徒杠輿梁以為行政之平完之子產固小惠未徧但博一時之名孟子雖不病於涉亦非為長久計也同正縣之城南一里許有小水曰甕江東入羅陽為縣屬西南之要津冬春以前清淺淪漪褰裳可揭固無用其舟楫獨大雨時行溪漲暴發至一二丈高則凡於田於市之往來者亦同歎望洋莫登彼岸往往有晨去而暮不能歸者或冒險而致遭沒頂者渡河之歌有深慨焉在前清之時本有官渡自光緒三十年間准免鄉夫而村人充當此役

者亦並援此例以俱蠲數年以來遂為此水所障礙雖擬創義渡而議者謂不如造橋能通牛車則農商之往來者負擔無憂豈不一勞而永逸是以國民等極力贊助以成美舉而庀材鳩工貲費浩大非萬八千不可通盤預算籌措維艱所望仁人君子抱己溺之懷行濟時之略慨急公而好義即思溥而德洋將見永邑人民熙攘坦蕩而沾其幸福者也方今世界交通百廢待舉凡修築道路建造橋梁諸要政莫不為地方謀便利亦莫非為國家策進行倘蒙慨當以慷集腋成裘則工竣之後摩得石刻景仰大名固不獨今日之行人深銘其惠澤也已是為引

修整缾山觀音洞碑序

佛之爲教始於西域之釋迦見人不能離生老病死四苦入山苦學大有所悟後至中印度闡暢斯旨散布於各地者垂五十年自時厥後又分爲如來彌陀彌勒等教如來教者真言宗也彌陀教者淨土宗也彌勒教者法相宗也當漢明帝時遣蔡愔至大月氏求佛經又命聘僧徒建白馬寺於洛陽繙譯經文是爲佛教入中國之始及晋之法顯三藏西入天竺著佛國記唐之玄奘法師徧歷五印受五大論於是佛教乃盛行於支那吳世多供奉觀音而不知其爲何佛嘗考之佛書稱南無觀世音

者願衆其曰大慈曰大悲曰滿願曰自在大抵皆一佛之法身所成就與夫化身所示現固無庸為之辨別惟高王經序謂高國王女捨身空門皈依淨土此則附會之辭未知其何據也永康之有觀音堂自明萬曆年間久已立廟至今三百餘載邑侯建造學校遷咸靈滕公於觀音堂而遷觀音大士於鉼山洞逾年始得創議募捐稍獲捐助乃砌石級建洞門焉吾知登斯山也洞之中則一切賢聖對諸相之若坐若臥即為菩薩洞之外則大千世界觀微塵之若有若無是為衆生再由後洞至於上方則登高望遠極諸天之渺邈環觀海之蒼茫得毋俯仰古今

而有遺俗之想也乎莊子云既謂之人烏得無情然則佛之爲
佛固亦多情者也又豈徒游目騁懷而流連光景也哉

陸司馬念堂公事略

道咸間洪楊起事，風聲所播，徧於十八行省。粤西乃首義之區，遐陬不逞之徒，遂藉勢蜂起，所在皆是。清軍不能徧及，而官茲土者又無權力，多賴團練以爲生死。故當時之創舉義師，卒能復城墉、渠反危爲安者，則惟陸公念堂。時欽州匪股潘顏雷糾結宣化之蘇墟、吳墟等匪，謀欲渡河，串通羅陽土匪以滋擾永境。自咸豐五年壬子，二盤踞隆安、雷長、黨盤踞永康，而兩邑之桀驁，遂互相煽動。魚肉里閭，其尤著者莫如吳元清父子黨衆，勢大逼脅，殆徧由羅陽、忠州、江州等處，首陷新寧城，次陷寧明州連臨南太土漢各屬索款征餉戕官屠民四處蹂躪燎不可撲遂以咸豐十一年正月在儂羅僭號封官隨臨太郡集合各路匪黨以圖南寧公於是愴懷桑梓不忍坐視乃走謁左江道吳丕欲走省垣之各大憲札劄太郡县陳自備糧餉不動帑藏今那隆伏料大嶺那旺等處為各匪上下通關且隘口屯糧之所賊極力堅守最為難攻若先將要隘攻取然後剪其黨援斷其接濟則老巢孤立殲滅如反掌矣觀察韙公言請歸而商之牧令稟戎轉詳若所向有功當不負也公乃以權術向永康隆安之名為團總陸某周某者為之述而恿慫之兩黨莫不樂從

五月十六日公遂沿江聯絡宣化諸團舉師西指一路攻那浪增關等閘而楞福敢和望風投誠旋攉伏料那隆遂乘勢而收復左州養利等城故陸良瑞代理左州周平瑞代理養利州雖出道憲之權宜抑亦公之指揮所致也惟時吳逆仍踞太郡如故因請吳道憲委員馳赴新寧飛檄南太所屬隆永各團壯練以次進剿剋日齊抵太郡先暗合附城各團協力攻克金匱壺關諸要隘匪巢援斷糧絕偽獲其偽宰輔謝國楨等數百人殲之遂復郡城而逆首竄窟儂羅朱委員親督各路壯勇力爲嚴困始將吳淩雲（即吳元清）擒誅逆子吳亞中及葛二等拚命突圍而

出我壯乘勢兜截斬獲無算自是賊勢竄至龍英歸順等處公乃聯南太兩郡紳民稟請大憲求撥大兵陸續追剿盼望不至明年三月吳亞中等再陷郡城屢陷屢復而同治三年甲子復剿隆安各匪克復縣城諸路匪鯨從此漸衰矣事平地方大吏以公勞績保刺史於朝丁卯赴部謁選戊辰授嵩明州牧庚午夏之官先署安寧州逾年特授嵩明州知州時地方初定雲貴總督岑毓英亦以平定滇南政尚嚴肅而迤東道涂沖巨盜尚立柵負固時出刼掠總督知公能密示會營或撫或殺務獲歸案不許傷柵內良民公於是輕騎前往審勢度宜派駐防等設

法購線潛入賊寨假充投行探實情形然後將各要隘埋伏當二更時由州潛行至四更後內應外合生擒偽將軍丁角紫一名并擒殺無數餘拆木倒柵而潰柵內良民皆無恙是役也公以賊係鄰封恐駐防滋擾親往督率而駐防等再四聲言誓不敢受賄買放遂收良果亦可見其機謀之慎密矣在嵩數年嘉善除殘克盡厥職戊寅正月公方送客退寢忽中風不能言越日而卒始墜大關同知時光緒四年也享年七十有三公城外咸寧街人工書好吟詠字寫玄秘塔大字以匾額為佳詩宗袁倉山律絕多有奇警處著有小園詩鈔未刊

缾山詩集自序

余十五歲始學爲詩尚未知詩之妙也及漸覩各家諸詩選頗悟此中意味心竊慕之自是時有所效存稿頗多兹編自辛巳至于辛亥三十有一年刪削之餘定其可者得若干首古近諸體大概畧備獨於排律實非所長以詩格之變至五七言律可矣不宜復有此鋪陳漫衍之辭風調自佳似未免於平敘也溯自三百篇以來漢之蘇李及十九首諸古詩尚矣迨魏晉六朝諸子風雅之所詠固各有一體亦或具體而微若太白之樂府辭絶少陵之古律歌行誠足以横截百代雄長風騷殆所謂詩

際盛唐而集其大成者也嗣是而宋元明以迄清季代有著作要自成為一家論者乃以朝代為軒輊謂取法乎上僅得其中風會所趨每況愈下不知時勢之變遷人事既殊則情感亦因之而異豈得謂彼此一時亦猶今之視昔也其好為新奇者又謂當別裁朔格不宜劫塵相因然古來體製已不盡同究其大旨仍不外有韻之歌曲詎得謂不足為法而遂菲薄古人也方今歐化東漸中邦之文藝又未知如何趨勢顧不謂之詩則已如稱為詩要本之於神而具有色彩聲律乃為詩之正宗蓋吟詠一道無非觸發本人之情志以攄寫當時之境況而運化大

文字以爲表著者也詩品固多胥視其性之所近余之詩亦不自知其何如惟縱意於綿遠不欲聲光之晦澀鬱之以氣而泳神味於言外以求合於古之作者雖未敢謂有得而追維陳迹猶可見平生之大畧焉夫亦浮夢之留痕也已工與不工奚足云

小園詩鈔序

小園詩鈔一卷爲余外父陸公念堂之遺著以宦游卒於滇未及見也竊嘗詢之内弟世卿得而誦之並雜作一卷記道咸亂時在籌辦團及蒞滇剿匪之事其詩大都率意而出不甚修飾要其至者則異想翻新往往出人意表蓋胎息於袁倉山而稍變其格調故是自爲一家惟近體較多而古體頗少兹所鈔存雖未免於妄定但觀其出處之際所以感慨時艱與夫憑弔古蹟固知其志在經世而不徒以詞章見長也後之覽者亦可見其平生之大畧已

北塘詩存序

北塘詩存余甥陵雲松之遺作也甥亡後慮其存稿散失特約而選之得若干首此稍可觀者獨惜其弱歲從我游處頗思有所著述其預擬書目列有四五然多未成書以余所見尚有小說一卷今未知在何處矣惟咸同間之兵燹錄得諸父老之傳聞偶獲鈔出可為續志之考證乃觀其詩思多奇幻頗類長吉卒不永其年先我而逝悲夫余惟吾邑之好為吟詠固亦不少求其脫去恆蹊意境獨造者先輩則小園後輩則北塘而已因檢閱此詩有所棖觸并附誌於此益使我俯仰四顧而增身世

寥落之感也

倉儲

嘗考儲貯之法常平倉起於漢宣社倉起於隋文常平倉者穀賤時增其價而糴以利農穀貴時減價而糶此耿壽昌之言也而劉般則曰外有利民之名而内實侵刻百姓豪右因緣爲奸小民不得其平此其獘也社倉者收穫之時隨其所得勸課出粟及麥於當社造倉窖置之即委社司執帳檢校每年收積勿使損壞若時或不熟當社有饑饉者即以此穀賑給此長孫平之言也而胡致堂則曰置倉於州郡一有凶饑無狀有司不以上聞良有司敢以聞矣比及報可移文反覆結散艱阻監臨胥

吏相與侵沒其受惠者大抵近郭力能自達之人耳縣邑鄉遂之遠安能扶擕數百里以就龠合之廩哉此又其弊也以上所言其立法不可謂不善然立倉廒於州縣則開閉由於官吏近者雖飽而遠者仍饑正與今日之弊同若朱子之設社倉其法頗便朱子嘗請於府得常平米六百石請本鄉人任其賑貸夏受粟於倉冬則加二計息以償自後逐年斂散或遇少歉即蠲其息之半大饑即盡蠲之得息米盈倉時以原數六百石還府此後不復收息每石只收耗米三升故一鄉雖遇凶年人不缺食此蓋以常平社倉而變通盡利者也故又言曰藏於州縣所

恩不過市井情游蕈至於深山長谷力穡遠輸之民則雖饑餓瀕死不能及也又其爲法太密使吏之避事畏法者視民之殍而不肯發往往全其封鐍遞相傳授或至累數十年不一警省一旦甚不獲已然後發之則已化爲浮埃聚壤而不可食矣由是觀之則今之義倉雖與此異然竟至於消滅者蓋亦辦法之未能盡善也倘不欲規復則已如欲規復似宜分區儲貯乃可普及縣屬既已分爲九區則勒令每區各設一倉以糧賦計每納正糧銀一元捐輸本穀二十斤入倉其不足一元者亦照派捐開倉之時以豐歉爲定豐收則限三年於次年變賣之推陳

入新出荒則開倉平糶或每人限取若干取保擔認不准冒名項替每十斤收息穀若干於冬月還倉時一併完繳至於管理之法則由各該區民衆選舉有田畝而且殷實者二人負責管理任期以三年爲限期滿另選仍被選者得再連任倘有耗蝕過多則由管理人賠償但須酌定管理費用並將管理人姓名及存倉穀數呈報縣府備案開倉時仍須請其核准以昭公允所慮者連年荒旱則發出之穀難於收回此爲一問題耳是在臨時公衆之如何計議也

選舉

書言三載考績又言明試以功此朝廷之考試也語曰選於衆舉皋陶選於衆舉伊尹此鄉黨之選舉也蓋考試先由於選舉而選舉復經考試此用人之法然後能慎密也古者取士三代以上不過德行道藝而已降及兩漢則有賢良方正孝廉博士等名目魏晉則有九品中正唐有明經進士宋因之而更立博學宏詞元明以來大抵不甚更改惟明乃有八股時文則變夫經義之類沿及清季而止夫賢良博士其學業才略固可於親策見之若方正孝廉其德性品行不求之鄉評清議又安能著

於編也至九品之制中正司之猶有漢代之遺及其弊也進身者多閥閱遺棄者多寒門而士人名節遂多抑塞矣自是而後若唐若宋乃變而爲開科貢舉凡主司課試無非經義策論詩賦諸端辟召漸無聞焉且有所謂干謁者通關節者甚至於援例納捐而人材與名器遂淆而不可問矣此固世道遷流政理亦愈趨愈下方今民國創立以黨爲治而黨綱之民權主義選舉與考試相輔而行試以選舉者所以求人民之利病以爲代議而考試者亦別官吏之賢否以期於治平所慮者人民尚少智識每爲資產所買而罔計大局官吏或出於夤緣不能破除

情面而任用私人是皆於社會國家有所妨碍者然則罷免之
與複決固不可少矣

同正縣續誌序

同正縣治初名永康後乃陞而爲州前清乾隆年間州牧李公華國曾修有州志自道咸之亂燬於兵燹書版俱失幸得前輩存有寫本而又多闕略已非原書迨同治年間州牧蘇公政祥聞亦續修而未獲目覩愚平日固嘗有意於此事者故借得李志錄出作爲根據以爲私家著述乃於民國十四年爲縣自治議決重修縣志特舉愚爲編輯主任亦既蒐求草創與凡城邑之舊壤疆理之遷界山川之脈絡物類之生產以及地方之風土職官之政治故老之軼事先民之遺擇頗已得其大概維時

充任師範講習所助教未遑卒業遂延擱至今民國二十一年縣政府開政治會議邑人士再提前案復舉愚爲總編纂送次相推豈容辭責竊念此書已具端倪只得勉力從事重加删削惟是山僻小縣本改土而爲漢風氣雖非蔽塞而世故未免湮沈文獻既不足徵見聞亦各有異蓋自咸豐已前所有事蹟多已付之闕如而由同治以迄今茲即記憶所存亦衹及其晚近然此所攷查悉係明清之時代今者民國肇造實開數千年之新創局時勢既已變遷政體亦多更改則凡設置不能不敍述詳明至民國十七年省政府復以羅陽歸併又拓數十里之舊

土屬則其歷史之與地理亦不得不分行采訪增加編入此中之因革殊亦諸費商榷耳史家須具才學而志書亦史之一類顧乃不揣譾陋任意妄作而不盡依古亦未知有合於體例否也茲書所編仍據李志自明成化八年爲同正立縣之年起斷至民國二十一年止後此之賡續是所望於繼起之作者

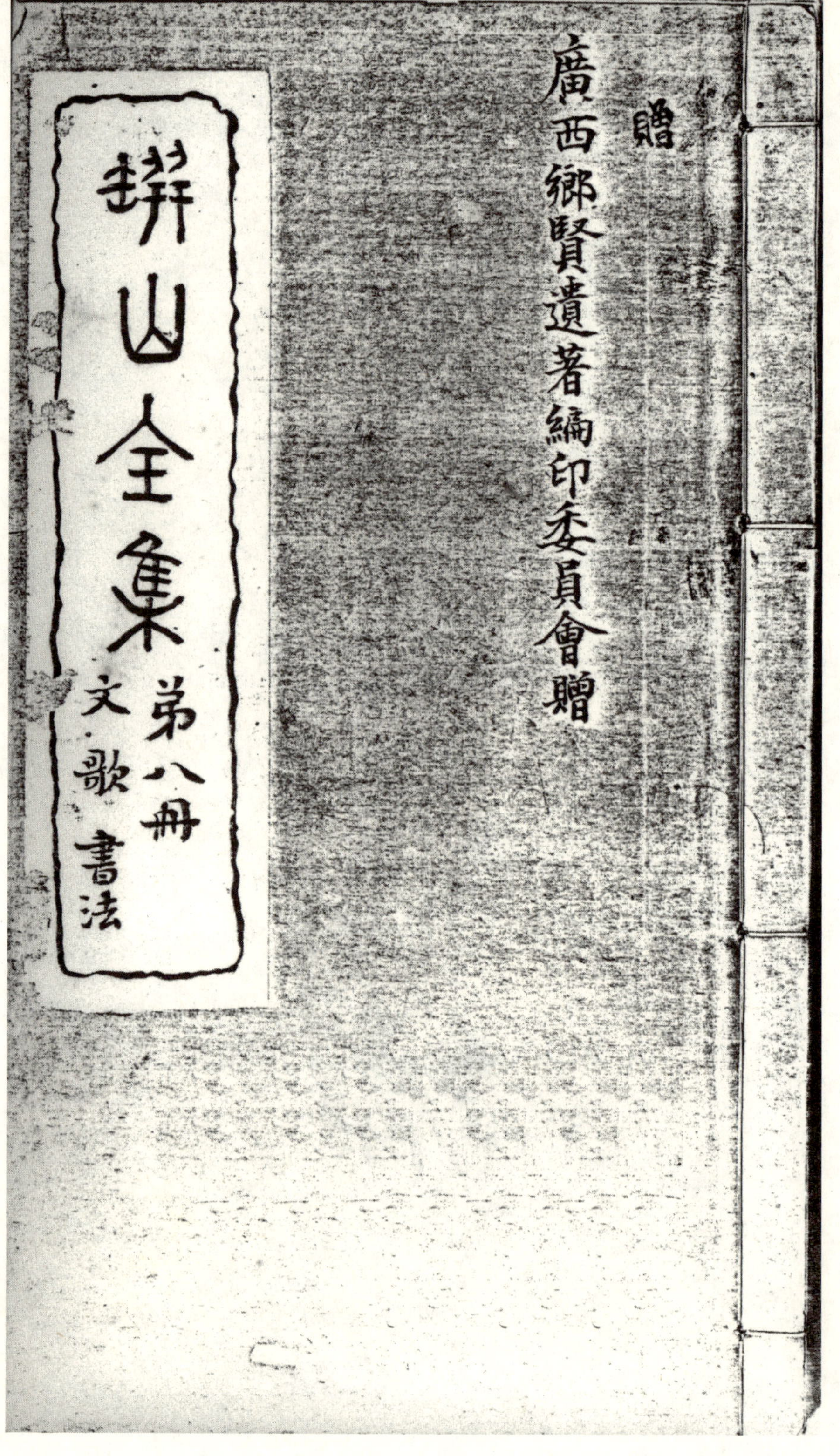
贈
廣西鄉賢遺著編印委員會贈
𢭃山全集
第八冊
文·歌 書法

文集坿編

鉼山文集附編目錄

鉼山文集附編

嶺西鉼山曺兆愚稿

擬廣西公民反對帝制勸告各省王侯將帥父老兄弟獨立書

廣西公民等不自度德量力竊以區區嶺嶠於黃帝四千六百九年秋從湘鄂滇黔之後相繼而起紹湯武之革命創建民主以官天下為治安政策一切專橫流毒看將次第滌除以為我中華五族四百兆國民相與更始此世界之潮流時勢之風靡揆之天意人心已成定局是以不五旬而朝代更易全國翕然伊古以來固未有若此之容易者也乃者袁逆不道用陰柔手段以無事取天下其始也殺張圖宋拘黎逐岑捕捉黨人孫黃

李陳等驅之海外其繼也改約法銷議會增苛賦廢小學以集中央之大權其終也則獻媚東人要求之條約運動近臣籌安之勸進偽造民意竊窺天位大修宮室高戴冕旒濫封功臣妄改年號自以為子孫帝王萬年有道之長基此矣夫信者國之寶也語曰民無信不立又曰人而無信不知其可也當袁逆受臨時總統讓位時曾自宣誓謂維持共和斷不使帝制發生口血未乾言猶在耳白水皦日實所共聞曾幾何時乃忽然而已寒矣直至今日遂公然而竟背矣在袁逆以為黨人首禍不啻為王者驅除難耳有天命者非我而誰不知今之時代秦政壓

力陳項翻之而漢高收漁人之利其時人心蔽塞歐風尚未東漸也袁逆以黨人滿清為鷸蚌而欲收漢高之所為豈非利令智昏而逆天者亡哉且今日之中國實四萬萬人之中國非一人之中國也清帝之遜位亦謂民國成立同隸五色旗下將來民主選舉權尚有希望故慨然拱手猶不失為唐虞之遺風袁逆之與諸公大半猶同寮也凡曾為清臣者正當效忠民國乃可以對吾天下何者民國既為公共物自當以公共守之若有人焉盜竊行為不顧廉恥攫之以去據為己有則必為天下所共戮以袁逆之愚弄國民不過襲操莽之故智潛移神器妄生

異心揣其意亦謂吾之得天下乃取之於黨人而非篡之於清室也豈知取之於黨人較之篡之於清室其公憤尤爲痛恨往者政黨紛峙之時誠不宜效此秕政而其時之競爭劇烈惟國民與共和兩大派而國民爲尤盛袁逆則袒共和者也自癸丑失敗遂斥國民爲亂黨大肆搜索使之絶迹而共和乃改爲進步矣其自定總統制十年之不足則終身矣終身之不足則萬世一系矣諸公之爲官吏者亦多屬共和也既以共和爲目的何爲甘受獨夫之專制乎袁逆之僭稱帝國是亦一革命也袁逆既能革命共和諸公獨不能革命專制乎果其天生神聖不

可侵犯耶則頻年以來水旱交乘川口潰於内鄰言責於外環顧四海日益困窮是猶沐猴而冠何有於福利之沾果其受恩深重不忍背叛耶則今日之百姓既已疾首蹙頞括民脂以餉厚祿授兵柄以戕同胞即使與國長久享其富貴亦猶爲虎作倀耳寧無内疚於心抑或質子入侍畏其罹禍耶則惡逆雖奸險何敢下其毒手以速天下之兵抑或久犯衆怒誓心死守耶則一旦開誠布公或解兵以去當爲天下所共諒倘終以此自固瞻徇顧忌甘爲臣妾則亦已矣其又奚説如其否也曷不翻然改圖以共張其撻伐猶未晚也我廣西陸都督夙以國家人

民為主義怵他人之我先踵鄰封而繼起高舉義旗共揚新令壓土珪爵犧牲身家本非趙佗之黃屋自娛亦非智高之崑崙負固諸公如甘冒不韙必盡忠於所事則三管子弟雖不欲以殺戮為能而雄心奮發猶能背城借一以明大義於中外大丈夫當為華盛頓創業之英雄不當為拿破侖助虐之民賊也諸公諸公同為當代人豪凡利害從違夫豈不明乎此特以受其偽職致被牢籠亦望其庶幾能改相與贊成建設為開國之元勳其存心當亦吾人所深鑒無如元兇叵測惟利是視計其自正式履任至今歷有四載其所以內治外交諸大政莫非陰謀

爲天子何嘗有念及萬衆於其心是國民不負袁逆實袁逆之自負國民耳而謂民主不可以立憲必君主乃可立憲謂共和無程度必專制乃有程度欺人之言誰受其愚哉吾知其未得之也則共逐失鹿當先論賞夫功狗其既得之也則鹿死誰手走狗將不免受烹此其猜忌性成勢所必至其勇悍而功最大者必先及之非謂援古以爲例實其積慮之有以致之也勉旃諸公智愚之分在此一舉其能剷除國賊而還我君輕民重之學説也乎伯夷歌而入西山魯連憤而蹈東海風雲慘鬱而滄海飛揚蒿目寰區不勝吁悒廣西公民等謹佈

記事短篇 怪症之自斃

大梁元某患瘟瘽自以為國手頗有經驗嘗服六君子湯專劑病愈甚因再檢續斷薑活銅綠元胡各一錢樟腦三分等十三味蜜為丸如雞子大名曰太和保合丸用清膈防黨湯下未幾而紅癍發現下部腫脹復行打消而毒氣內伏以致小便不通閱八十餘日死

蓉衣曰瘟瘽怪症也查考方書自有此疾始於漢之王莽其他有傳染者尚不至於短命也據醫家言此症之原因係平日大欲過度致失其性治之之法宜先除其毒根瀉之淨盡然後多

服人參以培元氣乃能爲治今毒潛腑臟病入膏肓而以六君子湯補之補之太過則血脈墳張未有不發爲狂熱者而又濟之以太和保合丸使内邪固閉毒氣攻心又安得而不斃今其方尚存恐誤用者貽害匪淺故特表而出之以爲前車之鑒有發此症者其慎爲診治而後可也而或者曰善用藥者如善用兵以毒攻毒亦可收效故生軍木賊要不可廢在精明調理之而已姑存之以備一説

書空怪事

嶠外野人山居多暇一日造嶺表逸史詢近世以來時事之變笑而不答因出其所得小説一篇以示其言曰

我國有一大寶久爲長白之狐仙所竊蓋二百六十餘年於玆矣自辛亥之秋爲各省鐵漢起而争之驅之以去時有嵩山之狡猿修煉頗久得齊天大聖授以符璽乃徙居狐仙之舊苑久羡其蓬萊宮闕居然天上顧而樂之遂欲弄其神通手段據爲己有將以定萬年長子孫之計而昆明有孽龍者遥受降伏自以爲得雲雨非池中物由滇水騰於南海據觀音之水月宫以

為窟穴三年以來日縱其蝦兵鼉將搜求珠寶數千萬歸如山積屢噴其妖雲毒霧使海濱居民遭其殘害者以萬計雖騎羊之五仙亦無如何也當乙清之後四載有西南黔蒼山異人為放勛後身正坐洞中候覩東北方冀州之野黑氣一道上沖霄漢化為洪憲元年等字細知係狡猿謀奪天宮盜取神器及大舉雲旗伏劍符呪指揮衡山廬山兩神將分道而進並邀黔山異人同時響應直指幽都搗其老巢而狡猿既封孽龍為猴使之類已又加以南越之徽號別令屈尾龍率其犀甲數千衆水怪泝珠江西江昂首雲際如滇龍上天將大逞其兇燄不料桂

嶺異人惡其假道流毒舊鄉乃暗召雷友於邑南霹靂一聲使常山之蛇砉然中斷首尾不能相顧屈尾龍及衆水怪焦頭爛額片甲不留復入鬱江竄竄而梟孽龍受此大創心甚銜之而廣鬱之間有西林者山嶺高峻中有異人曾在滇養龍此等龍之所以頭角崢嶸者實異人驅使所至異人方游南洋孽龍閒闖狡猿之沐而冠也駕鳥兒疾歸蒞於端州之七星巖維時桂嶺蒼山黔山諸異人相與要約擁西林以長法壇高樹幢旛爲斬妖捉魔之行法地因馳書抵孽龍邀其奮髯倒捲燕北詎意孽龍死心狡猿佯爲應允適廬山神將西來道顛代燕孽龍則暗

遣河豚扼守曲江神將至時河豚激浪抵拒互相挑戰河豚力不能敵逃歸南海孽龍復大起妖兵銜鋒迎陣自此流毒慘禍暴漲益深無何狡猿眾惡通天不能跳舞竟被上帝震怒誅殛而孽孽龍此時稽顙三聲暗洒鮫淚大失所望矣於是南方諸異人恨其速死未獲由基之射惟遠揖黃鶴大仙共相扶翊以主神州疆界又恐孽龍之橫肆也復調桂嶺神將鎮守三山以殺其勢乃孽龍則以南海為其所據不肯鱷魚之他徙大肆衝突轉與西軍開衅更鼓盪其風濤飛揚跋扈波詭雲譎冀以傾陷西南諸異人不能得則又遣屈尾龍馳泝於徐魯之兩樟喉

其奔走聯絡告急於皖鯢遼猛遠以吹其惡浪近則乞援雙鯉於閩贛以為東北之夾攻此其惡毒淫兇甚於蛇蝎實為炎方之刼運幸得黃鶴大仙覩其為害隱恨於心遂轟烱一電驅大名高山填之南海水被土尅然後人得以安居彼孽龍之所恃者水而已當北漲與西漲相合時已被諸神將奪得禪山一段進窺珠海早知其無能為矣今者白雲山外其血玄黃而石門之西頷珠已失曾記唐人有詩曰日暮空潭曲安禪制毒龍此言龍之倒行逆施而終困於佛地也

嶠外野人閱畢因為之論曰所奇乎為龍者在乎能變化也龍

之奴性甘委身於狡猿以殘同類亦已忍矣至狡猿既極則當回山倒海共相煦沫猶可及者且西林與南方諸異人夙同道法果能皈依懺悔自可翱翔青雲不此之出而乃盤踞孤山翻雲覆雨致南海一隅淪於浩刼嗚呼龍之為龍此其所以不能神而終於為孽也宜哉

壑舟之盜

亞東有一共和無限總公司爲創造民國大業組合以來歷有四載不意爲管理某潛謀吞騙所僱司事人等皆其心腹年所入息多半資其奬勵以爲利用司事等窺其異志從中慫恿遂改牌號曰紅鹽將永遠據爲大賫本家事爲衆股東所覺大動公憤力爲驅逐管理某自以奸謀敗露無面見人服毒而死衆股東乃另舉管理以繼其任而司事人等本係舊管理鷹犬深恨衆股東之推倒舊主而立異黨又慮罷彼等之助虐也乃聯絡要挾盤踞如故不聽新管理驅使日日謀爲不軌勾結匪黨

以行搶劫之計新管理雖受衆股東所付託而權柄薄弱大受掯制只得勉强維持而已此似强奴欺主實由舊管理所遺禍以至於此各股東覩此跋扈已未免大衆灰心任其搗亂云
況機子曰周之封建百足之蟲雖死不僵漢亦因之而參以郡縣乃鼂錯上削地之策致召七國之叛雖未幾而平定然亦危矣至唐中葉實兵防邊自是外重內輕卒成藩鎮之割據尾大不掉有由來也彼管理之厚遇司事頗有周之遺意故司事人等對於新管理勢如漢代偶有謀為削地之鼂錯則七國反狀如箭在弩將見分崩離析而不可收拾耳夫身之使臂臂之使

指力之所在即權之所歸若權不中集而出於旁落其不至於
唐之藩鎮者幾希嗚呼吾觀亞東之公司豈惟病腫吾不能爲
賈生之痛哭流涕也

首都名稱之擬議

南京在秦為金陵在三國孫吳為秣陵後改建業東晉則改為建康唐為江寧明初定鼎於此改為應天府其曰南京者乃因明永樂遷於北燕故以燕都為北京而以應天府為南京今既改北京為北平則不宜仍稱南京茲擬截取建業江寧各一字稱為建寧首都建者立也寧者安也己欲立而立人脩己以安百姓皆為仁之事中山先生嘗言博愛博愛之謂仁當亦合其意旨也本此仁愛以為首都之名稱較之美之紐約法之巴黎德之柏林英之倫敦雖是譯音固未知其意義而中國首都仍

稱爲南京是尚與北京對待也似非獨立之民國但四川亦有建寧縣宜改之以免相同

孔孫一系之我見

孫中山之三民主義等書所引孔尼山之言頗多是中山囯宗仰尼山而繼往開來者乃今之新學家竟因崇拜中山而推倒尼山何也竊嘗考孔孫二字之字體左部均是子字孔之右部是乙字孫之右部是系字兩子相疊是為子子詩鄘風干旄傳子子特出之貌乙與一通太一山名王維詩太乙近天都是乙亦可作一也系説文繫也相聯屬也然則孔尼山與孫中山同為千古特出之人又為系統之思想自周季以至清末隔二千餘年始遥遥相輝映特尼山之變魯徒託諸空言而中山之倒

滿竟成諸實事蓋彼此時勢各有不同也吾是以謂孔孫固一
系者也

書馬自求養虎事

康熙時隆安縣屬有馬自求者秀才也嘗豢乳虎及大縱之野不傷人日還家以食而馬翁則瀦其田以養魚饜虎爲之守且戒之曰雨而跳者人也若盜魚噬之雨而屐者我也勿誤既而天大雨翁恐其次之溢也急走視忘着屐虎以謂人也噬之傷後遂死殯之日虎攫豕以祭而去不知所往

論曰商君爲暴秦立法卒死於五刑哀哉如翁所爲毋亦自斃於法耶不然獸之最猛者莫虎若也其難馴之性非他獸比惟其與人習得所食而無他念故自忘其爲野心而聽其

驅使耳非其性之果善也而養之而敎之終被其傷以死豈虎之負人哉抑亦翁之所以自致也然而虎也能識人言而且知感恩彼人而虎者不其幸而覩爲人也哉

黨軍國
謌之詞譜

序

本書為同正曾瓶山先生所著昔年曾以該書函寄於桐囑為修改譜稿桐近師居五十里而遥耳而道路不靖不克趨前問難祇憑音書往復彼此終有隔閡之嫌未奉寫為定本例如師創為節拍無人能知又謂譜中均用凡音不用工音者欲其音之稍高於論音不無差誤而桐所寫之五線譜及簑衣譜又為師所未能熟悉曾有一函內有云能修正者請即為我修正之如終不可取或由足下改絃更張另行創造我作歌詞君製樂譜倘能流傳亦是佳話否則亦姑置之而已云云至癸酉春師辭世矣茲師叔子翔將遺稿付來因為之寫定譜子亟為之序曰聲律為桐之所欲學而有志未逮也夫樂為中國古時必要之一科公私均用之故學者

必與禮書數射御同習惜寖久廢棄洎歐風東漸乃相率揣摩真島之簡譜進而窺西人之正譜稍稍研究有能製譜使以為知音幾乎有樂失求洋之觀念焉殊不知樂無中西一也西音曰C #C D #D E F #F G #G A #A B共十二聲列之鋼琴又安知非取材於我國黃鐘大呂太蔟夾鐘姑洗仲呂蕤賓林鐘夷則南呂無射應鐘之十二律耶鋼琴每組之鍵五黑七白而奏者通常止用七音之DO RE MI FA SOL LA SI何也曰七者為和諧之音即中國之宮商角徵羽及變宮變徵（對照另詳）其餘則備旋相為宮之用而無二變亦不能旋相為宮變者半音也此樂調高下循

環之奧妙也近宋梁任先生五聲一文謂呂覽圜道篇宮徵商羽角為今譜工尺上四合遇合篇羽角宮徵商為今譜五六工尺上又謂乙凡二變為後人所增均屬誤解西人之歌譜其與詞字未知何若聞吳瞿安先生能言之若中樂之可考者則有崑曲崑曲之調尚詞同詞異則製譜因之而殊否便謂之字不協聲聲不協律竊嘗細想百里奚妻之扊扅歌司馬相如之求凰曲使聽者領悟無訛是必音韻清晰而非如今之演劇之難辨認也曩者讀姜白石詩有自製新詞韻最嬌之句疑嬌者在乎新耳既乃知詞的雖佳而配譜未必能佳由乎詞字之平仄雖依照定式但陰陽稍別譜當難强就云桐未聞此語之前曾製歌或譜今則不敢矣惟

師長命為修改責無旁貸又不得不略為更張之以求入於聽者之耳揆諸樂理字韻實尚歉然也（西樂之大調複音種種又當別論）雖然國中現代作樂仍有拾譜以製詞及造詞而任意製譜者本書之未能拔乎流俗庸何傷

中華民國二十二年六月隆安受業黃朝桐謹序

本書之歷略

本書原有緒言一篇略云民國十八年三月縣政府接到國民
政府訓練總監部頒發啓事徵求國民革命軍軍歌詞譜並云
務希海內文學音樂專家不吝金玉襄成此舉又云對於所作
詞譜均須以說明書等語因所處邊遠啓事到時期限已迫故
亦無心思索嗣後雖擬有歌詞而樂譜未能審定又以土匪猖
獗不遑寧居今既獲稍安始以鋼琴調其節奏惟西譜夙未諳
習仍用中譜音律以求古樂府之遺茲既擬得國民革命軍軍
歌三章復擬中國國民黨黨歌列之於前中華民國國歌列之

於後以革命軍本由於革命黨而革命成功然後有中華民國故首列黨歌軍歌次之而終之以國歌其次序如此

朝桐節錄

坿中西古今樂聲名稱對照表（依童伯章先生中樂尋源所定近來多如此不似从前以合字配宮之爭執矣）

舊七聲名	濁徵	濁羽	濁變宮	宮	商	角	變徵	徵	羽
今七聲名	合	四	一	上	尺	工	凡	六	五
西樂七聲	1	2	3	4	5	6	7	1̇	2̇

中國國民黨黨歌一章　集三民主義　孫文學説

中國向來　没有爲平等自由　起過戰爭　祗有此次我們
革命　推翻專制　爲共和國　是世界歷史中的大光榮
就是民有民治民享　三民主義能彀實行　真有自由平等
這四權和五權　更有一種法律的規定　對於人民和政
府的關係　才可以彼此平衡　天之生人　先知先覺者
爲創造發明　後知後覺者　爲仿效推行　不知不覺者
爲竭力樂成　大家同心協力　改良政治　便没有止境
用王道造成的團體　成一個大同之治　要濟弱扶傾　那

歷中國強盛了　措國基於永固　維持以後世界的和平

歌詞更有一種法律的規定句首原有我們二字茲僭裁之

如嫌其太長可分為兩節自首至平衡為一節自天之生人至末為一節分開會與散會唱之合併注明

歌詞之集的

中國至戰爭民權主義第三講第六段祗有民權主義第三講第六段推翻民權主義第三講第二段為共孫文學說第六章能知必能行是世民權主義第三講第四段就是民生主義第二講第十三段三民民權主義第三講第五段真有民權主義第三講第五段這四民權主義第六

講第九段更有民生主義第二講第十段對於民權主義第六講第九段才可民權主義第六講第九段天之民權主義第三講第七段先知民權主義第三講第七段爲創孫文學說第五章知行總論後知民權主義第三講第七段爲仿孫文學說第五章知行總論不知民權主義第三講第七段爲竭孫文學說第五章知行總論大家民權主義第一講第三段改良民權主義第五講第一段便沒民權主義第一講第七段用王民族主義第一講第三段成一民族主義第六講第十一段要濟民族主義第六講第十一段那麼民族主義第六講第十一段措國孫文學說第六章能知必能行維持民族主義第四講第二段

中國國民黨黨歌　C調　4/4　黄朝桐製

中國向来没有為平等自由起過戰争祇有叶次我

們革命推翻專制為共和國是世界歷史中的大光荣

就是民有民治民享三民主義能夠實行真有自由

平等這四權和五權更有一種法律的規定

對於人民和政府的　關　係　才可以彼叶　平　衡

天　之　生　人　先知先覺者為創造　發　明　後知後覺者為仿

效　推　行　不知不覺者為竭力　樂　成　大家同心協力改良政治

便沒有．止　境．用王道造成的團　體　成一個大

間之治 要濟弱.扶 傾 那/展中國 強 盛 了
措國基 於 永 固 維持以後世界的和 平

黨歌通俗譜

中六 ˪ 國工 ˪ 向尺 工 來上 ˪ 沒尺 有工 為上 平尺 等工 自尺 由上 起工 六 過上 戰上 爭尺 ˪ 祇尺 有六 此工
尺 次上 成上 們合 革上 命上 ˪ 推尺 翻上 專尺 制工 為上 共工 和上 上 國尺 ˪ 是工 世六 界尺 歷上 史六 中尺 工
的上 尺 大上 光上 榮合 ˪ 就尺 是工 民上 有工 民上 治尺 民工 尺 享工 ˪ 三尺 民上 主六 義工 能上 够尺 上 實上

合 行上 ㄴ 真尺 有工 自尺 由上 平尺 工 上 尺 等士 ㄴ 這上 四上 權合 士 和上 五尺 工 權合 ㄴ 要尺 有工

一尺 種六 法尺 律尺 的上 規士 合 定上 ㄴ 對尺 於上 人士 民合 和上 政工 府六 的尺 上 關士 上 係尺 ㄴ 權上 可尺

以工 彼六 此尺 上 平士 上 衡合 ㄴ 乂士 仉 合 ㄴ 天五 ㄴ 之六 ㄴ 生五 六 五 生 人六 ㄴ 患六 知工

先六 覺尺 者工 為尺 創六 造工 上 發士 上 明尺 ㄴ 後工 知尺 後工 覺上 者尺 為上 仿工 效尺 上 推士 合 行上 ㄴ

不尺 知上 不尺 覺士 者上 為士 竭尺 力上 上 樂合 上 成士 ㄴ 大尺 家工 同尺 心工 協六 力尺 改工 良上 政尺 治工 ㄴ

便工 沒尺 有工 ㄴ 止五 六 五 生 境六 ㄴ 用尺 王上 道工 造尺 成上 的尺 團上 尺 體工 ㄴ 成上 一尺 個工 大尺

同合 之士 治上 ㄴ 要六 濟工 綠尺 ㄴ 枝上 士 上 傾尺 ㄴ 那尺 麼上 中六 國工 ㄴ 強上 士 盛上 尺 了工 ㄴ

措六 國工 基尺 ㄴ 於上 士 永上 工 固尺 ㄴ 繼尺 措上 以工 後六 世工 界尺 的工 和士 上 平合 ㄴ 乂士 仉 合

ㄴ

黨歌一章乃集三民主義、孫文學說而成。中山先生爲革命導師，其黨綱黨義雖融會古今中外歷史，要其精理名言，尤散見於尚書及四子諸書。觀其講演有云：所以中國幾千年的皇帝，祇有堯舜禹湯文武能彀負政治責任，上無愧於天，下無愧於民。他們所以能彀達到這種目的，令我們在幾千年之後，都來歌功頌德的原因，是因爲他們有兩種特别長處：第一種長處是他們的本領好，能彀做成一個良政府，爲人民謀幸福；第二種長處是他們的道德很好，所謂仁民愛物，視民如傷，愛民如子，有種種仁慈的好道德。因爲他們有這兩種長處，所以對於政治能彀完全負責完全達到目的（民權主義第五講）是中國四千餘年之帝王其能為國為民而發政施仁者只有此數此外則皆實行君權尊無二上其視人民之卑賤鮮有為之計其利病者矣故又云但是根據中國人的聰明才智來講如果應用民權比較上還是適宜得多所以兩千多年前的孔子孟子便主張民權孔子說大道之行也天下為公便是主張民權的大同世界又言必稱堯舜就是因為堯舜不是家天下堯舜的政治名義上雖是用君權實際上是行民權所以孔子總是宗仰他們孟子說民為貴社稷次之君為輕又說天視自我民視天聽自

我民聽又說聞誅一夫紂矣未聞弒君也他在那個時代已經知道君主不必一定是要的已經知道君主一定是不能長久的所以便判定那些為民造福的就稱為聖君那些暴虐無道的就稱為獨夫大家應該去反抗他此可見中國之對於民權的見解二千多年以前已經早想到了不過那個時候還以為不能做到民權主義第一講觀此所引是堯舜時代已為民主之基礎孔孟時代尤為民主之萌芽祇以周室雖微尚未至于桀紂故不肯為湯武之革命耳孟子言行一不義殺一不辜而得天下皆不為也是孫先生之主義學說其微言大義對於堯舜以及

孔孟之道德政治固未嘗以為陳腐而一概抹撥惟說命之知之匪艱行之維艱二語則大為反對謂其阻礙進化實因此言誤之也所望吾黨之士以主義為國脉以學說為民魂毋以意見不合而背黨章毋以勢利是爭而敗黨德仰體四千年之堅苦卓絶慘澹經營以建此民國舉凡方畧大綱諸政策同心同德次第敷布共底於成俾四萬萬同胞咸覩中華民國之天日庶上不負在天之遺訓而下不愧為開國之元勳也此歌所述雖綴摭於二書而文從字順詞旨尚覺條暢亦頗得同舟共濟殷勤勸勉之意

吾今更為之引而申之雖時異勢殊而古人所言若有合於今日者孔子言夷狄之有君不如諸夏之亡也孟子言君之視臣如土芥則臣視君如寇讎此為君不道為國家之革命也孔子言魯一變至於道大學言在新民在止於至善此與民更始為社會之改良也咸有一德之伊尹言匹夫匹婦不獲自盡民主罔與成厥功多方之周公言天惟時求民主乃大降顯休命于成湯此民為邦本為民國之名詞也皋陶謨言同寅協恭和衷哉此相助共和為平等之公僕也五子之歌言民可親不可下此不容專制為自由之主人也大禹謨言奄有四海禹貢言錫

土姓此蠻夷率服爲民族之同化也仲虺之誥言建中于民大
禹謨言稽于衆此好惡勿拂爲民權之標準也大禹謨言政在
養民皐陶謨言在安民此府事允治爲民生之重心也孔子言
不患寡而患不均此因民之利爲平均地權之良法也又言周
急不繼富此生財有道爲節制資本之善策也太甲言民非后
罔克胥匡以生大禹謨言后非衆罔與守邦此權能平衡爲人
民與政府之關係也又以四權五權觀之論語言選於衆又言
舉賢才此完全自治爲鄉人之選舉也孟子言則變置又言則
易位此貪污不法爲長官之罷免也益稷言率作興事慎乃憲

此憲法建議為法律之創制也又言屢省乃成欽哉此大會討論為利弊之複決也此為四政權是眾人之事即人民之權也大禹謨言罔違道以干百姓之譽罔咈百姓以從己之欲此奉行國命為首長之行政也大禹謨言無稽之言勿聽弗詢之謀勿庸此考察輿論為治人之立法也臯陶謨言典其殺不辜寧失不經此尊重人道為法院之司法也舜典言敷奏以言明試以功此拔取真才為文官之考試也益稷言天聰明自我民聰明天明畏自我民明威此服從民意為國人之監察也此為五治權是管理眾人之事即政府之權也此外如中庸言生知安

行學知利行困知勉行孔子言民可使由之不可使知之（朱注可字作能字解）孟子言先知覺後知先覺覺後覺又言終身由之而不知其道者此上智中材下愚為三種之人類也泰誓言予有臣三千惟一心此同心協力為王道之團體也中庸言興廢國治亂持危此濟弱扶傾為小邦之獨立也孔子言己欲立而立人又言修己以安百姓此博施濟眾為博愛之極功也孟子言我善為戰大罪也又言故善戰者服上刑此勝殘去殺為和平之郅治也以上所述證之主義學說雖語焉不詳亦頗得其大意中山先生所謂正統思想而發揮光大者當不外此在二千年以

前之中國堯舜為禪讓時代此官天下也湯武為征誅時代此家天下也至周厲王以殺諫為國人所逐始有共和政體十四年而宣王仍復中興迄秦始皇則焚書以愚黔首專制政體達于極點及二世而遂亡嗣是而後或一統或偏安或割據或篡奪要皆為君主之國家者也今則改造為民國矣事窮則變勢所必至蓋世界者即天下也中華者即國家也總統者即元首也民選者即傳賢也用四萬萬人為皇帝即人皆可以為堯舜也從前之國家主權在君今之國家主權在民即所謂匹夫而有天下也特非子孫帝王萬世之業耳中山先生之三民主義

其樞紐在於民權民有權而後民族始能固結民生乃能振興也故分開政與治爲權與能爲人民與政府之關鍵如輪舟然以輪舟爲國家而以機器爲政府以工師爲人民惟機器有大能力惟工師有大權力以大權力之工師駕駛大能力之機器欲進則進欲退則退欲行則行欲止則止彼此開通無所隔閡是以人民之四政權直接管理政府之五治權隨時指揮而政府之五治權則秉承人民之四政權分工合作此工師爲節制之大權力而機器爲運轉之大能力夫然後人民之權力不弱而政府之能力亦强乃爲全民之政治而成共和之國家也如

此則封建世及一概廢棄當無篡竊神器謀奪寶位之事矣無如三民主義行世未久宣傳亦未能普及而中國又經數千年之帝制積習已深以故人民程度智識未開民權因之而不發達而復辟者既欲摧民族於前共産者復欲挫民生於後致使三大政時期未獲次第進行良可慨也

國民革命軍軍歌三章

第一章

國民革命軍　粤嶺爆鐵花　本三民主義　熛燗至長江以南黃河以北　掃平軍閥野心之横霸　不三年　完成统一之國家　大中華　（吋哈吋）口號

第二章

國民革命軍　粤海沸潮流　本三民主義　激盪至朝鮮以東波斯以西　扶持民族主權之奮鬥　要鄰邦　競爭獨立之美歐　大亞洲　（嗟嘁嗟）口號

第三章

國民革命軍　粤嶠霹地雷　本三民主義　震雷至亞東以外美西以內　滅除帝國詭謀之侵害　使全球　普及大同之時代　大世界　（哄哝哄）口號

以上三章每章之後各有口號為打走快三字取其打與華音近走與洲音近快與界音近古樂府有收中吾羊無夷等句尾聲有音無義殊不可解但軍士在於作戰作戰則軍隊須要出發出發則軍機尤貴神速也反而呼之則為快走打尚武精神是為軍人之天職

國民革命軍歌　C调　2/4　黃朝桐製

國民革命軍，粵嶺爆鉄花，本三民主義，熛炳至長江以西，黃河以北，掃平軍禍野心之横霸，不三年完成統一之國家，大中

國民革命軍，粵海沸潮流，本三民主義，激盪至朝鮮以東，波斯以西，扶持民族主權之奮鬥，要鄰邦競爭獨立之美歐，大亞

國民革命軍，粵嶠霹地雷，本三民主義，震雷至亞東以外，美西以內，滅除帝國詭謀之侵害，使全球普及大同之時代，大世

華
洲
界

吋咯吋……
哇哉哇……
唻唻唻……

國民革命軍軍歌通俗譜

國民革命軍，粵嶺爆，鐵花。本三民主義，爍納全，長江以南，黃河以北，掃平軍閥野心之橫霸，不三年完成統一之國家，大中華，啦哈啦。

軍歌三章乃仿毛詩秦風之無衣體製為行軍所唱之樂歌亦猶古樂府鐃歌凱歌之類第一章始自中華第二章推及亞洲第三章則擴張之於世界此其步驟也中山先生演講有云中國眼前一時不能統一是暫時的亂象是由於武人之割據我們要剷除他民權主義第四講第二段又云我們對於弱小民族要扶持他對於世界的列強要抵抗他民權主義第六講又云所謂欲平天下者先治其國把從前失去了的民族主義恢復起來更要從而光大之然後再去談世界主義乃有實際民族主義第四講是革命事業必先由近而後及遠固未可以內之不治而外之能治者也故

曰革命軍起革命黨成不革命人民的痛苦使不能解除使武力為國民之武力努力推翻帝國主義之干涉中國使中國見重於國際社會使世界漸趨於大同（故曰以下等句孫中山先生遺訓）此其責任甚重而抱負尤大也然則革命之必須軍隊所以剷平軍閥之盤據而銷滅強鄰之欺侮者也惟是今之時勢祇有強權而無公理日謀并吞疆土滅亡人國以為雄故演講又云但是這百年以來中國便失去許多領土由最近推到從前我們最近失去的領土是威海衛旅順大連青島九龍廣州灣再推到以前一點的失地是高麗台湾澎湖更前一點的失地是緬甸安

南又更拏前一點的失地說就是黑龍江烏蘇里又再推到前一點的失地是伊犁流域霍罕和黑龍江以北諸地就是前日遠東政府所在的地方中國都拱手送去外人並不敢鬧此外更有琉球暹羅蒲魯尼蘇祿爪哇錫蘭尼泊爾布丹等那些小國從前都是來中國朝貢過的故中國最強盛時代領土是很大的北至黑龍江以北南至喜馬拉雅山以南東至東海以東西至葱嶺以西都是中國的領土（節錄民族主義第二講）觀以上所述均係清代之事惟香港一埠尚未敘及此乃中外戰端之始是中國之屬地既為其蠶食亞洲之鄰邦且多被其鯨吞即沿海以

及内河諸通商口岸名爲租借實即佔據凡此喪失固由於列
强之壓迫抑亦外交之庸懦有以致之也乃今之軍閥甘爲帝
國者走狗只顧一身之權利不計後人之奴隸破碎此四萬方
里之赤縣神州犧牲此四百兆民之生命財產斷送於他族之
手以自取淪亡可勝浩歎國民乎則盍本其信仰主義學説諸
書澈底而覺悟奮起而決鬥以湔洗我民國之恥辱以光復我
中華之文治也作此歌者自當振作大無畏之精神擁護强有
力之政府慷慨激昂有横掃全球氣概方爲合作

中華民國國歌一章并序

余既擬得黨歌軍歌而國歌尤不可少叔孫通言禮樂百年而後可興然五帝三王之世莫不及身而作今雖未至憲政時期革命大勳尚未告成而吾人亂極思治想望太平實不禁手之舞之足之蹈之也故將中山先生之三民主義約其要旨擬爲中華民國國歌一章以見順聲之微意固未能莊重堂皇和聲鳴盛亦以爲草野之謳歌而已昔虞舜命夔典樂而曰詩言志歌永言聲依永律和聲孔子在齊歎爲至斯季札聘魯稱爲觀

止诚以音樂一道雖在歌言之雅正尤在風调之流美也乃今之齊魯久以寂然無聞焉竊嘗想像簫韶之如何美善如何至大終不得此中神理只得遠避淫哇力追雅頌或有合於南風卿雲之遺韻吾生雖老猶幸覩此開國新紀元爲數千年来未有之創局所當高瞻遠矚發揚蹈厲以貽大中華新民國文明之盛不宜爲靡靡之音見笑於外人也惜乎天不憖遺未獲竟此功化亦惟令人哀思而致慨於中道之遺憾也已

於維國父　天降聖聰　應時勢潮流　绍述唐虞以陶鎔周

孔
综古今中外歷史　闡華夏創局於亞東　本博愛和平
在立安羣眾　是用廢除帝制　改建民主　要使天下為
公
唯三義五法　並分權與能　政治共和大一統　長此
青天白日
光化乎千秋四海　咸登世界之大同
立安即立人安人光化即光天化日

国歌 C调 $\frac{2}{4}$ 黄朝桐製

於……维国……文天……降圣……聪应……时势潮……流

绍述唐虞以陶……镕周孔 综古今中外……历……史

阐华夏创局於亚东 本博爱和……平在立安

羣……衆是用废除帝制改建民……主要使天下为……公

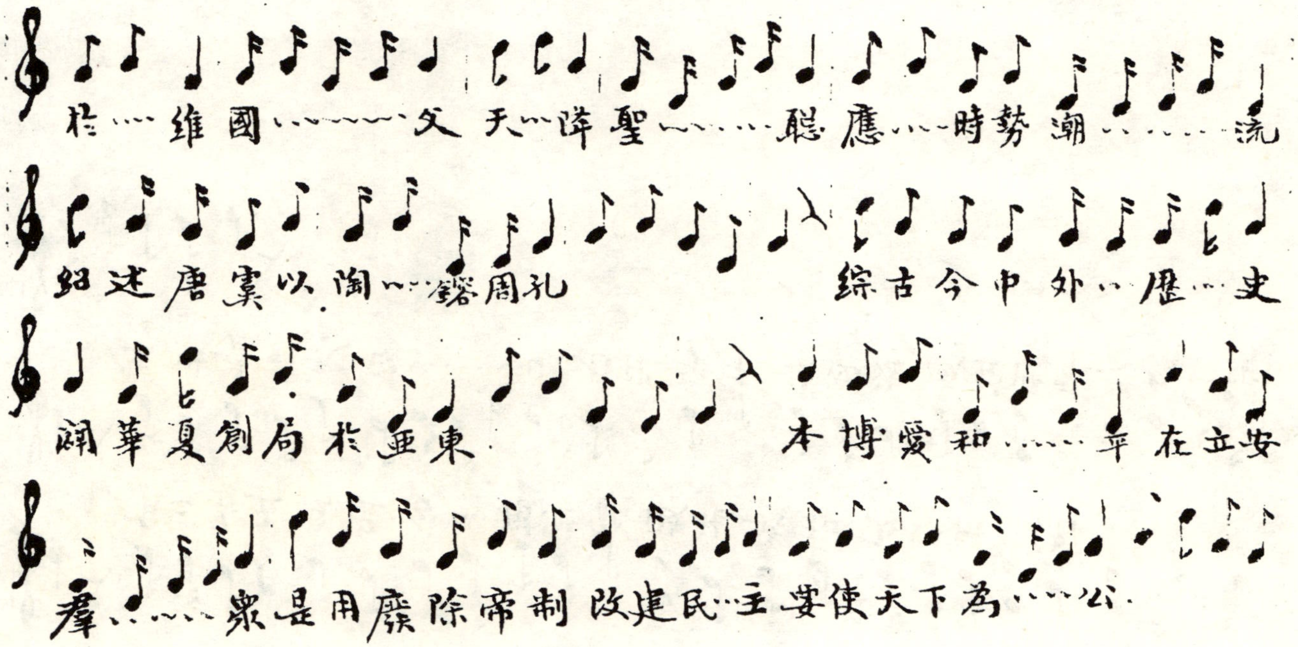

唯三義五法並兮……權與能政治共和大……一……統

長此青……天白……日光化乎千秋四海咸登世界之大……同

國歌簑衣譜

於維國父天降聖聰應時勢潮流紹述唐虞以陶鎔周孔綜古今中外歷史闡華夏創局於亞東本博愛和平在立安羣衆是用廢除帝制改建民主要使天下為公唯三義五法丕分權典能政治共和大一統長此青天白日光化乎千秋四海咸登世界之大同

國歌一章原本禮記之禮運蓋孔子因子游之問而追思帝王之盛治也中山先生手創民國其目的在於救國救民以共登太平之世本無私天下之心試觀其所稱述便可知其宗旨之所在其引堯典曰尚書所載堯的時候克明俊德以親九族九族既睦平章百姓百姓昭明協和萬邦黎民於變時雍他的治平功夫亦是由家族入手逐漸擴充到百姓使到萬邦協和黎民於變時雍豈不是目前團結宗族以興邦禦外的好榜樣嗎第五講（民族主義）此言堯之能推其德自身而家而國而天下所謂放勳也堯之命舜以位所謂大道之行而天下為公也蓋舜亦本

其道德而發爲政治故能無所作爲垂拱而天下治篤恭而天下平故又引大學云就是大學中所說的格物致知誠意正心修身齊家治國平天下那一段的話一箇人從内發揚到外由一箇人的内部做起推到平天下止像這樣精微開展的理論無論外國政治哲學家都没有見到都没有說出這就是我們政治哲學的智識中獨有的寶貝是應該保存的又云我們現在要能彀齊家治國不受外國的壓迫根本上便要從修身起（民族主義第六講） 按此段宋儒謂爲前段之注脚以固有之智識由一身而推及於家國天下蓋修身爲本中庸言知所以修身則知

所以治人知所以治人則知所以治天下國家矣戴季陶先生有云中山先生之思想完全是中國的正統思想就是繼承堯舜以至孔孟而中絕的仁義道德的思想在這一點我們可以承認中山先生是二千年以來中絕的中國道德文化的復活去年有一個俄國的革命家去廣東問先生你的革命思想基礎是甚麼先生答復他說中國有一個正統的道德思想自堯舜禹湯文武周公至孔子而絕我的思想就是繼承這一個正統思想來發揚光大的（見孫文主義之哲學的基礎）由是以觀是中山先生之改造區夏無非順應潮流以挽救今日之危局其器量之偉

大志願之堅卓魄力之宏毅智識之明遠實上以祖述孔孟以前之聖哲而外以參酌歐美列强之文化所變更者新政治所不變更者舊道德蓋欲恢復二帝三王之盛世使軒轅華胄共享大同之幸福豈徒與各國並駕齊驅直要超而上之者也作此歌者宜本此意旨以俯仰古今形容功德有承平雅頌之聲乃爲得體

大道之行也天下為公至是謂大同之釋義集孟子弁序

禮運大道之行也天下為公自是屬之二帝天下為家則三王也蓋五帝惟堯舜為大啟文明故刪書斷自唐虞以其有二典為歷史之祖孔子因典蜡祭而歎魯之失禮爰論述帝王之世不能無升降之感焉孟子乃願學孔子者也七篇之中其於仁政言之綦詳茲特引而申之以為此節之註釋雖意義未盡確當而於堯舜以来諸聖哲之道德政治大概畧具於是中山先生言大同者不一而足其推崇孔孟實本此主旨使今之民國

反而躋於官天下之盛見諸實行誠千載一時之會也

豈云嘗試而已憲政觀成吾將拭目俟之

天下有道大哉堯之為君惟天為大惟堯則之蕩蕩乎民無能名焉堯薦舜於天而天受之暴之於民而民受之君哉舜也視天下悅而歸己猶草芥也巍巍乎有天下而不與焉此大道之行也天下為公堯以不得舜為己憂舜以不得禹皐陶為己憂是故以天下與人易為天下得人難舜相堯禹之相舜也益之相禹也伊尹相湯周公相武王賢者在位能者在職急親賢之為務此選賢與能也堯舜之道仁義而已矣天下之本在國國

之本在家家之本在身反身而誠人倫明於上朋友有信則百姓親睦親親仁也敬長義也人人親其親長其長修其身而天下平此講信修睦也堯舜之仁不偏愛人老吾老以及人之老幼吾幼以及人之幼達之天下也親親而仁民仁民而愛物言舉斯心加諸彼而已此故人不獨親其親不獨子其子也老者衣帛食肉黎民不飢不寒樂歲終身飽凶年免於死亡是使民養生喪死無憾也此老有所終也壯者以暇日申之以孝悌之義入以事其父兄出以事其長上頒白者不負戴於道路矣此壯有所用也孩提之童中也養不中才也養不才輔之翼之使

自得之又從而振德之此幼有所長也禹思天下有溺者由己溺之也稷思天下有飢者由己飢之也匹夫匹婦天下之窮民而無告者而民不被其澤若己推而納之溝中文王視民如傷以不忍人之心行不忍人之政無凍餒之老者此矜寡孤獨殘疾者有所養也男女居室人之大倫也男子生而願為之有室女子生而願為之有家丈夫之冠也父命之女子之嫁也母命之內無怨女外無曠夫夫婦有別勿失其時此男有分女有歸也食之以時用之以禮數罟不入洿池魚鱉不可勝食也斧斤以時入山林材木不可勝用也公劉好貨與百姓同之此貨惡

其棄於地也不必藏於己制其田里教之樹畜八家皆私百畝同養公田公事畢然後敢治私事文王以民力為臺為沼而民歡樂之此力惡其不出於身也不必為己民之為道也所欲與之聚之所惡勿施爾也苟不充之則天下之民欲有謀焉睊睊胥讒民乃作慝苟能充之樂以天下憂以天下必使仰足以事父母俯足以畜妻子斯民親其上皆引領而望之矣此謀閉而不興也人之有道也飽食煖衣日居而不教則近於禽獸放僻邪侈無不為已賊仁者謂之賊夫謂非其有而取之者盜也庠庠序之教使先知覺後知使先覺覺後覺以善養人民日遷善

斯無邪慝矣此盜竊亂賊而不作也民之歸仁也里仁為美出入相友守望相助有恒產者有恒心無恒產者無恒心苟為後義而先利不奪不饜是故明君春省耕而補不足秋省斂而助不給八口之家使有菽粟如水火而民焉有不仁者乎此故外戶而不閉也堯舜之治天下所以大過人者豈有他哉教以人倫使人昭昭善推其所為而已矣當是時也德之流行溢乎四海所過者化所存者神普天之下民之悅之舉忻忻然皞皞如也而仁覆天下矣此是謂大同也

字體變通之意造

字體變通之意諧

文字之源流大概分爲六體曰古曰籀曰篆曰隸曰草曰楷古文者黄帝時左史倉頡右史沮誦爲諧字之始即孔壁之古文所謂蝌蚪文今之鼎銘汗簡是也籀文者周宣王時太史籀所作以其名名之書法考謂其體跡即今之石鼓文此所謂大篆也篆書者秦丞相李斯所作即今之嶧山碑字與說文稍異此所謂小篆也隸書者亦秦之程邈及王次仲所作其體勢未之或見大抵兩漢之碑碣即其舊法諧漢末蔡邕與楊賜奏定六經文字勒爲石經勛又變爲八分蔡琰邕女即文姬云割程隸八分

取二分劃李篆二分取八分是謂八分書蔡琰云八分酌予篆
隸之間是也草書者在漢桓靈間劉德昇所作鍾繇胡昭等均
學之所謂行書即今之草書斗字文是其譜意也楷書者贊書
徽猶傳云上谷王次仲始作楷法路史云今之楷書有古字楷
書有今字楷書史稱王羲之草隸爲古今之冠孫過庭書譜曰
元常（即鍾繇）精於隸伯英（即張芝）工於草逸少兼之不知逸少之書
夾得衛夫人之筆陣今世所傳如蘭亭記樂毅論黃庭經諸書
當即謂之真楷是俱書於書夾可稱爲隸書也由是觀之古籀
始於三代右上篆隸肇於周秦而草楷出於漢魏其變遷時代

漢則以隸於晉則以楷於沿至于今務爲臨池之碑帖今者世界思潮日觸新異校中敎學兼以國文爲授受而於中挹文字但專習草楷又不求甚工對於古籀篆隸已視爲無用鮮有能識其源委者矣然以二者而論楷書雖拘滯固爲繕物碑版牒正文卷所必需草書旣便捷尤爲撰著稿本應酬織札所必要此亦難就易夫習慣使然也茲余於參用古籀篆隸諸字體則以說文爲主於繕寫楷書筆法則以六魏爲佐凡建首偏旁有糾正者如人入卩卩舟肉之類有改詰者如水毋詈焉無花之類有全從篆體者如心隹以北非也之類有仍因楷法者如氵艹木扌女虫之類其點畫增損雖稍有從

韙於六書意義或未能盡合至於行草則仍隨俗所通用蓋草楷彌綸東亞久成美術草既任意所如與篆大異楷則亟爲模範較隸爲近故特以北魏爲宗本其樸拙而兼以飄逸頗覺别饒韻味此豈爲文字之考訂耶夾既不古不今恐未免於狂妄耳昔蘇東坡詩有云我書意造本無法此意也爰舉所常用而於說類之相混者畧爲辨别以見創制之本旨且以爲閱者或有未明故附箸於此云

楷與篆之字體最相反者莫如人與入兩相同者助惟卩與卪此外如关夫亠立广庯庿厶夕歺幺从曰月肉舟爿片月丹甘諸建𣅜康熙字典頗不甚分別兹另許氏說文畧篇辨之間有从古文者亦畧注於下其與楷大同如口囗土心工巾日火田目石穴竹米缶谷車雨革骨齒諸部類則不復另夠大抵諸體合併凡點畫姿態固多用楷法而結構形象仍多省筆要未能盡從篆體也

山作山 凡幽𢆶偏旁山部从之與出字異

川作巛 凡巡巢邕巠𦾔順巟疏等字从之

風作𠙊 凡字从之

野作埜 从古文本作壄

草作艸或作如字凡卄部仍从楷

水作氺凡偏旁氵及泉沓等字仍从楷意造

冰作仌本作冰凡冬寒冷凍治凋凌凴凝等字从㞢與次於異

華作蕐

花作芲篆兼花字古作華或作蘤意造

州作州

門作門兩戶相對與鬥異

東作東

南作南凡离卓每上部均作屮

木作朩凡木部及杏栗等仍从楷

永作永

星作星

壑作壑

京作亰凡高元亶亭亮交文享亨等字从㞢

戶作戸凡房扃扉扁等字从㞢

西作覀篆省筆覀从㞢與要粟等字異

北作北凡乖背从㞢

覆作覆首部不从西貫覈字从止

冒作冒凡曼最冕等字从止

罔作罓凡罪罷置罰買等字从止

彝作彝

舜作舜

希作希凡教肴等字从止

欠作欠或作欠

它作它

然作然

幽作幽意造幽从止

幻作幻即予之倒形

敢作敢隸作敢

齊作齊凡齋齎等字从止

並作竝或作竝从立之字

為作為與釜母炙等字異

深作深篆省筆

之作之凡志寺等字从止

兆作兆

卩作巳 巴字作巳

而作而

豈作豈 凡耑微徵徽等字从山與山部異

康作康 凡庸書庚等字从山

不作不

吾作吾 凡五字从山

哉作哉

其作其 凡斯基箕祺等字从之與甚某上从甘異

亦作夾 凡太夾夾夷奭从山

之作㞢 或作㞢

夂作几

差作差 篆省筆

曲作曲 與農典異意造

焉作焉

更作更

乏作乏 反正為乏

出作出 與祟同屈作屈稍異

乎作乎 與平稍異平上作橫乎上作撇

亡作亾

丹作冃甘𣥂倒形與月月舟等部異

魚作奐本作筭首筆負

青作靑上从生下从冃凡青部从生與肉部之肙胥胃育肖骨胡等字及月部𣥂有朗朔望霸明期等字並異

朱作朱

未作未

赤作灸作夫亦可

黑作𪐗作𪐗亦可

白作㿝凡皓帛从𣥂

光作炗

馬作𩣺石鼓文作𩣺

牛作牛

羊作羊凡美善養羨姜羌等字从𣥂與羊異

犬作犬作犭邊犭

豕作豕凡家冢等字从𣥂豚字中加一筆

兔作兔兔字从兔作𣥂

虎作虎本作虎作意造虎

衣作衣

食作食或作會

鳥作鳥 鳥字从虫凡無為馬馬 寫鷹等字均非四點底

鹿作鹿 篆省筆本作鹿 麐鷹等字从虫

真作眞

長作長 篆省筆 或作長

垂作垂 古文 作𠂹

泰作泰

奉作奉

禾作禾 凡衫褲袁慶 等字从虫

礻作礻 凡福祿禁祟 等字从虫

隹作隹 鳥之短尾 者與佳異

良作良或作良

艮作艮 凡痕根限跟銀垠恨 等字从虫與退异

退作退

直作直

奏作奏

秦作秦 以上四字部 首與春竝異

所作𠩄　也作也凡他池等字或从楷或作𠃟亦異

先作先下部从入凡元兄光兒見克完允几鬼克作㒸　父羌等字从尣與亢先兂凱虎等字異

後作後凡下部从夊复夋夏等字从夂與上部从出各夅夆夅等字異　以从之

典作典凡上部从卅侖扁等字从冊與上部為分公兌兌酋曾在下部从八為六其冥作奥奠奐奐吳等字

兵从之具等與共異　与共興

漢作漢凡㶿難𪄣𢦌等字从𦰩從从出

頤作頤凡熙姬臣臣監等字从匠與臥臣等異

重作重凡種動熏从之與熏作熏異

百作百凡皆習者自作自異　出智出等从自

力作力箋笋省

粟作㮚凡从覀之𦥯𧁾作𧁾粟作𧁾與

覃作覃要作𠻗栗作鹵賈作貫垔異

曹作朁下部从曰不从日凡會魯曾昝𣊫

𣈃从出與杳旨作甘普晉作日異

禾作禾　凡種稲和利等字从屮與稲稽釋番等字異

求作求　求作求从屮隶作隶

丮作丮

凡作凡

九作九

彖作彖　凡彝蠡彘彙从之與彔作彖異

壺作壺　上部作大不作士凡壹作壹作壺李奎夸奄奢舊奪奩等字从屮與奮作奮异惟仕壯壻作士凡壴

声壳等字上部从之亦不作土

丰作丰

血作血　凡盟監藴等字从屮與皿部之盂盂益異

尺作尺

卉作卉　凡賁从屮與朩異

丸作丸　與執作執異

本作本

末作末

展作展

升作升

乍作乍　石鼓文作乍

耳作耳

手作手　凡偏旁才下部手如掔擊等字仍从楷

心作心　凡心底如志念思想忝恭慕偏旁如性情恨根等字仍从楷

思作思

幸作幸　凡報睪執等字从屮與執異

毋作毋　凡每字从屮意造

毋作毋　貫作毌本作毌

坐作坐　凡夾巫等字从屮與來異

眉作眉

愛作愛　與爰受孚采爭妥爲奚憂垂等字異

叟作叟　从楷亦可

必中作戈等作此與此異

足作足

予作予　凡序野等字从屮

意作意　凡上一點作橫本作辛音竟商辛童競等字从屮與立異

卧作卧　凡監覽等字从屮

夢作夢凡瞢薨舊藿等字从屮與艸部異

行作𧗓凡衍術街衡衢衛等字从屮

聲作聲

止作止

飛作飛

走作赱夭喬从屮與吳反

商作商

登作登凡發癸等字从屮與祭異

至作至

主作主凡住柱等字从屮

言作言下从舌

史作史凡吏字从屮

奔作奔从歲仍从楷

農作農从古文篆作農

舞作舞凡舜乘桀舞等字从屮

去作去

禾凡租種稻等字从屮與禾采異

封作封往柱匡从屮與圭異

是作是

攴作攴凡故放等字从攴與文致異

文作文或作𢘓凡斑斕彥旻產吝閔斐等字从攴交作攵與文同擬作

交 交

以作㠯或作𠫔

非作非與非異

有作有

詈作詈意造罵字从㞢此二字篆均作网今改作二口以罵詈均出於口也

糸作糸系玄幺从㞢

得作得或作㝵古文

往作往凡枉汪狂等字从㞢

復作復

武作武

與作與凡舉輿與學等字从㞢

無作無古文作橆

函作函

卷作卷凡券眷桊拳等字从㞢

失作夭或作失𡗝

戈作戈凡哉栽裁載戴等字作𢦏戊戌戍戎戒戚从之武作戈不作弋代鳶

生作生青从生責作賁異

老作耂凡考耆耇耄耋孝壽等字从之與者教異

病作病凡疒部上無點與爿部丬壯妝狀寢寐藏戕等字及爿部之牀牆牂牁等字均異

斤作斤

存作存在字从𡉀

支作攴

泰作泰凡舂叁奉春等字从𡉀

刂作刀作意造刀

矢作尖

夫作夵

死作夗列字作㔻與此異

央作岕

香作香古文作㿝

丈作支

叏說文滑也又取也詩叏兮達兮

家作家

庭作庭凡廣度庠序府庫等字从广與康庸唐庚異

子作子了子从㞢

卯作卯凡留劉柳等字从㞢

區作區凡匹匿从㞢與匜匝匡匱異

阝作阜此作阜本堆字省筆凡在左為阜部如陳陸陽等字从㞢

阝作邑凡在右為邑部如都鄰等字从㞢鄉字左邊為反邑

寒作寒本作㝈省筆

身作身偏旁仍從楷即殷之反身

玉作玉从古文王邊仍从楷

方作方

午作午干字作干

酉作酉

夜作夜

熱作熱凡執孰埶等字丸邊均作丸

尸作尸

年作秊

歳作歲

朝作𦩎 凡前俞勝滕恒服履等字均从舟

人作入 篆體人字出頭偏左作入其下無一横如介企㐱夶等字从此

入作人 篆體入字出頭正中作入其下有一横如全合今令金食含仝倉僉俞等字从此

首作𩠐 本作𩠐从自㞢頁自頁

令作令

亻作亻

彳作彳

冬作冬

春作萅 凡奉泰秦奏均異

世作世 本作世

界作界

昔作昝

面作面或作𡇢古文𡇢

皮作皮 从楷亦可段从㞢與段異

異作異凡兵具共奐弄弇莫算弁彝興與等字下从丌與六共典冥真其巽兵共等字下从八均異

同作同與周用同異

敢作敢隸作敢

殿作殿

靡作靡麻潜散作散从𣎆

成作成凡戊戉戌戍戎戒等字从之弋字少一筆稍異必作必从𣎆

曆作曆歴从之

左作左

潛作潛與贊异

右作右

寉作寉與隺异

市作市

殳作殳與攴攵叉异

步作步

亟作亟兜作兜兒作兒

師在世時曾函示云愚近擬有字體變通之意造一書參攷尚未就緒此書意旨乃兼用古籀篆隸諸字體而寫以北魏之楷書筆法似亦頗有別致云云茲將原稿未脫中纂錄編於全集之後朝桐謹記

曾缾山先生傳

曾鴻燊原名文鴻字子儀號缾山其遺著凡有此愚二字實其別字也紹斌公之長子志行高雅不苟然諾廉介而慈祥資稟頴異博學多能幼從父學已自卓越其儕輩少時即蒙兩廣總督南皮張公之洞選調廣雅書院肄業其官課文卷屢為張公所贊賞當時主講席者為樸學大師義烏朱一新先生公一生學問道德即於此厚植其基矣清光緒十七年辛卯御試薦而不售時同考試官鄧文淵猶加批語於卷尾以獎藉之其被人異眼視也如此十九年癸巳中本省鄉試第二十三名舉人二

十一年乙未赴禮部試薦而不售後遂一意講學以傳其所得歷主康山麗江等書院講席三十一年知州劉壬濱以公品望屬籌建永康州官立兩等小學堂其頭門一座全用西式建築該圖式即公所繪定今之縣立第一小學校是也（該校頭門後因風雨崩壞民國十三年校長謝生祥另行改建已非復舊觀矣）翌年工竣知州梁葆謨聘任該堂教員後於民國初年該堂改為縣立完全小學校仍任教員多年旋任勸學所長在職數年凡諸擘畫煞費苦心所以衣被士林者不少迨民十五年縣師範講習所成立聘公任教員繼續數年至病篤而止初廣西財政廳長容縣蘇公紹章屢招之出固

辭不往卒以教育終其身計先後置身於教育界者垂三十年
其受陶鎔以成學成名者不下二三百輩公之為教一惟樸學
之是尚浮文無取焉嘗作一文以勖後進題曰論為學之道示
諸子其言曰
愚學殖荒落豈敢抗顔為師然諸子既不以為迂闊來從吾
游吾豈有多術哉為學之道不外博學審問慎思明辨篤行
數者而已學所以多識也不博則寡陋問所以解惑也不審
則游移思所以窮理也不慎則謬妄辨所以求是也不明則
昏愚至於行必以篤則總此四者切實而精進之也學必有

問吾知之無不盡言有所不知吾亦不敢妄言亦惟以無行不與多聞闕疑者相與共勉蓋教學之不可以苟固當如是也愚本非受過普通教育者故於學校各教科多未研究然古者之禮樂射御書數則爲樂歌算學技術之事此始於習藝者也知不惑仁不憂勇不懼則爲智育德育體育之事此卒於達德者也皆孔子之所以爲教亦即孔子之所以爲學也學者果能於中學之外而更參以西學亦庶幾乎其爲通人也已

觀此可知其所學矣憶清宣統元年本省諮議局開幕公當選

為諮議局議員先後三赴桂林凡所建議悉切中平民生死關頭其平素關心民瘼可想而知總之公之為人無須贅述遺有此愚和尚小傳一篇不啻自為寫真惟妙惟肖原文曰

此愚和尚者不知其姓氏里居或曰來自嶺南以其住此最久常往還於鉼山洞中故自號曰鉼山老僧又曰鉼山野人性介而慈淡於榮利自謂平生有三同始為粵東廣雅書院同學繼為癸巳恩科同年後為桂林諮議局同事所知交皆一時之俊有欲為之緣引皆不就以故晚年益甘寂寞起出塵之想然其志向在清季時則服膺張南皮迨國變後則信

仰孫中山國未嘗無意於斯世也和尚少而好詩無所不學、
亦不名一家善畫墨竹蘭而山水尤工近於北派古籀篆隸
亦嘗寫之絲竹則獨愛弄笛謂此外多俗樂稍涉而已每歎
流落荒嶠無所聞達豈能與世爭名於後所著有詩集六卷
續集二卷後集一卷文集二卷永康私誌若干卷未刊

讀此則於公之真面目可以了然矣惟公素工雕刻曲盡其妙
書法則初寫二王兼歐陽率更中歲寫北魏晚歲則併篆隸楷
三者於一爐而冶焉又年逾古稀眼不加鏡而能作蠅頭小楷
備極精妙尤為難得因小傳不及特補敘之民十四民二十一

先後被聘為縣修志局總纂屬稿已過半矣惜未竟而卒時民國二十二年二月二十六日也壽年七十一

記瓶山先生傳後即以為整理瓶山全集之原委

此傳錄自同正縣誌人事之史乘門内惟無題目茲標題為曾缾山先生傳師既以教育終其身想亦在天所忻慰也但傳内列詩文集卷數與今稍異其云詩集六卷續集二卷者當在民七八間所擬其後復將集的等詩分為外編而前集及續集統稱前編共八卷截至清代而止民國以來則為後編至文集一項今將光緒間之舊稿又編同正誌內之同題

而經删定者更正之舊稿未備者補採之且將前得之友人雜鈔謂爲師所手著者並三歌内屬文之已棄者當爲正附等編至永康私誌今當歸入同正誌矣再詩集前編（或作初編）八卷師曾親自繕寫一份寄與蘇寓庸先生今存在陳柱尊處（見詩集跋語）後再有所删改謂寄蘇之本當爲副本行當另繕付梓一閱乃未就而卒茲檢原叢稿迻一鈔寫閒有與同正誌所録稍有出入查該誌藝文以縣人已去世之著作爲限或者續纂時未知師之别有删改也現編定缾山全集首詩次文次歌次書法竊按現代文學大綱本以詩爲前提而師一

生亦肆力於詩故序次如此師叔子翔師兄少翔均奔走公家不暇而楊北岑君又已逝世朝桐此舉抑亦替師親屬之二三存亡知己之覓其事而已矣至丹青篆刻另由子翔師叔謀上珂羅版不在此集之內

二十五年秋朝桐識於荃山愉廬